Dernier bateau pour l'Amérique

Karine Lambert

Dernier bateau pour l'Amérique

La Belle Étoile

De la même autrice

L'immeuble des femmes qui ont renoncé aux hommes
Michel Lafon, 2014 / Le Livre de Poche, 2015
Prix Saga – meilleur premier roman belge

Eh bien dansons maintenant !
Jean-Claude Lattès, 2016 / Le Livre de Poche, 2017

Un arbre, un jour...
Calmann-Lévy, 2018 / Le Livre de Poche, 2019
Prix du Salon du livre féminin

Toutes les couleurs de la nuit
Calmann-Lévy, 2019 / Le Livre de Poche, 2020
Prix coup de cœur du Salon du Touquet

Les hommes aussi ont la chair de poule
Storylab Éditions, 2020 / Le Livre de Poche, 2021

Ta promesse à la Meuse
Lamiroy, 2023
Lauréate du concours de nouvelles SagaCité

À la pêche aux palourdes,
pieds nus dans le sable
avec une cousine d'Amérique.

Faire de l'interruption, un nouveau chemin,
faire de la chute, un pas de danse,
faire de la peur, un escalier,
du rêve, un pont,
de la recherche… une rencontre.

Fernando Sabino

1

Ma mère est morte il y a un mois.
Je ne suis pas allée à son enterrement.
Vingt ans que je ne l'avais pas vue.
Elle ne m'a jamais dit qu'elle m'aimait.
Ni avec ses mains, ni avec ses yeux, ni avec ses mots.
Encore moins avec ses baisers.

Sur le comptoir de la cuisine, dans une timide lumière hivernale, trois paquets de farine, une bouteille de bière brune, un cube de levure et un sachet de graines de tournesol.

Elle ne voulait pas de moi dans son existence. Pour sa mort, elle ne m'a pas laissé d'instructions.

J'attrape la balance dans l'armoire. Je me souviens vaguement de la recette de ce pain noir : 350 g de farine de seigle, la moitié d'orge mondé, 75 g de froment, 300 ml d'eau… Après, j'improvise. Comme dans ma vie, je mélange les ingrédients et je compose au mieux avec les circonstances.

Levure et sel à pouf. Je jette quelques graines dans le bol. Nuances de couleurs. Gris tournesol, blond sésame, vert courge. Je pétris la pâte à la main, au début délicatement, puis trop vigoureusement.

J'ai appris la nouvelle par un texto. C'est chamboulant de perdre une mère qui n'en a pas été une. J'ignore ce que je dois ressentir. Je n'ai ni frère ni sœur avec qui partager un chagrin ou confronter des sentiments divergents. J'ai appelé mes amis les plus proches. Impossible d'annoncer ce départ à d'autres, de résumer cette « non-mère » en deux phrases. Comment pourrais-je traduire mon désarroi ? On raconte que les filles uniques sont chouchoutées, pourries gâtées. On n'envisage pas le contraire. C'est difficile de dire « ma mère est morte et je n'assisterai pas à son enterrement ». Les non-initiés auraient vite fait de penser que je suis indifférente. Il m'aurait été insupportable d'entendre « bien sûr que tu dois y aller » ou « si tu n'y vas pas, tu vas le regretter ». La pâte doit reposer une demi-heure, je la recouvre d'un torchon.

Les jours suivant l'annonce, j'ai poursuivi l'écriture de mon roman, j'ai photographié Bruxelles, j'ai chanté à la chorale, j'ai semé des radis sous abri, je suis allée au cinéma. Deux fois.

Ma mère est morte et je continue à vivre. Mon deuil ne ressemble à aucun de ceux que l'on veut nous donner pour modèle. À chacun sa détresse et le droit de la digérer comme il l'entend. Je ne pleure pas, je pense à tous les enterrements auxquels j'ai assisté. Je pense aux filles qui perdent une mère qui les a aimées. Je soulève légèrement la pâte avec une spatule en bois et, dans le doute, je lui accorde encore une demi-heure de pause.

De mon enfance à trois dans un appartement aux murs pastel, je garde peu d'images. Il ne me reste que des silences, des non-dits et des mystères. Plonger dans les livres m'a permis de ne pas être dévorée par les ombres.

Ma mère est morte. Mon cerveau a enregistré l'information. Je continue d'attendre une caresse sur ma joue. La date de l'enterrement, je la connaissais. Mercredi 25 novembre. Il s'est déroulé à dix minutes de bus de chez moi. Depuis mes quarante ans, je savais que je n'irais pas. Je pense à celles qui perdent une mère adorée et je recouvre le moule à cake de papier sulfurisé.

Le jour des funérailles, j'ai traîné dans une papeterie. Je collectionne des cahiers de toutes les tailles et de toutes les couleurs. J'y note des bouts de phrases, des idées de titres, des citations de poètes et des paroles de chansons. J'y jette tout ce que je capte autour de moi et en moi. Ce matin-là, devant le présentoir des stylos, je me suis demandé comment l'avis nécrologique était rédigé, et si mon nom y figurait. Avec à droite, en italique, *sa fille*. Puis plus bas, *avec une grande tristesse*. Quelqu'un aura-t-il décidé à ma place ce que je ressens ? Était-on en train de parler d'elle en termes élogieux, de dire que c'était une bonne mère ? Au début de la cérémonie, un concerto de Tchaïkovski ou une sonate de Bach ? Lui ont-ils mis sa robe bleue ? Son visage est-il enfin apaisé ? Qui a choisi le cercueil, les fleurs ? Était-elle consciente au moment de quitter ce monde ? Comment est-elle partie ? A-t-elle eu peur ? Elle détestait être seule. Le noir l'effrayait. Il lui fallait toujours une lumière pour dormir. A-t-on glissé une lampe de poche dans son cercueil ?

J'ai craqué pour un carnet en cuir souple rose poudré, entouré d'un élastique plat orange vif. L'odeur de neuf émanait du papier velouté ivoire vélin. Fines lignes grises, enveloppe à soufflet à l'arrière. Il était parfait. J'aime l'esthétique, la douceur des couvertures, la virginité des pages, leur promesse d'inconnu. On enterrait ma mère et j'achetais un cahier.

Zut ! J'ai oublié d'ajouter la bière. J'allume le four sur 175 degrés. J'enfourne mon pain expérimental et advienne que pourra ! J'arrose l'asparagus. Une bergeronnette se pose sur le bord de la fenêtre. Ses plumes grises et blanches ponctuées de noir sont légèrement ébouriffées. Tête penchée, bec tourné vers le ciel, elle lance son *pip-pip*.

Le parfum du pain se diffuse dans toute la maison.

Ma mère et moi n'avons jamais cuisiné ensemble. Pas une fois elle ne m'a préparé un repas.

La sonnerie du four a retenti. La cuisson est terminée. J'aurais dû mettre plus de levure, la pâte n'a pas assez monté.

Ma mère est morte il y a un mois.

2

Toute la ville dort et moi j'écris. Depuis plusieurs mois, je suis immergée dans mon sixième roman. Mes personnages me maintiennent en alerte. Je commence à l'aube, encore dans mon lit, les yeux fermés. Les idées flottent à la lisière de mon inconscient. Pour ne pas qu'elles m'échappent, je n'allume pas la radio, je n'écoute pas de musique, je ne regarde pas mon téléphone. Je prends une douche fraîche et je descends ouvrir la porte qui mène au jardin. L'air s'engouffre dans ma petite maison de ville. Alors que d'autres pièces pourraient m'accueillir, je préfère travailler à la table de la salle à manger, la cuisine à deux pas, l'hortensia sous mes yeux et, sur l'appui de fenêtre, l'ange aux ailes mobiles, le totem en bois sculpté par un ancien amant et la carte-annonce d'une pièce de théâtre, *Est-ce qu'on ne pourrait pas s'aimer un peu ?* Je fais chauffer de l'eau et je concocte mon breuvage japonais. Je m'installe avec la théière parfumée de matcha genmaicha et un gobelet tordu en terre cuite, souvenir d'une initiation à la poterie et preuve que je ne suis pas la reine de la céramique.

L'écriture a débarqué dans ma vie à l'âge d'être grand-mère, un rêve d'enfant qui sommeillait en attendant son heure. J'étais photographe. Je tirais le portrait d'artistes, je sauvais des instants de fragilité et de beauté au cours des mariages. À ma façon, je racontais déjà des histoires.

Un jour, une phrase entendue à une terrasse m'a interpellée et poursuivie : « Ça fait vingt ans que j'ai renoncé aux hommes, à l'amour, et pour rien au monde je ne ferais marche arrière. Dans mon immeuble, il y a plusieurs femmes comme moi. » La nuit suivante, j'ai rêvé qu'une multitude d'immeubles de femmes qui renonçaient aux hommes émergeaient dans la ville. Cette obsession ne m'a plus quittée jusqu'à ce que je jette les premières lignes d'un texte sur une page : des personnages se sont imposés, un premier roman est né. Et depuis dix ans, je bataille avec joie pour rendre lisibles les mots qui fusent dans ma tête.

La Question subsidiaire, c'est le titre de ce sixième roman. Je commence un nouveau chapitre, un tournant important dans le récit. Le bip d'une notification interrompt mon élan. Je pensais les avoir toutes désactivées. Alors que je n'ai pas consulté Messenger depuis longtemps, je découvre un message.

« Bonjour Karine, nous avons appris le décès de ta mère. Condoléances de la part de Michèle et moi, tes cousines d'Amérique. Viviane Demilly. »

Un demi-siècle sans nouvelles, au point que j'en avais oublié leur existence. Ma mère avait coupé les ponts avec ses sœurs, ses nièces et son neveu. Elles sortent de nulle part.

Je ne réfléchis pas, je réponds instinctivement. « Bonjour Viviane. Quelle surprise de te lire ! Comment avez-vous été informées ? J'espère que mes cousines d'Amérique se portent bien. *Take care.* »

Elle réagit dans l'heure. « Michèle et moi fêtions New Year's Eve. Nous parlions de notre enfance. En surfant sur le Net à la recherche de notre famille belge, nous avons découvert que ta mère venait de mourir. Sur l'annonce nécrologique, j'ai lu que tu es grand-mère, comme moi… »

Le mot « famille » me percute. Le barrage cède. Je pleure. Je ne sais pas si c'est de la colère, de la tristesse ou du désespoir. Je suis nue. Totalement vulnérable.

La lumière bleue de mon ordinateur brille dans le noir. J'ai oublié quel était ce rebondissement dans l'intrigue que je m'apprêtais à écrire. Je découvre qu'il existe des tas de sites de généalogie, je fouille, j'explore. Des lieux, des dates me questionnent, secouent chacune de mes cellules. Quiconque s'est déjà lancé en quête de ses origines a dû être saisi du même vertige.

J'éprouve un tel besoin de découvrir un clan, une tribu, un groupe. D'appartenir à une communauté. J'encode le nom de jeune fille de ma mère : Schamisso.

Ses parents : Georges et Rissia.

Ses sœurs : Lydia et Valia.

Rissia se nomme tantôt Raïssa, Ryssia ou Rose. Ma mère, elle, se nomme Germaine ! Elle se faisait appeler autrement. Étrangement, Germaine ne comporte pas de « a » final et ne ressemble en rien à un prénom russe ou juif.

Je découvre aussi qu'elle avait un frère ! Joseph. Mon oncle. J'ai du mal à le croire, je relis pour vérifier.

Sur un site apparaît maintenant ma date de naissance ; juste en dessous, un espace vide pour la date de mon décès. D'un geste vif, je referme l'ordinateur. Je suis là pour rechercher mes ancêtres, je n'avais pas prévu de me confronter à ma finitude. J'attrape une feuille et je trace les contours d'un arbre. Le tronc, les branches.

Je connais si peu d'eux. Je veux tout savoir.

Les noms qui surgissent convoquent quelques timides images, des bribes effilochées, fragments de mon histoire familiale si longtemps étouffée.

Ma grand-mère, Rissia. Je me souviens de la fable du gendarme et du voleur qu'elle m'a si souvent racontée et des montagnes de piroshkis qu'elle cuisinait. J'en raffolais.

Mon grand-père, Georges. Diamantaire, il prenait tous les jours le train pour Anvers, d'où il me rapportait des gosettes aux myrtilles.

Je n'ai jamais goûté au lait maternel et pourtant ma mémoire est gourmande.

Des fantômes sortent de partout. À quoi bon exhumer ces défunts ? Ils ne me tiendront pas compagnie. C'est trop tard. Je plie la feuille avec l'esquisse de l'arbre et la glisse dans le soufflet à l'arrière du carnet. La pieuvre se plaque à mon ventre. Je la connais par cœur, elle m'accompagne depuis toujours. Sa tête grosse comme un ballon de rugby. Je ferme les yeux pour ne pas croiser ses pupilles noires. Six tentacules me ceinturent l'abdomen, deux enserrent mon cou. Elle se cramponne. Elle m'étrangle. Que cherche-t-elle à m'apprendre ? « *Zhizn prozhit – ne polé pereïti* », me répétait Rissia avec son accent savoureux. « La vie, ce n'est pas traverser un pré. »

J'étouffe, j'ai besoin d'air. Je dévale les escaliers. Pas le temps d'enfiler mes baskets, j'attrape une veste au portemanteau de l'entrée, mes clés sur la console, je claque la porte. Saloperie de pieuvre, saloperie de généalogie !

Je monte la rue pavée, je me faufile dans l'impasse, j'entre dans le parc.

J'ai le privilège de vivre en ville, à cinq cents mètres de la campagne. À gauche, la grande prairie en pente douce. Chèvres à longues barbichettes de grand-père et moutons bouclés cohabitent en harmonie derrière les palissades en bois. Trois moutons bruns à tête noire font la course, les autres entourent les agneaux.

Je dépasse la ferme, je longe le potager et j'arrive dans la deuxième prairie. Hautes herbes parsemées de fleurs jaunes et jeunes poiriers élancés surplombent les maisons en contrebas. D'habitude, je savoure ce charme bucolique. Aujourd'hui, tout me semble menaçant. Un arbre foudroyé, fendu en deux, exprime la force nécessaire pour briser le silence. L'allée de pins dont les branches se touchent et forment une arche devient le tunnel obscur que je dois traverser.

Les tentacules de la bête marine s'accrochent. Encore un tour, l'inconfort va peut-être s'estomper. Je marche jusqu'à épuisement. Un pas après l'autre. Tant que je resterai en mouvement, je ne m'effondrerai pas.

Je veux savoir qui était cette femme dont l'absence a toujours pris une place immense. Comprendre enfin de quelle substance elle était faite. Elle ne m'a pas transmis son histoire. La famille d'Amérique a été rayée de la carte. À la maison, les mots « Shoah », « exode », « Seconde Guerre mondiale » ne faisaient pas partie du vocabulaire. Le mot « nazi », jamais je ne l'ai entendu. J'ai été tenue à distance.

Je fais demi-tour, les nuages s'amoncellent, j'ai froid.

Je rentre chez moi sous une pluie battante. Ma veste dégouline sur le plancher ; j'ouvre le frigidaire, je déchire le paquet mauve et blanc et je mords dans un premier Mélo-cake… Coque en chocolat, moelleux de la meringue, croquant du biscuit, je m'enfile les douze. Comme quand j'étais enfant. Me remplir, peser plus lourd, me lester, ne plus avoir l'impression de flotter, m'anesthésier. Je m'écroule dans le canapé, où je m'endors.

Je me réveille deux heures plus tard avec une idée tenace. Écrire l'histoire de ma mère à travers l'itinéraire des Schamisso.

J'ouvre mon ordinateur, je crée un nouveau dossier. Je le nomme « Terra incognita ». Je commence.

10 mai 1930. Germaine voit le jour. Dans le couloir de la clinique, son père, son frère et ses sœurs l'attendent avec impatience. Deux ans qu'ils ont fui la Russie. Peu à peu, ils tentent de reprendre confiance, de trouver leurs marques, et cette petite dernière, née sur le sol belge, un pays en paix, arrive comme une confirmation que tout va bien maintenant, ici, à Anvers.

J'aime ce moment où les mots s'enchaînent. *La ville…* Je cherche des termes précis pour décrire Anvers, je m'égare dans les synonymes. J'écris dix lignes de plus, je les efface. Ce n'est pas assez fort. Il me faudrait une photo pour m'aider à planter le décor. Je ne connais pas leur adresse. Vivaient-ils près du port, au son des bateaux et des mouettes ? Ou à proximité du quartier des diamantaires ? Comment étaient-ils habillés ? Je tente un autre incipit, caméra à hauteur d'enfant.

Souliers vernis, Germaine a six ans, elle joue dans la rue…

Quel est le nom de la rue ? À quoi jouait-elle ? Quand j'invente des histoires, je dois toujours canaliser un débordement, trier les idées, choisir et déployer. Ici, l'inspiration me manque. Je ne connais rien de leur vie.

Il me revient que j'ai confié à un journaliste il y a quelques années mon désir d'écrire une saga qui commencerait en Russie au début du XXe siècle. Suis-je au pied de cette saga ? On dirait le nom d'une montagne. Le mont Saga. Aurai-je le courage d'entamer l'ascension ? Mes yeux s'arrêtent sur une des planches de ma bibliothèque. Bien serrés, Nina Berberova, Tchekhov, *La Vie au temps des Romanov*, *Docteur Jivago*, toute l'œuvre de Romain Gary. Contexte russe, âme russe, âme ashkénaze. Cette fois, je tiens le fil…

3

Dans le salon de la rue Général Capiaumont, la lumière chaude du printemps éclabousse le piano. Germaine entame les premières notes de la *Sonate au clair de lune.*

Sol do mi sol do mi…

Adagio sostenuto. Elle sait que le premier mouvement doit être abordé avec une grande délicatesse pour respecter le tempo lent et réussir les arpèges en triolet. Ce matin, elle le joue avec un entrain particulier. Demain elle aura dix ans. Dix ans le 10 mai.

Elle sourit. Sa nouvelle robe l'attend dans sa chambre, vivement qu'elle la porte ! Les mesures s'enchaînent, elle pense aux cartes d'invitation qu'elle a dessinées. Elle a convié cinq élèves de sa classe à fêter son anniversaire. Myriam, sa meilleure amie, arrivera certainement la première.

Elle a supplié sa mère de ne pas cuisiner de bortsch pour que l'appartement n'empeste pas le chou. En revanche, des vatrouchkas, oui. Elle raffole de ces chaussons croustillants en pâte feuilletée, fourrés de fromage blanc.

Sol do mi sol do mi...

Ses parents ont promis de lui offrir une poupée. Dans sa chambre rose, deux étagères leur sont réservées. Pourvu que son petit papa, son Papochka, oublie sa radio et ses sourcils froncés. Ces derniers temps, il colle beaucoup l'oreille au transistor. Elle préfère quand il lui joue un air d'accordéon ou lui raconte une blague.

Elle attaque le deuxième mouvement en *ré* bémol majeur. *Allegretto*. Son préféré. Le plus joyeux des trois.

Sa grande sœur, Lydia, surgit en chantant *La Traviata* à tue-tête.

— Cesse immédiatement ce vacarme ! s'égosille la cantatrice.

— C'est toi qui fais du bruit. Tu m'empêches de m'exercer.

— La prodige par-ci, la prodige par-là. Et ces gants que Mama t'oblige à porter pour protéger tes mains, c'est ridicule !

— Tu es jalouse.

— La place que tu n'as pas eue, tu la veux au centuple. Aujourd'hui, il n'y en a que pour toi. Odessa, tu n'as pas connu, la Russie tu n'as pas connu. Tu te venges parce que tu n'étais pas avec nous.

Germaine ne se venge pas, elle répète le morceau que son professeur lui a demandé d'étudier pour la semaine suivante.

Quand ils parlent de leur vie sans elle en Russie, ça lui pince le cœur. Lydia le sait et elle appuie là où ça fait mal.

Elle préfère quand Mathilda, sa grand-mère paternelle chérie, l'accueille dans ce monde et lui raconte d'une voix teintée de regrets les longs mois d'hiver, les chapkas en fourrure, les descentes en luge et les bonshommes de neige. Elle décrit si bien la maison au coin de la rue Pouchkinskaya, les escaliers dévalés, la cachette dans l'arrière-cuisine, le samovar de thé brûlant et les tasses minuscules, les boîtes en loupe remplies d'oursons en massepain, les ballades à l'accordéon, les légendes, les superstitions et les chansons.

De toutes les histoires de Mathilda, celle qui lui plaît le plus, c'est la rencontre de ses parents, Rissia et Georges. À quinze ans, têtue et déterminée, Rissia a quitté son village pour se rendre à Odessa à deux cents kilomètres de là. Elle s'est inscrite dans un lycée réputé et grâce à l'aide financière, consentie à contrecœur par son père, elle a pu louer une chambre. Sa logeuse recevait souvent la visite d'un neveu, Georges, étudiant en musique de dix-neuf ans. Après avoir courtisé la jeune pensionnaire pendant quelques mois, il a demandé sa main et ils se sont mariés en 1915.

Quand Mathilda évoque les facettes brillantes de cette période faste – la blanchisseuse, le portier, le remonteur de pendules, le cireur de parquets, le cuisinier et les femmes de chambre –, Germaine perçoit l'émotion dans sa voix. Elle partage un lien privilégié avec sa Babouchka, celle qui la prend dans ses bras, lui chantonne à l'oreille. Elle est tellement nostalgique des Romanov que ses larmes refroidissent le thé brûlant quand elle évoque le tsar Nicolas, la tsarine Alexandra et leurs cinq enfants – les grandes-duchesses Olga, Tatiana, Maria, Anastasia et le tsarévitch Alexeï, un fils arrivé après quatre filles – assassinés par les bolcheviks dans leur résidence assignée de l'Oural.

Lydia l'a interrompue et emmenée loin de sa chère musique. Germaine se sent désemparée. Assise, elle regarde d'en bas sa grande sœur dont elle n'a jamais aimé la bouche frémissante quand elle se fâche. Elle aimerait reprendre le morceau qu'elle étudie. Ses mains sont arrêtées dans le temps. Des images continuent de traverser son esprit.

Elle a si souvent entendu et réentendu ces récits. La nounou Svetlana gardait ses sœurs et son frère quand leurs parents sortaient au théâtre ou assistaient à des bals. Autoritaire, corpulente, les joues rouges, elle déroulait devant l'icône, à la lumière tremblotante d'une veilleuse, les contes de fées : *Le Poisson d'or*, *Le Poulain bossu*, la sorcière Babayaga et son isba aux effrayantes pattes de poulet.

— La Russie, j'aurais beaucoup aimé être là-bas.

— Tu crois que c'était seulement le rêve ? Tu es bien naïve de ne croire que les histoires dont te berce Mathilda. Sur la fin, c'était terrible. Les domestiques ont été congédiés. Les garde-manger étaient vides. Pour nous aider à oublier la faim, Mama nous lisait *Les Malheurs de Sophie* et *Les Grandes Vacances* de Sofia Fiodorovna Rostoptchina, la comtesse de Ségur. Nous, les enfants, nous percevions beaucoup d'inquiétude dans les intonations des adultes.

Germaine se bouche les oreilles. Lydia poursuit sa litanie.

— C'est pas ce que tu crois, les amis réfugiés chez nous dormaient par terre sur des matelas, papa avait cloué des planches aux fenêtres pour qu'aucun regard ne s'immisce à l'intérieur… Tu as de la chance de ne pas avoir connu tout ça !

Germaine avance les mains vers les touches du piano. Lydia, referme le couvercle. La pianiste a juste le temps de retirer ses doigts.

— Arrête de jouer ! C'est nous qui avons trinqué ! Ce n'est pas toi, la reine. Les bolcheviks avaient conquis Odessa et prenaient des notables en otage. Nous avons été obligés de nous cacher… Papa était étiqueté parasite bourgeois, il ne trouvait plus de travail… Les deux tiers de notre maison avaient été réquisitionnés… Pendant que toi, assise devant ton piano, tu te prends pour Beethoven avec, avec… Tu me chauffes les oreilles, tu n'as pas connu le marché noir, je faisais la queue pendant des heures pour remplir un pot de lait, Mama tentait d'échanger des diamants contre du charbon, du tissu ou de la farine. Si elle avait été capturée, elle aurait été exécutée.

Assise devant le piano fermé, Germaine est stupéfaite par la violence de Lydia.

— Les parents se persuadaient que la situation pouvait encore se stabiliser. Ils ont toujours espéré que la révolution ne dure pas. Notre grand-père Joseph s'opposait fermement au départ. Il s'imaginait que nous étions protégés par son argent et ses relations. Nous avons attendu sa mort pour tenter de quitter la Russie. Ils ont pris un risque énorme. C'était devenu quasi impossible.

Germaine referme sa partition, ses mains sont moites, elle les frotte contre sa robe, elle rajuste une mèche de ses cheveux derrière son oreille.

— Mama a marché trois jours et trois nuits à travers la forêt, parce qu'elle avait appris que le tsar serait présent dans la ville de Zatoka. Elle avait dans sa poche une feuille de papier sur laquelle elle avait écrit en majuscules *Aidez-nous à partir*. Elle a attendu sur la place Magdalena et quand le carrosse est passé devant elle, elle s'est jetée sur les pavés pour immobiliser les chevaux. Le tsar est descendu, elle lui a glissé le papier dans la main.

La colère de Lydia ressemble au troisième mouvement en *do* dièse mineur. *Presto agitato*. Un tempo rapide et agité qui exprime le tumulte.

Germaine aimerait tant reprendre le morceau, retrouver le cocon bienveillant de la musique. Lydia l'en empêche. *Presto agitato*. Elle agite les mains dans tous les sens. Sa voix résonne dans la pièce.

— Il fallait partir mais ça nous a brisé le cœur.

Elle poursuit de plus belle. Leur mère dissimulant des bijoux et des billets de banque dans les doublures de vêtements usagés. L'exode, en zigzag, d'Odessa à Moscou, de Moscou au Caucase, du Caucase en Crimée. Le bateau couvert de neige. Le départ du port de Constantinople, le froid terrible. Les côtes de la Turquie qui s'éloignent. La mer Noire, l'exil vers la France et au bout, à l'horizon, Nice, puis Anvers, le gris, la pluie…

Germaine l'interrompt.

— Ici, on est en sécurité, Papochka veille sur nous.

— Pour l'instant tout va bien, mais le malheur traversé ne protège pas d'un nouveau malheur.

Lydia s'assied sur le canapé. Elle semble avoir épuisé un flot de colère. Germaine ouvre le piano et continue le deuxième mouvement de la sonate, plus calmement. Rythme à trois temps, soixante mesures exactement, cinq bémols à la clé, *si mi la ré sol*. Les notes l'apaisent.

Elle a beau s'appeler Schamisso, tout la distingue. Elle possède un don pour la musique. Elle est la seule à être née en Belgique. Elle est beaucoup plus jeune que son frère et ses sœurs. Joseph a vingt-quatre ans, Lydia, vingt-deux, Valia, dix-sept. Tous russes.

Elle voudrait tant leur ressembler. Elle aurait aimé partager avec eux cette période insouciante, balisée de bonshommes de neige et d'oursons en massepain. Tsar, révolution… Elle a capté des mots, des phrases qu'elle additionne, combine, associe pour compléter l'histoire qu'on lui raconte. De cette époque où elle n'était pas encore née, du voyage d'Odessa à Anvers, on lui en dit trop et pas assez. Demain, c'est son anniversaire et rien ne l'empêchera de se réjouir.

4

Dans mon nouveau carnet, en haut à gauche de la première page, j'ai écrit où je me trouve aujourd'hui et la date. Ce sera le journal de bord de mon enquête, les étapes de l'ascension du mont Saga.

Je redoute les mois que ce travail de recherches va me prendre, j'ai peur des émotions qui déferleront, j'essaye de terminer mon sixième roman et j'ai tellement d'autres choses prévues. Dédicaces, dîners avec mes amis, peindre ma chambre, m'occuper de mes petites merveilles le mercredi, mes petits-enfants, « mes zamours ». Et surtout, j'appréhende de consumer trop de temps avec celle dont le moindre souvenir m'écorche. Le mot *famille* a réveillé le manque. À sonder ce manque, vais-je me sentir libérée ou désarçonnée, nourrie ou affamée ? Retrouverai-je un jour ma tranquillité ?

Je lève la tête de mon carnet. Installé sur une chaise, un gros matou me regarde. Je l'ai déjà vu traverser le jardin. Il est entré par la porte ouverte sans que je m'en aperçoive. Lion miniature à l'épaisse fourrure rousse, brune et blanche et aux extraordinaires yeux verts bordés de noir. Il ne porte pas de collier. Son ventre rebondi témoigne qu'il n'est pas abandonné. Il ou elle ? Je décide de l'appeler Ma Beauté. Je n'ai pas de chat. Qui s'en occuperait quand je m'absente ? Ce n'est pas un objet qu'on peut déposer à la consigne. Il serait malheureux, je lui manquerais. Et vice versa. Celui-là, au lieu d'être malheureux quelque part, il débarque chez moi et prend ses aises. Je ne sais pas d'où il vient. Comme ma mère, finalement.

Ma mère ne parlait jamais de sa famille ni de son passé. Je pressentais que c'était une zone interdite dont il valait mieux ne pas s'approcher. Moins elle voulait m'en dire, plus je voulais savoir. Parfois, je rassemblais mon courage. Puis je lançais une salve de questions. Un jour, j'ai eu droit à une réponse. La phrase a claqué : « Ma vie a basculé le 10 mai 1940. » Et après, plus rien. J'ai longtemps essayé de décoder son mutisme. Puis j'ai renoncé, je me suis protégée. Elle n'a jamais initié une conversation.

Le stylo bille noir pointe fine glisse sur la page de mon carnet, nous devenons intimes. Me renseigner sur la grande Histoire me donnera des indications sur la petite histoire. Je cherche sur Internet.

Le nouveau crime hitlérien.
L'Allemagne attaque la Belgique.
La brutale agression n'a été précédée d'aucun ultimatum,
d'aucune démarche diplomatique.

La une du journal *Le Soir* du 10 mai 1940. Je l'imprime.

Le jour de son anniversaire ! Je n'avais jamais associé les deux événements. Je remonte un grand panneau en liège de la cave. J'y punaise la une du journal.

5

Depuis la veille, la table a pris un air de fête. Les bougies attendent dans le tiroir du meuble de l'entrée, les vatrouchkas sous un torchon. Dans quelques heures, les invitées sonneront. Myriam la première. Excitée à l'idée de déballer ses cadeaux, Germaine sort de son lit et se précipite hors de sa chambre.

Quelque chose cloche. Ses parents, sa Babouchka et ses sœurs sont déjà habillés alors qu'ils prennent toujours le petit-déjeuner en peignoir. Tous affichent un air grave.

Son père replie son accordéon et le dissimule sous une couverture dans l'armoire du couloir. Elle regarde ébahie sa mère cacher la petite horloge du salon dans le panier à linge, jeter des chandails et des passeports dans un sac, envelopper le chandelier de shabbat, les couverts en argent, le samovar et une icône dans des châles. Elle décroche la mezouzah de la porte du palier, hésite un instant avant de l'enfouir dans son corsage. Germaine ne comprend pas ce qui se passe. Cette mezouzah, qu'elle effleure chaque matin en partant à l'école, les protège. Son ventre se serre. Elle voudrait qu'on lui explique la raison de cette agitation.

Elle entend une explosion, des cris. Elle se précipite à la fenêtre. La rue Général Capiaumont est pleine de monde. Des femmes en manteaux de fourrure sur leur chemise de nuit, des gens en sabots qui se signent, des chiens errants, des jeunes filles avec des bébés dans les bras, des enfants seuls avancent sans se retourner. Où vont-ils ?

— Éloigne-toi de la fenêtre, ordonne Georges.

— Va chercher tes gants, crie Rissia.

— Les Allemands arrivent.

— Il faut quitter Anvers, quitter la Belgique.

— En Russie, on a trop attendu.

— On est restés coincés des années.

— Cette fois on ne sera pas piégés.

Valia pleure.

— *Bystro !*

— *Bystreye !*

Germaine se mord la lèvre au sang. Des larmes perlent au coin de ses yeux. Lydia saisit fermement sa main et l'emmène dans sa chambre. Elle retourne le contenu d'un tiroir sur le lit.

— Enfile ça.

— Lydia, il fait beaucoup trop chaud.

— Ne discute pas.

Malgré la température élevée, elle doit superposer des collants et plusieurs couches de vêtements. Cette laine la gratte. On ne lui fournit toujours pas d'explication. Les bijoux sont répartis entre les trois enfants. On lui confie la montre en or de son père. Germaine empoigne Katiouchka, sa poupée préférée, celle à qui elle a donné un nom russe. Dans la poche de sa robe, elle glisse en cachette la plus petite des matriochkas en bois.

Au moment de sortir, Georges revient sur ses pas, saisit la jolie boîte en acajou au couvercle coulissant, posée sur la commode de l'entrée, vérifie que tous les pions du jeu d'échecs sont rangés à l'intérieur et la lui tend.

— Je te la confie.

Elle la glisse dans son sac.

— *Toropites' !* Dépêchez-vous !

— Vite !

6

Devant chez eux, sur le trottoir, ils marquent un temps d'arrêt. Germaine a l'impression que toute la Belgique est sur la route. Un défilé interminable de voitures d'enfants, de charrettes à bras, de bicyclettes. Des grands-parents transportés dans des brouettes, des automobiles coiffées de matelas et bourrées d'objets hétéroclites, de vieux tacots branlants, soufflants, haletants, à peine plus rapides que les lourdes carrioles traînées par des chevaux. Des motocyclistes, un couple en tandem et des femmes enceintes à pied dans les rues d'Anvers au petit matin.

Les Schamisso s'engagent et se noient dans la cohue.

Une dispute éclate entre deux hommes. Le premier affirme qu'ils doivent passer la Loire, là-bas ils seront sauvés. Le deuxième insiste pour se diriger vers Ostende et traverser la Manche. Elle ressent une tension dans tous ses muscles. Ses orteils se recroquevillent à l'intérieur de ses chaussures. Ils sont six à entreprendre ce voyage vers l'inconnu. Son père et sa mère, ses grandes sœurs Lydia et Valia, et sa Babouchka Mathilda. Sa grand-mère ne s'écarte jamais de son quartier, la voilà sur les routes à soixante-six ans. Son frère, Joseph, n'est pas avec eux. Depuis longtemps il a claqué la porte pour « mener sa vie » en Amérique.

Dans ce flot ininterrompu, elle aperçoit par à-coups, entre les gens qui se pressent, le parc, la synagogue.

Avec des voisins, ils forment un groupe de vingt personnes. Elle est la benjamine et la plus petite. À dix ans, elle mesure un mètre trente, et encore, seulement parce qu'elle triche quand elle soulève ses talons au moment où l'on fixe sa taille d'un trait de crayon sur le mur. Sa mère relie leurs mains avec une cordelette.

— Et ma fête d'anniversaire ?

— Marche !

— Où va-t-on ?

— Marche !

Sous ses couches de vêtements, elle transpire. Trimballée au milieu d'autres gens en fuite, elle laisse tout derrière elle. Sa maison, sa chambre, son école, ses amies, ses poupées, ses cadeaux, sa fête d'anniversaire et surtout son piano.

Papochka pousse sur les pavés un vieux landau rempli de conserves qui pèse au moins le poids de Lydia. Sardines, pois chiches, soupe à la tomate, thon, harengs, riz et pâtes s'entrechoquent.

Des avions de combat arrivent de l'horizon dans un bruit assourdissant et provoquent la pagaille. Ils volent trop bas et visent les fugitifs comme à la fête foraine. Elle n'avait jamais vu sa grand-mère courir. Ils se réfugient derrière un bosquet. Le visage rouge, Mathilda ne retrouve pas son souffle, elle respire avec difficulté. Germaine l'aide à déboutonner le haut de sa robe, elle aperçoit un bout de la combinaison rose de sa Babouchka.

Georges s'éloigne pour échanger des informations avec un homme, qui tient un livre de géographie dont il se sert comme carte routière. Il revient avec de l'eau et des nouvelles. L'homme lui a conseillé d'éviter de suivre les voies de chemin de fer, les Allemands mitraillent les locomotives.

Mathilda reprend ses esprits, ils se remettent en route. La tête de Katiouchka dépasse du sac en toile dans lequel sa mère a ajouté des vêtements de rechange. Des hélicoptères verts vrombissent dans le ciel, Germaine tremble, la sangle glisse de son épaule, la poupée tombe dans la poussière. Elle fouille le sol du regard. Sa mère la presse.

— Elle a perdu une chaussure.

— Pas le temps.

Ils avalent en vitesse un bout de pain qu'ils trempent dans une boîte de pâté. Ils se passent la boîte en marchant. Quand elle arrive dans les mains de Germaine, il ne reste presque rien.

— Hé, Valia, tu en as pris trop !

Emportés par le courant, ils progressent sans se parler.

Une dame affolée court dans tous les sens, s'accroche à l'épaule de Rissia. Elle sanglote.

— Avez-vous vu ma fille ? Avez-vous vu Camille ?

Alors que le soleil se couche à l'horizon, ils s'écartent de la route principale et cherchent un lieu pour s'abriter. Georges pointe une grange et leur fait signe de se taire. Ils se dirigent vers le bâtiment.

— C'est bon, il n'y a personne, nous allons nous y installer pour la nuit.

Ils grimpent dans le fenil et se couchent dans la paille. Lydia éternue, peste contre la poussière, se fabrique un oreiller avec son manteau. Valia s'enroule dans le sien. Chacun se recroqueville sur sa peine. Toute la journée, ils ont fui. Enfin posés, ils ont du mal à croire que leur vie a basculé. Hébétés, tannés par les kilomètres et les événements, ils sont incapables de s'assoupir.

Germaine voit Papochka se relever et descendre l'échelle. Il crie.

— J'ai trouvé une voiture cachée sous une bâche ! Les clés sont posées sur le siège passager.

Elle l'entend remuer des bidons.

— Il y a même de l'essence.

Germaine attrape sa poupée, descend par l'échelle pour le rejoindre et s'installe dans la Citroën.

— Qu'est-ce que tu fais ?

— Je dors ici, j'ai peur qu'on m'oublie.

Le lendemain matin, les cheveux de Lydia et Valia sont parsemés de brins de paille. De grands cernes mangent les joues de Mathilda. Rissia se frotte le bas du dos et enfile les trois gilets qu'elle avait ôtés la veille. Elles se rassemblent autour de la voiture. On cale le landau dans le coffre, les balluchons sur les genoux et Georges allume le moteur. La Citroën démarre. Elle crachote.

— Pourvu qu'elle tienne le coup, lance Lydia.

Ils suivent les longues files d'exilés qui se dirigent vers le sud. Personne ne sait exactement où l'ennemi les attend. Leur itinéraire obéit à l'instinct de survie plus qu'à un quelconque plan précis. Qu'importe la destination, ils doivent avancer plus vite que les Allemands.

La Citroën se faufile entre les tracteurs, les Aronde, les Peugeot 201 et même une voiture américaine conduite par un chauffeur en livrée, d'incroyables guimbardes d'un autre âge, sorties d'on ne sait quels hangars poussiéreux et dont les moteurs fument à force de faire du surplace. De lourds attelages, tirés par des chevaux têtes baissées, avancent au pas, chargés de malades, d'enfants, de matériel agricole, de meubles. Des milliers de marcheurs harassés cherchent à sortir de cet infernal convoi dont Germaine ne voit ni le début ni la fin. Lent chapelet de désespérés. Hommes, femmes de tous âges, garçonnets, fillettes. Beaucoup poussent des brouettes remplies comme des camions de déménagement. Des vieillards s'agrippent à leurs cannes, leurs yeux vides semblent éteints.

Soudain Georges aperçoit dans le rétroviseur une silhouette accrochée au coffre. Il passe la tête à la fenêtre.

— Descendez, s'il vous plaît ! Nous sommes déjà trop lourds !

La Citroën s'engage sur une route qui se transforme en chemin boueux. La voiture s'embourbe dans un champ. Le passager clandestin amarré au coffre file dans la forêt.

Mathilda est trop vieille pour pousser et Germaine trop petite. Rissia, Valia et Lydia se fatiguent à désembourber le véhicule sans y parvenir. Un couple les regarde, Rissia demande de l'aide, la femme s'exclame :

— Vous avez de la chance, vous avez un véhicule, vous !

Grâce aux efforts des Schamisso, la voiture sort enfin de l'ornière. Ils remontent épuisés sur la route, essayant de ne pas heurter les vélos surmontés de paquets, ainsi que les landaus d'une autre époque où des bébés entassés peinent à respirer. Georges évite les piétons écrasés sous les valises, les ballots et les sacs et tente de se frayer un passage. Une charrette à bras freine leur progression. Traînée par un homme courbé, elle supporte un buffet, des enfants et la grand-mère dont les jambes ballotent dans le vide.

Germaine se tortille.

— Qu'est-ce qui se passe ? interroge Mathilda.

Elle grimace.

— Je dois faire pipi.

Georges s'arrête. Il n'y a aucun endroit où se cacher, Germaine s'accroupit au bord de la route, entortille sa culotte autour de ses doigts et, dans une gêne immense, se libère au plus vite. Si elle accepte la faim qui lui tenaille le ventre, elle ne s'habitue pas à cette humiliation-là.

Bientôt le soleil tombe derrière des sapins. Où passeront-ils cette deuxième nuit ? Ses parents échangent un regard angoissé.

Ils s'arrêtent à l'entrée d'un hameau. Tandis que Georges surveille la Citroën, Rissia fait le tour des quatre bâtisses isolées de ce coin perdu. Ce n'est pas ici qu'ils trouveront de quoi remplir le réservoir, mais au moins le précieux véhicule ne sera pas exposé à la convoitise. Par chance, de l'eau fraîche jaillit d'une pompe. Jusque-là, ils n'avaient eu droit qu'à une bouteille d'infecte eau tiède.

Sur la table de la cuisine d'une maison ouverte, un reste de pommes de terre et de fromage traîne dans trois écuelles.

— Regarde, Babouchka, ils sont partis si vite que…

Georges l'interrompt :

— La nuit tombera bientôt. On n'allume aucune lumière et on ferme les rideaux.

Lydia remonte de la cave avec des bocaux de cassoulet. Ils mangent dans la pénombre, assis autour de la table qu'ils n'ont même pas débarrassée. Valia se lève en faisant le moins de bruit possible et chuchote qu'elle va chercher un transistor. Elle revient bredouille, dépitée.

Ils se couchent dans la grande chambre et la mansarde adjacente du premier étage. Germaine n'aime pas cette maison qui n'est pas la sienne. Qui a dormi dans ce lit ? L'oreiller sent mauvais, elle préfère rester habillée. Elle frissonne en entendant des rongeurs dans le grenier au-dessus d'elle. Son ventre la tiraille. Elle n'a presque rien mangé. Elle déteste le cassoulet. Entre Lydia qui ronfle et Valia qui gémit dans le noir, Germaine peine à trouver le sommeil. Elle voudrait revenir deux jours en arrière, le matin de son anniversaire.

Ils se réveillent courbaturés et les traits tirés. En guise de petit-déjeuner, ils ouvrent deux boîtes de conserve de sardines à l'huile. L'odeur forte du poisson soulève le cœur de Germaine. Mathilda insiste pour partager un moment d'intimité avec sa petite-fille, elles se lavent le visage et le buste à l'évier de la cuisine avant de rassembler leurs affaires. Babouchka compte et recompte les paquets. Valia, qui n'a même pas dix-huit ans, prend le volant sans que personne émette la moindre objection, preuve que le monde tourne à l'envers.

Ils contournent Paris par l'est. Peu après Fontenay-Trésigny, un bruit infernal s'échappe du capot. Georges n'a jamais rien compris à la mécanique. Personne ne s'arrête pour les aider et ils abandonnent la Citroën au bord d'un chemin. Profitant de l'agitation, Germaine retire deux paires de collants, les roule et les glisse dans la boîte à gants

Georges pousse le landau cahin-caha, il se rend vite compte que les femmes peinent à porter le reste de leur barda.

— On devrait se débarrasser de ce qui pèse le plus lourd.

— Le chandelier de shabbat, dit Lydia.

— On pourrait l'enterrer et revenir le chercher quand tout ira mieux, enchaîne Valia.

— Vous avez perdu la raison ! s'exclame Rissia. Si on ne doit garder qu'une chose, c'est le chandelier !

Sous la canicule, l'exode progresse lentement, comme un mille-pattes géant, formant un courant tellement dense que personne ne réussit à s'y glisser. Au risque de se perdre, les Schamisso empruntent les routes secondaires moins encombrées. Un homme pousse une brouette dans laquelle brinqueballe une vieille dame qui tient sur ses genoux une cage avec un oiseau. Certains passent par les champs, ils décident de faire de même. Une roue du landau se tord, Georges l'abandonne, ils répartissent les dernières boîtes de conserve dans leurs sacs. Germaine a soif. Pendant un moment, Lydia soutient Mathilda puis Valia la relaie, tels les tuteurs d'une vieille plante. Le visage de Babouchka est creusé de rides plus profondes encore que les sillons de la terre.

— Que la petite vienne devant, propose Georges.

— Non, elle reste près de moi, insiste Rissia.

— Je serai bien avec papa, murmure Germaine.

Après de trop longues heures de marche, ils s'arrêtent enfin pour se reposer. Les places à l'ombre des grands arbres sont déjà prises. Assis en plein soleil, ils somnolent d'un œil, et de l'autre surveillent leur paquetage. Ils partagent le dernier litre d'eau. Germaine voit bien que ça tracasse Rissia, elle ne cesse de répéter qu'il faut trouver à boire.

Brusquement, ils entendent des tirs. Ils se redressent et tentent d'identifier d'où ceux-ci proviennent. Un groupe d'hommes passe en courant, un autre les poursuit.

Ils retrouvent la départementale de plus en plus encombrée, traversent une bourgade aux boutiques éventrées. Des hommes et des femmes sortent des magasins les bras chargés de tout et n'importe quoi – chaussures, vêtements, casseroles, soutiens-gorges en dentelle. Les gens empilent leur butin dans ce qu'ils poussent ou traînent. Germaine est choquée, elle se souvient de son institutrice lui apprenant combien c'est important de respecter la propriété d'autrui et que le vol est un péché.

Des camions militaires surgissent. À la vue des uniformes allemands, tous se rangent contre les maisons pour laisser défiler le convoi.

De l'autre côté de la rue, une petite fille transpire sous ses collants. Malgré la chaleur, sa mère a enroulé deux grosses écharpes de laine autour de son cou. Un garçon de la taille de Germaine la dévisage et lui fait un signe de la main.

Les deux familles repartent dans la même direction. Germaine entend les papas discuter des horreurs vécues les trois derniers jours. Trois jours ! On dirait mille. Germaine joue à « pierre-papier-ciseau » avec son petit compagnon. À une bifurcation, les parents se souhaitent bonne chance.

— Nous rejoignons des cousins près de Lyon. Si vous cherchez un refuge, il paraît que dans le sud des familles de Français accueillent des réfugiés.

Elle ne saura jamais comment s'appelait le garçon du 13 mai 1940.

La voix d'un homme résonne. Planté au milieu de la route devant son chien immobile, il le supplie d'avancer. En vain. Alors l'homme abandonne un de ses sacs, prend l'animal dans ses bras et le porte.

Abrutis de fatigue, sans solution pour la nuit, les Schamisso s'arrêtent en bordure de forêt. Un écriteau indique « Bois du Roy ». Mathilda ne cesse de répéter :

— Que va-t-il arriver maintenant ?

Germaine lui caresse la main.

— Ça va aller, Babouchka, ne t'inquiète pas.

Lydia et Valia s'appuient contre un arbre. Elles retirent leurs chaussures de ville si peu appropriées et massent leurs pieds gonflés. Germaine s'allonge et, à travers le feuillage, découvre le spectacle grandiose du ciel piqueté d'étoiles. Elle reste muette devant tant de beauté. Georges vient s'asseoir près d'elle.

— Là, c'est le chariot de la Grande Ourse, dit-il. Plus bas, la constellation d'Orion avec son air de nœud papillon. Dormir dehors sous la Voie lactée, cela s'appelle « dormir à la belle étoile ».

Éreintés par les deux nuits précédentes, ils s'assoupissent les uns contre les autres, alors que Georges venait de murmurer :

— Ne vous inquiétez pas, je veille.

7

Le matin du quatrième jour, ils appréhendent de reprendre leur interminable voyage. Ils ont de la peine à enfiler leurs chaussures, tant leurs pieds sont meurtris.

— Je n'ai pas pensé à emporter le Mercurochrome et les pansements, soupire Rissia

— On n'a pas le choix, il faut avancer. Courage, dit Georges.

À l'entrée de Chaumes-en-Brie, Papochka repère un véhicule parmi ceux en réparation devant un garage. Sans banquette à l'arrière mais en état de marche. Mathilda se serre avec Georges et Rissia à l'avant de la minuscule Renault noire. Les deux filles aînées s'asseyent derrière, à même le sol. Installée sur le capot, Germaine, qui a la meilleure vue, a pour mission de repérer les nids de poule.

Cent cinquante kilomètres plus loin, le moteur hoquette et s'éteint. Hélas, à l'entrée d'Orléans les pompes sont vides.

Georges a entendu qu'en Dordogne on accueillait des réfugiés. Ses mains tremblent. Lui, d'ordinaire si calme, prend des décisions très vite sans se concerter avec sa femme. Il décide d'emmener sa famille là-bas.

Après plusieurs heures de queue à l'extérieur de la gare, ils parviennent enfin sur les quais où règne une pagaille indescriptible. Chaos de valises, de malles, de sacs et de regards angoissés. Des scouts débarquent, chargés de bidons d'eau, de pains et de lait. Ils vont et viennent, hélés par des bras et des mains tendues. Rissia se fraye un passage pour remplir leurs gourdes. Avant, la guerre n'était qu'un mot appris en classe. Germaine découvre aujourd'hui tout ce qu'il signifie d'horreur mais aussi de solidarité.

Le train pour Périgueux entre en gare. Aussitôt, les gens se pressent pour accéder aux portières. Georges hisse Germaine par la fenêtre d'un compartiment. Rissia, Lydia et Valia s'introduisent comme elles peuvent, tirant et poussant Mathilda. Des voyageurs s'entassent sur les banquettes encore disponibles. D'autres restent debout dans les couloirs et même dans les toilettes, certains tentent de tenir en équilibre sur les marchepieds.

Vierzon, Limoges… À Périgueux, changement de train. Précipitation, il faut s'extraire du wagon et parvenir à descendre. Dès qu'ils ont posé un pied sur le quai, ils sont entraînés par le mouvement affolé d'une masse compacte. Le problème consiste à repérer l'endroit d'où part le train pour Libourne. Puis de l'atteindre en luttant face aux courants contraires pour éviter la dislocation de leur petite troupe. Ils se comptent et reprennent un peu de souffle avant de grimper dans l'omnibus. Babouchka affirme qu'elle n'est ni vieille ni fatiguée, Lydia ignore ses protestations et demande sèchement à un jeune homme de lui céder sa place. Malgré l'entassement, chacun finit par dénicher un endroit où se caser. Germaine se colle à sa mère, enroule une mèche de ses cheveux autour de son index. Ils sont remplis de nœuds. Une semaine qu'elle ne les a pas démêlés avec sa brosse en ivoire. Elle tente de séparer les mèches avec ses doigts mais ça lui fait mal. Elle a besoin de douceur et la recherche comme elle peut auprès de son père et de Mathilda.

— Laisse Papochka et Babouchka tranquilles, repose-toi, conseille Rissia.

Alors elle se couche sur le sol du compartiment, au milieu des chaussures de toutes formes et pointures pour essayer de dormir.

Dans un son dur, métallique, les portes se referment. Au coup de sifflet strident, l'omnibus tressaille et s'élance. L'air frais entre par les fenêtres. Le tortillard avance par tronçons, s'arrête tous les cinq cents mètres.

Dans une demi-torpeur, elle entend son père dire :

— Rassemblez vos affaires, on va descendre à Mussidan.

— Pourquoi ici ?

— Je le sens, Rissia, je ne peux pas te l'expliquer, c'est comme ça.

À la descente du train, le chef de gare leur désigne une responsable de la mairie qui pourra leur indiquer où se loger.

8

Je ne sais pas comment ce chat devine que je suis encore réveillée à 4 heures du matin alors que les volets sont baissés. Il pousse de tout son poids contre la porte pour m'appeler. Ma Beauté se glisse dans la maison et s'installe sur le radiateur.

Voilà deux semaines que j'annule la chorale, le dentiste et les déjeuners désopilants avec mon meilleur ami. J'étais à la page 152 du roman qui m'habitait depuis des mois quand cette histoire s'est imposée à moi. Tout s'est arrêté.

Je ne dors presque plus. Je traverse mes nuits, assise face à un panneau de liège quasi vide et l'esquisse d'un arbre généalogique. Mon dessin me semble terne. Avec un crayon orange, je repasse sur les lettres de tous les Schamisso. Je sais si peu de choses. Un message glissé dans la main du tsar, une ferme en France, le dernier bateau pour l'Amérique, un concert donné par ma mère à Carnegie Hall lorsqu'elle avait 15 ans, un piano offert par un donateur anonyme… Ces lieux, ces événements surgissent de très loin, pièces de puzzle éparpillées. Je découvre les membres d'une famille ballottée d'un lieu à l'autre du globe.

Je compile avec patience et soin les informations pour raconter aussi respectueusement que possible ce qu'ils ont vécu. À défaut d'authentique, l'histoire que je suis en train de coudre sera sincère malgré trop de zones d'ombre, de souffrances. Si je n'envisageais pas d'en faire un livre, je renoncerais à cette enquête. Le cadre de l'écriture me rassure. Composer ce roman, c'est mon alibi. Je veux me confronter aux trous noirs et voir si je survis à cette bataille. J'imprime les mots « Dernier bateau pour l'Amérique » et je les colle sur le panneau.

On sonne plusieurs fois de suite. J'ai oublié que c'est mercredi ! Une porte s'ouvre. Mes zamours déboulent dans le salon, envahissent l'espace.

— C'est quoi, ce dessin d'arbre ?

— Pourquoi les volets sont encore baissés ?

Ma Beauté file sous la table puis s'installe à distance de sécurité pour les observer derrière ses yeux plissés.

Je lève les volets. La lumière éclabousse leurs frimousses. Tout s'enchaîne. À peine ai-je fini de leur fabriquer des capes de chevalier avec un vieux rideau et trois pinces à linge qu'ils me demandent de lire une histoire avec les intonations propres à chaque personnage, de la relire encore et encore, puis de parler une langue imaginaire. J'improvise en roue libre. Face à face dans le canapé, nos pieds se touchent. Un orteil, deux orteils, trois orteils, et nous rions aux éclats. Ils réclament la danse de la compote, je leur offre ma chorégraphie, un pot de mousseline aux pommes dans chaque main. Une mini-pause, le temps d'une tasse de lait chaud, et ça repart de plus belle. Tentative d'initiation au yoga. Assis en bouddha, nous psalmodions :

— *Om na ma Shiva… Ooooom…*

Escalade de Mamilou. Attaque de bisous !

Tornade d'énergie. Mes zamours sont là depuis une heure, j'ai l'impression que cela fait trois jours. Encore tout un après-midi à jouer avec eux. Ils m'émerveillent. Mes superhéros ! Les arrière-arrière-petits-enfants de Georges et Rissia.

9

Le ciel bleu contraste avec le blanc d'un nuage bien dessiné. Juchée sur un ballot de paille, Germaine repense à son arrivée il y a trois mois. Après les manteaux noir et gris qui formaient une masse sombre sur les routes de l'exode, les toits de tuiles rouges et les façades ocres aux volets bleus du village lui semblaient presque trop colorés. Petit à petit, elle s'est laissé imprégner par cette végétation nouvelle. Elle a apprécié le mauve des brins de lavande, le jaune des tournesols et le vert de la glycine. Maintenant elle trouve que Saint-Médard-de-Mussidan, c'est plus beau qu'Anvers.

Le premier soir, titubant de fatigue, les Schamisso ont été pris en charge par la mairie. Un calme étrange régnait sur le village. Ce silence ne présageait-il pas un prochain désastre ?

Ils ont été accueillis par un couple de fermiers. Yvonne et Fernand Meynard élèvent des cochons, quelques vaches et deux lapins aux poils soyeux que Germaine a aussitôt baptisés Boris et Olga et pour lesquels elle s'est prise de passion. Sur un coin de table, les Meynard les ont invités à partager une soupe aux bettes et une omelette. À la fin du repas, Yvonne et Fernand ont versé une rasade de vin dans leur assiette pour la nettoyer et ils l'ont avalée bruyamment. Germaine les a regardés, subjuguée. Ils appellent ça « faire chabrot ».

Les fermiers les ont installés dans le logement des ouvriers saisonniers, à l'étage d'un bâtiment où est stocké le matériel agricole. Tracteur, fourches, brouettes. Trois petites pièces converties en chambres. Une cuisine avec, au centre, une table et quelques chaises. Les murs sont blanchis à la chaux. Au sol, des carrelages donnent froid aux pieds. Derrière une porte, une remise humide garde au frais quelques vivres. Pour se laver, c'est dehors à la pompe.

Cette première nuit, elle est restée éveillée. Les yeux grands ouverts d'une jeune fille, morte le 10 mai en robe d'été dans l'herbe au milieu des boutons d'or, l'obsédait. Une mouche se promenait lentement sur la peau blafarde de sa joue.

Dès le lendemain, sa mère s'est appropriée au mieux leur nouveau logement. Elle a refixé la mezouzah à la porte du palier et, dans un coin de la pièce principale, sur une table recouverte d'un napperon en dentelle, elle a disposé leurs trésors : le jeu d'échecs, une photo de Georges et son accordéon, le samovar, les couverts en argent et le chandelier. Au milieu, trône une icône. Germaine a passé un doigt le long du petit tableau en bois. L'archange aux couleurs vives et aux ailes mordorées semblait lui sourire. Elle est si loin de son piano, de sa chambre, de ses poupées…

Les pannes d'électricité et les pénuries de bonbonnes de gaz sont fréquentes. Par chance, l'eau n'est jamais coupée. Un poêle à bois fait office de cuisinière. Plus de savon. Qu'à cela ne tienne, ils en fabriquent avec de l'huile d'olive, des cristaux de soude et de la lavande.

Quelques jours après leur arrivée, Rissia, la protectrice du clan, a déniché une carte d'Europe qu'elle a affichée au mur de la cuisine. Georges y a reporté les déplacements des armées et de la famille avec des punaises et des ficelles. Une couleur pour les troupes, une autre pour les Schamisso, le cousin Herman et Joseph. La punaise de Joseph est restée en attente d'un lieu où l'enfoncer.

Au début, nul courrier ne leur est parvenu, ni mandat ni colis, aucune nouvelle de leurs proches, le vieil homme du premier étage, les gens du quartier, le rabbin Zeligman, l'épicier… Par méfiance, ils avaient hésité à divulguer leur point de chute. Mi-juin, ils ont changé d'avis et finalement communiqué l'adresse de la mairie à leurs amis d'Anvers.

Mathilda seconde Rissia en cuisine. En dix ans, elle est passée du statut de femme d'un riche négociant de diamants et de bijoux en Russie à celui de veuve, pauvre et cachée. Étrangement, elle ressemble à sa belle-fille, en plus chaleureuse. Alerte, vive, ronde, elle n'hésite pas à serrer dans ses bras ceux qu'elle affectionne. Heureusement qu'ils ont emmené Babouchka avec eux et qu'ils ne l'ont pas confiée à des voisins. Elle incarne une lueur d'amour dans les journées mélancoliques.

Ils n'aiment pas trop dépendre des autres mais il faut bien s'y faire. Carnets d'alimentation, cartes de rationnement, Service des réfugiés… des mots nouveaux pour Germaine. La fermière leur offre des œufs enveloppés dans du papier journal et, parfois, du beurre et de la crème. Ils manquent de pommes de terre, de riz et de fruits. Impossible de préparer le bœuf Stroganov, le bortsch ou les piroshkis. Yvonne Meynard a montré à Rissia comment faire du pâté sans viande et de la confiture de rutabaga. Georges et Lydia sont les plus débrouillards pour dénicher des trésors. Un livre de la bibliothèque rose, des piles pour le transistor, deux oranges achetées au marché noir et une demi-tablette de chocolat.

La vie des Meynard est rythmée à l'année par le calendrier agricole et au quotidien par le soleil et le son des cloches. Ils travaillent sans relâche de l'aube au crépuscule, excepté le dimanche, jour consacré au repos et à la famille, après un passage à l'église. Jamais ils n'ont vu la mer. Ils se lèvent très tôt pour s'occuper des bêtes, ne se plaignent pas, parlent peu, vont à l'essentiel. Lui, casquette vissée sur la tête, mains rugueuses, un dicton à la bouche pour chaque saison. Elle, toujours en tablier et sabots, des varices le long des jambes.

Au plus fort de l'été, Papochka et Lydia ont participé aux travaux de la ferme. Pendant ce temps-là, Valia s'amusait avec un copain lorrain de son âge, réfugié lui aussi. Ils ramassaient des champignons, se baignaient dans la rivière. Germaine observait la récolte du tabac et du maïs. Dans le soleil et le vent chaud, ce refuge avait presque, en cette saison, un goût de vacances, même si l'espace était clairement circonscrit. Pas question de s'éloigner car la ligne de démarcation qui sépare la France en deux passe à Montpon-Ménestérol, à quinze kilomètres de Saint-Médard.

Fernand Meynard a raconté que des paysans privés de leurs terres sont obligés de demander un laissez-passer, qu'on appelle « Ausweiss », pour pouvoir continuer de cultiver leurs champs situés de l'autre côté. La délimitation est constituée de poteaux rouges et jaunes plantés à intervalles réguliers, et les axes de communication sont interrompus par des barrières et des postes de garde. Le tracé est régulièrement arpenté par des patrouilles avec des chiens qui arrêtent toute personne suspectée de vouloir la franchir. Parfois, Germaine les entend parler, elle a pris l'habitude de se percher sur les ballots de foin pour scruter l'horizon et guetter l'ennemi.

Depuis qu'elle est à Saint-Médard, deux événements terribles l'ont marquée. Elle ne pourrait pas dire lequel était le pire. Un jour, le fermier a saisi l'un de ses lapins chéris par les oreilles, l'a couché sur ses genoux et, sans état d'âme aucun, du tranchant de la main, l'a assommé d'un coup sur la nuque. Ensuite, il a approché un couteau et *couic*. Le second n'a pas été épargné. Adieu Boris. Adieu Olga. Fernand a incisé leur peau et retroussé leur fourrure si douce. Elle a tout regardé. Ce soir-là, elle est allée dormir sans manger.

Un autre jour, Lydia est revenue à toute allure de la boulangerie en criant : « Des Allemands devant la mairie ! » Malgré l'interdiction de Mathilda, Germaine a couru les voir. Lydia n'avait pas menti. Ils étaient bien là, avec une Jeep, des side-cars et une automitrailleuse. Le danger pouvait de nouveau surgir à tout moment. Germaine les a regardés, frappée par leurs uniformes noirs et leurs bottes, mais surtout par leur jeunesse. Elle ne comprenait pas comment des garçons à peine plus âgés qu'elle pouvaient faire la guerre.

Après cela, des habitants ont quitté le village. Le boulanger a fermé boutique, le ferronnier a vendu son cheval, la petite Rita – avec qui elle jouait dans la cour de la ferme – et sa grand-mère ont disparu. Germaine a parcouru les ruelles, compté les volets fermés. Le silence s'est installé. Elle s'est inquiétée et a demandé à sa mère si eux aussi allaient partir. Où iraient-ils ? Ils ignorent dans quelles régions, dans quels pays leurs amis d'Anvers se sont réfugiés. La dernière fois que Georges a vu Herman, en mai, son cousin diamantaire parlait de rejoindre l'Angleterre. Ils ne savent pas s'il y est parvenu. Les Américains exigent de nombreux documents. Faute de visas et d'argent pour organiser leur exil vers ce continent, ils attendent.

Perchée sur son ballot de foin, Germaine cherche à apercevoir le toit de l'école. Après une année scolaire « blanche », celle-ci a rouvert ses portes, il y a deux semaines. La classe compte une vingtaine d'enfants, tous niveaux confondus. Malgré l'interdiction des Allemands, l'instituteur continue d'enseigner l'Histoire de France.

Les récréations sont nombreuses car les cours sont donnés en alternance aux grands et aux petits. On initie les élèves au port du masque à gaz. Elle déteste l'odeur âcre et l'impression d'asphyxie qu'elle ressent dès qu'elle pose cette grosse poire de caoutchouc sur son visage.

— Tu te fais des amis ? lui demande sa Babouchka.

Pas vraiment. Elle est juive, elle a peur, elle parle peu. Il y avait Rebecca. La fillette est récemment partie avec sa famille rejoindre la frontière suisse.

Depuis début septembre, ce qu'elle préfère dans sa journée, c'est traverser la rue après la classe pour rendre visite à mademoiselle Chabot. La vieille dame lui sert un bol de café au lait avec des tartines beurrées et lui raconte les potins du village. Elle achète régulièrement le journal et Germaine lui demande des nouvelles de la guerre. Ses parents lui en disent le moins possible. D'après ce que mademoiselle Chabot lui dévoile, le quotidien est bien plus facile à Saint-Médard, dans la zone non occupée

– « nono », comme elle dit. À Paris, on exige des tickets de rationnement pour tout : l'alimentation, le chauffage, les vêtements et les chaussures. En trempant ses tartines dans le liquide chaud, elle écoute.

— Mon petit moineau, je vais t'expliquer comment je vois les choses. Il n'y a pas à tourner sept fois sa langue dans sa bouche. La Grande Guerre m'a pris mon Émile. Quand il en est revenu, il n'a rien raconté. La dépression l'a emporté, ou plutôt il s'est laissé partir. Je te le dis comme je le pense, l'être humain est une catastrophe. Comment est-ce possible d'imaginer qu'un peuple soit supérieur à un autre ? Pourtant, j'en ai vu. Les nazis veulent créer une race parfaite, comme si on voulait que toutes les vaches soient blanches. Tu te rends compte, on raconte qu'ils exterminent les gens qui ne correspondent pas à leur sélection. Ça ne date pas d'hier, et tous les Allemands ne sont pas des nazis. Mais quand même.

Tout ça dépasse Germaine.

— Tu sais poulette, Pétain, il doit avoir ses raisons.

Elle termine toujours ses discours de la même façon. Elle secoue la tête de droite à gauche et murmure :

— Nous serons donc toujours intranquilles.

La semaine dernière, une carte de Joseph, son frère chéri, est arrivée. Datée du 4 juillet 1940 et signée. Il leur annonçait qu'il s'était engagé dans les Marines comme interprète, mais n'indiquait aucune adresse où lui répondre. Depuis, Germaine rêve de le rejoindre en Amérique. Dès que le facteur arrive, au petit matin sur son vélo, elle court vers lui et lui pose plein de questions, persuadée qu'il collecte de précieuses informations en passant de maison en maison. Georges aussi tente d'en obtenir par tous les moyens. Il écoute la radio avec une dévotion rare, comme si une solution allait surgir des ondes. Parfois, elle colle son oreille au poste avec lui. Un jour, elle l'a surpris en train de pleurer. Il venait d'apprendre que le drapeau du Reich flottait au sommet de la tour Eiffel.

Germaine a soif, elle saute de son ballot de paille, rejoint la petite fontaine du bout de la ruelle. Elle traîne son ennui dans les chemins de terre martelés par les sabots des ânes, observant distraitement les insectes, les lézards, les bourdons et les abeilles qui tournicotent autour des ruches. La musique lui manque. Le piano lui manque. Avec un canif, elle a gravé sur un morceau de bois les touches d'un clavier où, de mémoire, elle peut dérouler des gammes imaginaires. Elle écoute les oiseaux, repère leurs mélodies, les chantonne, en invente d'autres. Il lui est même arrivé de verser de l'eau dans des bouteilles et, en tapant dessus avec un bâton, de recréer une suite de notes. Elle aime jouer sur les instruments de fortune qu'elle fabrique, comme ces brins d'herbe à travers lesquels elle souffle pour faire vibrer un son. Bien sûr, cela ne lui suffit pas. Elle voudrait exercer ses mains engourdies sur un véritable clavier, mais c'est mieux que rien du tout.

Ses parents prennent son talent très au sérieux et l'ont toujours encouragée. À Anvers, Rissia lui interdisait tous les travaux ménagers. Ici aussi, ils prêtent attention à ses mains. Ce piédestal sur lequel ils l'ont installée suscite la jalousie de ses sœurs. Lydia râle et siffle entre ses dents : « Petite protégée. » Ça l'agace et ça l'attriste. Après tout, ce n'est pas sa faute si ces grandes gigues ne développent aucun don particulier.

Germaine ôte ses gants, frotte ses paumes l'une contre l'autre. Elle regarde ses mains. Fines et soignées, les ongles courts pour accéder facilement aux touches. Elle les ferme, les ouvre, les secoue. Elle tire de toutes ses forces sur le pouce, l'index, le majeur, l'annulaire et l'auriculaire de la main droite, puis de la gauche. Elle écarte les cinq doigts jusqu'à crier de mal, résiste, compte dans sa tête, il faut tenir jusqu'à dix. La distance entre son pouce et son auriculaire lui permet tout juste d'exécuter une octave. Elle tend le petit doigt pour atteindre une touche fictive. Il lui manque toujours des centimètres. Plus encore que de grandir, elle rêve de mains longues. Jusqu'à quel âge le corps se développe-t-il ? Elle torture ses mains pour en augmenter l'amplitude. Le grand écart de ses doigts.

Quelques notes s'échappent de l'église. *Do mi sol fa ré si…* Elle entre, s'approche du vieil harmonium. L'harmoniste termine un morceau, ils se regardent et il lui laisse sa place. Elle s'assied. Aussitôt, elle oublie tout ce qui l'inquiète, actionne les soufflets et s'emballe sur le clavier. L'acoustique décuple les sonorités. La musique envahit l'espace.

10

Depuis toujours, j'ai l'impression que mon corps crie au secours pour sortir de la cage où il est enfermé. Ces dernières semaines ont réactivé et intensifié une série de symptômes. Quand une secrétaire m'annonce que le prochain rendez-vous disponible chez cet ostéopathe, reconnu pour son interprétation de cas complexes, est dans un an, je réponds du tac au tac :

— Ma mère est morte il y a six mois.

Sensible à mon argument, la secrétaire me propose une date plus proche.

Le cabinet est lumineux. Une grande baie vitrée donne sur un jardin. Au mur, trois gravures représentent l'anatomie humaine. Une table de soins, un bureau, deux chaises. Étrangement, celle qui m'est destinée est placée à plusieurs mètres du bureau. Je n'ose pas la rapprocher. Une quarantaine d'années, les yeux gris, en tee-shirt et pantalon de toile, l'ostéopathe m'observe. Peut-être que la séance a commencé, il prend déjà note dans sa tête de la façon dont je me tiens. Je déballe ce qui coince dans le désordre. Ma respiration manque d'amplitude. En recherche d'air, je vis les fenêtres grandes ouvertes, été comme hiver. Mes pieds et mes mains sont bouillants, je ressens la chaleur d'un volcan. Des kilos meurtriers contraignent mes élans, une hypersensibilité auditive me fracasse les tympans, une amnésie sélective sème en moi des trous noirs. Et comment lui décrire la pieuvre et les attaques de Mélo-cakes ?

Les confidences s'arrêtent là. Je ne lui raconterai pas non plus qu'après l'attentat du Bataclan, j'ai dormi pendant un mois tout habillée au premier étage, alors que ma chambre se situe au troisième, que ma rue est tranquille et que je ne connaissais aucune des personnes touchées par ce drame. Je voulais être plus près de la sortie, pouvoir m'enfuir le cas échéant.

Son calme contraste avec mon bouillonnement intérieur. J'aimerais qu'il me donne un peu de sa force tranquille, en échange de mon agitation.

Il m'invite à m'allonger sur la table. Je suis habillée et je ne peux rien lui cacher. Il enserre mes tempes de ses mains, puis ses doigts se placent sur mes hanches et remontent avec des mouvements lents vers ma nuque, suivent la courbe de mes épaules, descendent le long de mon buste, de mes jambes jusqu'à mes chevilles. Il effleure, frôle pour éviter de raviver des blessures anciennes. Ses grandes mains puissantes sont souples et chaudes. Une partie de moi se demande ce qu'elle fait là, l'autre croit à ce qui peut lui faire du bien.

On dirait qu'il déchiffre, écoute, m'accorde tel un instrument de musique. Ma respiration s'apaise. Pourtant je n'aime pas être couchée sur une table au milieu d'une grande pièce très lumineuse. Le voyage de ses mains dure trente minutes. Je me relève, mes jambes vacillent, la tête me tourne, je tremble.

Il compare mon système nerveux à un tableau électrique et mon corps à une maison dont neuf pièces resteraient allumées jour et nuit.

— Vous êtes en insécurité, en vigilance, sur le qui-vive en permanence. Depuis l'enfance. Votre corps résiste au changement. Il se méfie de l'inconnu.

À ce moment précis, des larmes me montent aux yeux. Une telle résonance, un écho à ce qui m'habite.

— Des parties de vous sont verrouillées... pour vous protéger, éviter une douleur trop aiguë. Des écluses sont fermées. Sans doute des secrets, des non-dits, des silences encapsulés. Vous avez enfoui ces silences très loin pour ne pas périr, ne pas devenir folle. La vie ne circule pas.

— Qu'est-ce que je peux faire ?

— Je n'ai qu'un mot : accueillir.

Je suis sonnée. Collée à la chaise. Je dois me lever, partir, rentrer chez moi. Les lumières de ma maison intérieure restent allumées jour et nuit. De quoi me protègent-elles ? Est-ce que je réagis comme l'araignée ? Quand quelqu'un entre dans une pièce, l'araignée ne bouge pas, elle fait la morte, espère qu'on l'oublie. Je dois continuer d'avancer à la rencontre de ma famille, c'est une évidence.

Il pleut. Le tram 92 s'arrête. Je le laisse passer, j'ai besoin d'air et de marcher un peu. Rester seule, quelques minutes encore, avant de me frotter au monde et d'*accueillir* les Schamisso.

11

Fernand Meynard les a prévenus la veille, des collabos français tournent dans la région à la recherche de dénonciations. Georges et Rissia en discutent près du poêle. Après avoir étendu la lessive sur le fil, Valia et Germaine essayent des vêtements que la Croix-Rouge a distribués.

Le fermier débarque, essoufflé.

— Vite, une voiture arrive ! Il faut vous cacher.

— Mathilda et Lydia se promènent.

— Dépêchez-vous !

Il les entraîne dans sa cuisine, pousse la table, enlève le tapis, soulève la trappe et les somme de descendre l'un après l'autre dans la cache. À tâtons, Germaine s'assied entre les genoux de son père, il s'efforce de calmer sa respiration. À droite, sa mère renifle. À gauche, Valia tremble. Elle distingue le bruit d'un moteur qui s'arrête, suivi d'un claquement de portière. Une voix masculine, éraillée par la cigarette ou la colère, peut-être les deux, approche. L'homme parle français.

— Salut, Fernand, content de te voir.

— Salut, René.

— Rien de changé ici, l'endroit est toujours aussi paisible.

— Il y a longtemps que t'es pas venu.

— Et ta fille ? Comment va la Claudine, elle étudie toujours à Périgueux ?

— Elle a bientôt terminé.

— J'ai vu des blouses sécher sur le fil à linge. T'as du monde à la maison ?

Dans l'obscurité, Germaine perçoit tout avec plus d'acuité. Le souffle de Rissia plus rapide. La transpiration de Valia. Même son père a peur, elle en a la certitude. Appuyée contre lui, elle sent son cœur perdre pied. Elle a couru sans cardigan. Il fait humide sous la terre. Dans sa robe légère, elle frissonne.

— On m'a raconté une histoire. C'était pas loin d'ici… Des parasites partout dans la maison, à la cave, dans les placards, dit l'homme.

— J'suis pas au courant.

— J'ai entendu que tu n'utilisais pas de produits pour éliminer la vermine. Si tu as du mal à t'en procurer, je peux te fournir des insecticides efficaces.

— J'ai pas de problème.

— Ça ne te réveille pas la nuit ? Cette saleté envahit tout. Elle se planque là où tu l'attends pas. On en trouve dans les matelas.

— T'exagères pas un peu ?

— T'es déjà allé regarder si des importuns se dissimulent derrière les plinthes ?

— J'y penserai.

— T'es sûr que tu n'as pas de pique-assiette dans ton faux plafond et sous ton plancher ?

Elle devine, aux craquements des lattes de bois, les déplacements des deux hommes dans la pièce. Un instant, les paroles échangées au-dessus d'eux lui échappent et c'est encore plus effrayant. Ses mains moites et froides, son haleine chargée la dérangent. Des fourmis dans les jambes la picotent. Elle répète dans sa tête la Sonate n° 2 de Prokofiev. Pourvu que Mathilda et Lydia ne les cherchent pas en rentrant de leur promenade.

— Tiens, je m'assieds… décrète l'homme. Je boirais bien un coup. On va discuter de choses importantes. Qu'est-ce que tu m'offres ?

— Ce que tu veux.

— La Claudine, on la croise plus trop par ici. Est-ce qu'elle serait en désaccord avec ce que moi et mes potes accomplissons pour sauver la France ?

— Y a pas de raison.

— Je te pose une vraie question et tu n'y réponds pas. Claudine, c'est oui ou c'est non ?

— Tu lui demanderas.

— Et toi, quelle est ta position ?

— Tu sais, moi…

— La conversation devient intéressante. T'aurais pas un peu de tabac ?

— Sers-toi, c'est ma meilleure récolte.

— On n'a pas fini de parler. Tu es nerveux ?

— Penses-tu, y a pas de quoi.

Germaine a envie d'éternuer. Son nez la démange. Son corps est engourdi, ankylosé, douloureux. Elle entend la cloche de l'église qui sonne tous les quarts d'heure. Déjà deux fois. Sa réclusion lui semble durer depuis des jours. Elle ne tiendra plus très longtemps sans bouger. Sans parler. Sans voir. Elle s'appuie contre son père. Son rythme cardiaque est redevenu régulier. S'il peut résister, alors elle aussi.

— Tu m'as connu gamin quand je venais te donner un coup de main. J'assume des responsabilités maintenant.

Difficiles, exigeantes. Je donne des ordres, je décide. Le pouvoir de dire et de ne pas dire.

— Moi, je préfère le silence.

— Le pouvoir, Fernand, ça change un homme. Tu ressens tout autrement. C'est tellement puissant ! Beaucoup plus encore que quand on culbute une femme.

— Comme tu y vas.

— Quand une colonne de fourmis avance, tu les écrases avec ton pied. C'est ça, le pouvoir. Y en a qui ont le courage de mettre leur chaussure. Je te laisse réfléchir.

L'individu à la voix éraillée se lève, tapote sur les murs.

— Je te redis l'efficacité des produits qui nettoient les nuisibles derrière les plinthes… Bien sûr, il n'y en a pas dans ta ferme, s'il devait y en avoir, ce serait une catastrophe…

Tous les sons lui écorchent les oreilles. Un animal, sûrement un rongeur, gratte le bois du placard. Elle appréhende les pas lourds et les chaises qui raclent le plancher. Son cœur frappe dans sa poitrine. L'homme risque de l'entendre. Ils vont être repérés à cause d'elle.

— Ta fille, elle me plaît. T'imagine, on serait de la même famille. J'aimerais trinquer avec mon futur beau-père. Et si je croise la Claudine en ville, autant lui apporter de bonnes nouvelles. Je serais tellement déçu de lui raconter quoi que ce soit de désagréable.

— Tant mieux, j'évite les ennuis.

— Tu me sers pas ce coup à boire ?

— Je te fais goûter la liqueur de coing ?

Le visiteur tapote du pied les plinthes, de l'index les murs. Les pas tournent au-dessus de la tête de Germaine, se rapprochent. Pour ne pas crier, elle se raccroche à un souvenir heureux.

Peu avant son anniversaire, Georges l'avait emmenée avec lui à son travail. Assise à ses côtés, elle avait admiré la dextérité avec laquelle il manipulait de petits diamants déposés sur un tissu en velours noir. Il les mesurait avec un calibre afin d'en estimer le nombre de carats et, à l'aide d'une loupe, il en observait chaque facette pour déceler une imperfection ou proclamer leur pureté. Plus que jamais elle voudrait se retrouver à Anvers le 9 mai 1940. Que sa route parte dans la bonne direction ou s'arrête ce jour-là. Dans le noir de la cache, elle se concentre pour distinguer les mains de son père aux longs doigts fins.

— C'est quoi, ce tapis ? C'est pas courant un tapis dans une cuisine.

— Une idée d'Yvonne.

— Méfie-toi, la vermine se planque parfois là-dessous. Tu m'avais pas parlé d'une gnole spéciale que tu caches à la cave ?

Germaine se jure de ne plus jamais jouer à cache-cache.

— Allez, ce sera pour ma prochaine visite. On m'attend en haut lieu. Salut Fernand.

— Salut René.

La portière claque, la voiture s'éloigne. La cloche de l'église sonne deux fois. Une demi-heure en silence sans bouger. Encore combien de temps à grelotter sous la terre ? Combien de temps à se retenir de faire pipi ?

Enfin, le fermier pousse la table, écarte le tapis, soulève la trappe. Rissia sort en premier, puis Valia et Georges. Germaine déchire sa robe en restant accrochée à un clou. Une de ses épingles à cheveux tombe et se coince entre deux lattes du plancher. La lumière du jour l'agresse et l'oblige à fermer les yeux. Chacune de ses articulations est douloureuse. Elle a une crampe au mollet. Cette nuit, elle dormira la lampe allumée.

Blême, Fernand Meynard se laisse glisser sur une chaise. Il a épuisé sa réserve de courage. Après avoir feint l'homme tranquille, le voilà incapable d'articuler un mot.

12

Je regarde ma collection de vieilles poupées russes en bois. Je viens d'acheter deux nouvelles matriochkas sur un coup de cœur dans un bistrot-brocante. La plus petite mesure la taille d'un ongle et la plus grande celle d'une main. Svetlana, Macha, Tatiana… huit paysannes colorées qui se déclinent chacune en six matriochkas, soit quarante-huit en tout. Quelle famille ! Je les sors de la niche où elles sont rassemblées et les aligne sur la table. Macha au fichu orange. Tatiana au gilet vert. Svetlana aux longs cils. Elles portent toutes une robe. Certaines unies, d'autres à fleurs ou à pois.

Dans chacune, je dépose un grain de riz que j'appelle « courage », « déception », « humiliation », « carrosse », « lettre », « 1940 »… Je les emboîte les unes dans les autres, et les secoue près de mon oreille pour écouter le tintement des autres à l'intérieur et, au loin, le grain de riz. Sentir le mouvement du livre que je commence à écrire. Je suis enceinte d'une histoire qui se forme mot à mot.

Aujourd'hui, pour la première fois, j'écoute ce que j'ai dicté la nuit à mon téléphone. J'entends mon souffle, ma voix qui se noue, les silences. Je ne peux énoncer certaines confidences que dans le noir.

Chaque fois qu'une émotion m'envahit, je parle à mon téléphone, le seul outil possible pour enregistrer la vitesse de mon ressenti. Je ferme les yeux. Descendre profondément dans mes entrailles, extraire de mes tripes ce que je veux nommer, tout mon corps tendu vers ce but.

Je devrais sauvegarder ces enregistrements. Mais peut-être ai-je envie qu'ils disparaissent ou peut-être ai-je peur de les entendre ?

Je dicte des messages, je place des grains de riz dans les matriochkas. Pour qui ? Pour quoi ?

Je préfère dissimuler ces élans avant de les mettre au monde.

Un *elle* écrit. Un *je* murmuré.

En *elle*, je pèse chaque mot, je nuance. En *je,* je me laisse aller.

13

Déjà quatre mois et demi qu'ils sont arrivés à Saint-Médard. C'est l'automne. Les orages offrent un nouvel éclat à la nature. Les vendangeurs récoltent le raisin. De petits tracteurs vont et viennent entre les vignes et les chais.

Pour sa famille, la saison des fêtes solennelles a débuté : Yom Kippour, Souccot et Hanouka. Aujourd'hui, les Schamisso célèbrent le Nouvel An juif, la tête de l'année. Roch Hachana.

— Chaque fête est l'occasion d'un voyage pour l'âme.

— Assez, Babouchka, tu radotes, je connais l'histoire par cœur.

— Germaine, tu écoutes ta grand-mère.

— C'est un jour de prière, un temps pour demander au Tout-Puissant de nous accorder une année de paix, de prospérité et de bénédiction, explique Mathilda d'un ton grave.

Germaine sait qu'elle pense à son mari, mort à Odessa il y a treize ans. Elle conserve précieusement une photo de lui dans un médaillon accroché à une chaîne autour de son cou. Quand elle se sent seule, elle ouvre le médaillon et elle embrasse son amour. Germaine regrette de ne pas avoir connu ce grand-père.

— C'est également un jour de joie, ajoute Rissia.

Germaine esquisse une moue. Dormir le moins possible, réfléchir à son passé et à son futur, chanter des Psaumes, éviter les bavardages inutiles, cela ne lui semble pas joyeux. Son rituel préféré, le Tachlikh, signifie « jeter au loin ». Cet après-midi, au bord de la rivière, ils ont récité la prière et jeté symboliquement leurs péchés à l'eau en lançant des miettes de pain. Ils les ont regardées flotter et s'éloigner, emportées par le courant.

Faute de mieux, le bain est remplacé par des ablutions sommaires. Agenouillée devant la grande bassine en fer, sa mère lui lave les pieds. Les paroles de Mathilda et Rissia bercent Germaine.

— Tirer les leçons des erreurs passées et se demander comment faire mieux à l'avenir.

— Et toi, Germaine, quelles sont tes bonnes résolutions puisque c'est la période idéale pour les prendre ? Qu'importe qu'elles soient ambitieuses ou modestes.

— Quelle résolution ? Sans piano, sans partitions, je ne peux pas m'entraîner. Je vais oublier les accords, les enchaînements.

— La musique vit en toi.

— C'est comme si tu disais, ton amie vit en toi. Myriam, où est-elle ?

Cette année, ils ne se rendront pas à la synagogue en tenue élégante. Malgré tout, chacun soigne sa présentation. Difficile de se laver sans véritable salle de bains. Alors, au-dessus de l'évier, aidée d'un broc, chacune à son tour a rincé sa chevelure. Mathilda a dénoué ses longues tresses, lavé ses cheveux gris ondulés et les a séchés près du poêle. Elle a démêlé les nœuds de ses trois petites-filles comme quand elles étaient enfants.

Rasé de près, Georges a ciré ses souliers avec un bouchon recouvert de suie. Rissia a lavé et repassé le châle à franges dans lequel elle avait emballé le samovar. Valia a composé un chignon et fabriqué une sorte de chapeau avec trois feuilles d'érable et deux glands. Exceptionnellement, Lydia a enfilé une jupe. Mathilda porte un joli chemisier avec un col en dentelle. Elle a reprisé la robe de Germaine, l'accroc ne se voit presque plus, juste une trace, une cicatrice.

Toute la famille jeûne depuis l'aube, sauf Germaine. Elle n'a que dix ans. À douze ans, l'entrée dans l'âge adulte, elle sera autorisée à participer à ce rituel. Une fois encore, elle se sent à part.

La nuit tombe, Mathilda allume une à une les bougies de fête. La lumière tendre éclaire le visage rond, ridé et affable de sa Babouchka.

— Je te souhaite une bonne année, ma chérie. *Shana tova !*

— Bonne année !

— *Oumetouka !* Qu'elle soit douce.

Sa kippa en velours bleu sur la tête, Georges se tient droit derrière sa cadette. Sa force tranquille la protège. Elle est fière de lui, de son élégance. Ce soir, elle veut oublier qu'elle sursaute au moindre claquement de portière, ou quand elle entend une voix éraillée.

Après « l'épisode de la cave », comme ils l'appellent, ils n'ont plus vécu normalement. Toujours sur le qui-vive. Désormais leur linge sèche dans la grange et dès qu'il faut allumer une lumière, les fenêtres sont occultées avec du papier noir.

Georges apporte la hallah et la dépose au milieu de la longue planche en bois installée sur des tréteaux. La rondeur de la tresse de pain moelleux à base d'œufs, de farine et de sel évoque le cycle de l'année. De ses mains soignées aux veines apparentes, il la découpe en petits morceaux. Il récite le kiddouch, bénit le pain et le vin.

Toute la journée, sa mère a tourné sa cuillère en bois dans ses casseroles. Grâce aux Meynard, qui lui ont donné des légumes et une poule, elle a accompli des miracles. Des odeurs délicieuses planent sous les combles. Sur la table, chaque aliment traditionnel incarne un espoir pour l'année qui commence.

Germaine saisit une tranche de pomme et la trempe dans le miel qu'ils ont échangé contre des heures de travail chez un apiculteur. La saveur onctueuse du fruit nappé de sucre exprime la promesse d'une nouvelle année heureuse. En entrée, sa mère a préparé les kneidlers et des tzimmes. Germaine ferme les yeux. Le goût tendre des boulettes dans le bouillon et des carottes sucrées la ramène chez eux à Anvers. Ils riaient autour de la table de la salle à manger, recouverte d'une nappe blanche et de plats en porcelaine. La guerre n'avait pas encore bouleversé leurs vies.

— Je n'arrive toujours pas à prononcer ces noms.

— Eh oui, ce sont les noms de chez nous, les Juifs ashkénazes d'Europe centrale et orientale. Les Séfarades d'Afrique du Nord préfèrent les mets plus épicés.

— C'est où, chez nous ?

Sa question reste en suspens. Ils partagent la terrine de poivrons, de tomates et d'olives et les pommes de terre aux fines herbes dont ils savourent chaque bouchée. En guise de dessert, une magnifique grenade rouge foncé. Elle symbolise les bonnes actions, les Mitsvots, leur espoir que les projets aboutissent et que leurs mérites soient aussi nombreux que les graines de la grenade. Germaine formule un unique souhait, elle voudrait que la prochaine fois Joseph soit avec eux. Et elle accomplira toutes les Mitsvots nécessaires pour qu'il se réalise. Cette année, Roch Hachana est doux comme le miel et amer comme l'écorce du citron.

14

J'essaie de caser la boîte de Lego dans une armoire déjà bien encombrée. Mon ultime tentative se révèle trop brusque. Une planche cède et une photo s'échappe d'un album. Le cliché en noir et blanc est dentelé, presque effacé. Encore quelques mois dans l'obscurité et l'humidité, et il n'aurait plus existé. Dans un jardin, trois enfants debout l'un derrière l'autre par ordre de grandeur, posent en maillots. Ils semblent heureux. Les deux filles, ce sont Michèle et Viviane. Mes cousines. Le garçon, je ne sais pas. Viviane doit avoir deux ans. Michèle cinq. Lui, plus âgé. Une dizaine d'années peut-être. Trois tignasses bouclées. Malgré le noir et blanc, je distingue des tonalités différentes. Pourquoi cette photo a-t-elle atterri ici ?

Le deuxième message de Viviane date d'il y a six mois. Il se terminait par : « J'ai lu que tu es grand-mère, comme moi… » J'aurais pu, j'aurais dû réfléchir à une réponse. Je m'en sentais incapable.

Qu'as-tu fait de cette main tendue ? semble me murmurer la photo. Je dépose l'image sur la table, la reprends, la cache sous mon carnet. L'envie de renouer l'emporte sur la culpabilité. Je scanne la photo et la lui envoie.

« Hello Viviane, quelques mois chahutés depuis ton message de janvier. *Yes, I'm a grandma and I love it !* J'ai retrouvé ce cliché, tu le connaissais ? »

Viviane m'écrit dans les heures qui suivent. Pas rancunière, ma cousine.

« Waouh ! *Thank you !* Je ne le connaissais pas. Je ne possède presque pas de photos de mon frère, et surtout aucune de nous trois ensemble. »

Un frère ? Un vague souvenir remonte à la surface. Un prénom. Claude. Pas davantage. C'est flippant, ces sensations qui flottent, enracinées à rien.

« P.-S. : Nous avons une maison à Ronce-les-Bains. Nous y séjournerons en septembre et octobre. Il faudrait que tu nous rendes visite *one day…* »

Je ne suis jamais allée à Ronce-les-Bains mais j'explore chaque été un coin différent de la côte ouest française. J'ai la chance de pouvoir travailler partout. La mer, le vent, les ciels, les lumières m'apaisent et m'inspirent. Je me suis ainsi déjà installée pour plusieurs semaines dans le golfe du Morbihan, à Belle-Île-en-Mer, à l'Île-aux-Moines, à l'île de Ré… Bientôt, Noirmoutier, j'ai prévu d'y aller ce mois-ci. Combien de fois me suis-je trouvée à quelques kilomètres seulement de ma cousine ?

Je lui envoie d'autres photos.

« Voici quelques images de nos grands-parents à Ostende. Je les trouve très élégants pour une promenade sur la digue. Regarde, Georges, avec son chapeau, ses gants, son journal, sa cravate et sa pochette en soie. *So chic !* »

La conversation gagne en souffle et en aisance. Viviane alterne une phrase en français et une expression en anglais. Je réponds de la même façon et cela me semble naturel. L'anglais, appris dans l'enfance, me revient instantanément.

Ni bonjour, ni au revoir, ni je t'embrasse dans nos échanges. Dix-huit mille kilomètres nous séparent. Nous ne nous sommes pas vues depuis cinquante ans. « Il faudrait que tu nous rendes visite *one day.* » Elle m'a invitée. Comme si c'était normal. Sans savoir si je suis une cousine ennuyeuse.

Je parcours mes albums à la recherche d'autres trésors pendant que Ma Beauté tournicote autour de moi. Je remonte de vieux albums de la cave et je trouve un bulletin scolaire de Germaine. Sur une carte beige, les notes et appréciations d'un trimestre de 1944 à la Juilliard School de New York. Quatre-vingts ans après, l'encre a tenu le coup. Il est précisé en gras que les élèves doivent maintenir un niveau d'au moins 75 % dans toutes les matières et au-dessus de 90 % en musique. Est-ce qu'elle aimait fréquenter l'école ? Comment vivait-elle cette exigence ? À la page suivante, un ticket de cinéma. 1956. *Guerre et Paix.* Dans le dernier album, je découvre un papier jauni plié en quatre. C'est un télégramme de la Western Union. Sur les petites bandelettes tapées à la machine, je lis : *New York, mars 1958 STOP – Félicitations STOP – Bienvenue à Karine STOP – Congratulations STOP – Valia STOP.*

Quelqu'un s'est donc réjoui de ma naissance. Je croyais que les deux sœurs ne se parlaient plus. On dirait que dans certaines circonstances elles sortaient de leur réserve.

Sur des images de Viviane adolescente, je nous cherche des ressemblances. Difficile de déceler un quelconque air de famille. Elle est aussi mince que je suis ronde. Ses cheveux sont épais, les miens résolument fins. Nos carnations n'ont rien en commun, nos regards, nos mimiques non plus. Et puis mes yeux s'arrêtent sur son sourire impertinent. Il lui donne un côté rebelle. La voilà, la ressemblance.

J'explique au lion miniature que je pars en vacances, qu'il me manquera, que je reviendrai. Il me regarde d'un air qui signifie « cause toujours, on me l'a déjà faite celle-là ».

15

Le noir dense de la nuit sans lune a effacé les contours du paysage et accentue leur isolement. Dans la cuisine de Saint-Médard-de-Mussidan, les mots résonnent. Seule la lumière de la lanterne posée sur la table éclaire faiblement la pièce. Rissia apporte les plats. Mathilda remplit les verres de chacun avec l'eau de la cruche. Troublé, Georges se lève, revient les mains vides, se rassied. Germaine se tait, repousse son assiette.

— Nous sommes en février. La dernière carte, c'était il y a trois mois.

— Il est peut-être arrivé un malheur depuis.

— Capturé, s'emballe Lydia.

— Prisonnier, renchérit Valia.

— Une tête brûlée, soupire Georges.

— Je savais que ça finirait mal, murmure Mathilda.

— Si Joseph était parmi nous, je me sentirais moins seule, dit Rissia. Où est-il ? Si tout va bien, pourquoi il ne donne pas de nouvelles ?

— Tu le traitais comme un enfant alors qu'il était devenu un homme ! lance Georges à sa femme.

— Un garçon veut voir le monde ! s'exclame Lydia.

— Pourquoi as-tu voulu qu'il porte le prénom de ton père ? insiste Rissia.

— Pour l'honorer. Pour que mon père ne meure jamais tout à fait, répond Georges.

— Pas question pour lui de finir de la même façon, immobilisé dans un fauteuil roulant ! rétorque Rissia.

Germaine se bouche les oreilles. Elle en connaît bien assez. La peur, les pertes, la fuite. Pas nécessaire de rajouter d'autres images pour nourrir ses cauchemars. Quatorze ans les séparent mais elle l'aime, ce Joseph qui lui avait construit une maison de poupées avec des boîtes d'allumettes. Il est parti d'Anvers en 1937 quand elle avait sept ans et lui vingt et un. Il ne mourra pas. Tous les morts qu'elle a vus dans les fossés le long des routes de l'exode étaient des anonymes. Lui, il est unique. Son grand frère. Elle n'en a qu'un.

Elle se lève et quitte la pièce. Elle déteste les disputes et les rutabagas. Même de loin, elle les entend encore.

— Quel destin de porter le même prénom que son grand-père...

Elle imagine Mathilda toucher son médaillon et dire comme chaque fois qu'on évoque son défunt mari.

— Paix à son âme.

Tout le monde parle en même temps

— Joseph ? Un électron libre.

— Suffit maintenant !

— Valia, écoute ta grand-mère.

— On ne sait pas... Assez !

— *Lehaïm !* À la vie !

— *Za zdorovié !* Santé !

La boîte d'échecs dans une main, une lanterne dans l'autre, son père la retrouve dans la grange. Il retourne deux caisses et l'invite à s'asseoir. Une troisième caisse sert de table. Il fait coulisser le couvercle et sort les pions du compartiment. Il demande à Germaine de deviner la couleur de celui qu'il cache entre ses doigts.

— Blanc.

Il ouvre la main. Elle sourit. Le joueur qui obtient les pièces blanches joue en premier. Chacun dispose ses tours, ses fous, sa reine et la partie commence. Elle avance son roi.

16

Un mois de vacances à Noirmoutier. J'aime le temps long qui permet de ralentir et je n'ai pas pu m'empêcher de transporter mon panneau en liège dans le train, aux changements de gare, dans le bus. À mon arrivée, avant même de préparer les lits, j'ai refixé les photos et les documents.

La lumière traverse la maison que j'ai louée. Par la fenêtre j'aperçois une prairie en pente douce qui descend vers les dunes. Aujourd'hui, j'aimerais regarder pendant des heures le va-et-vient des vagues, mes pieds enfoncés dans le sable, le museau au vent pour capter l'odeur des algues. J'aimerais pouvoir mettre mes pensées sur pause pour me libérer complètement.

Ma tête explose si je ne dépose pas mes idées. Partir à la rencontre de Germaine ne me suffit pas. Je pressens que d'autres épisodes difficiles ont perturbé l'équilibre des Schamisso. Comment les événements se sont-ils enchaînés ? Savoir est-il plus douloureux qu'imaginer ? J'ai besoin de savoir mais j'ai peur de savoir.

Ma mère est morte et elle se rappelle sans cesse à moi de manière obsessionnelle

La sonnerie du téléphone m'interrompt.

— Je t'assure tout va bien… Mais non, je ne me laisse pas engloutir par mon enquête. J'ai réservé une sortie en voilier… Mais si, je dors, évidemment que je dors… la nuit quand je me réveille, j'écoute le bruit de la mer du fond de mon lit… Oui, bien sûr, la chorale me manque, je me balade sur la plage, et je chante à tue-tête. Tu arrives toujours mercredi ? J'ai préparé ta chambre… Tu ne dois rien apporter, même pas les serviettes. La maison est très agréable. On ira acheter des poulpes, vendredi à l'arrivée des pêcheurs… Je te préviens, c'est tranquillou, on ne se lève pas avant 10 heures… Bien sûr, on inventera des recettes et on concoctera la playlist de cet été… je me réjouis, vivement que tu sois là !

J'hésite à m'offrir une glace au port, c'est plus fort que moi, j'ai besoin d'avancer dans leur histoire. À peine ai-je raccroché que je plonge dans mon ordinateur. J'ouvre mon dossier « Terra incognita ».

Saint-Médard, on est en mai 1941. Les foins vont être coupés. Je vois Germaine au bord d'un champ.

17

Germaine éternue. Depuis la semaine dernière, les faux se balancent de droite à gauche à un rythme cadencé. Au fur et à mesure de la fauche, l'herbe tombe et s'aligne en rangs serrés. Elle a appris qu'il ne faut pas confondre la paille provenant de la tige de céréales qui sert de litière aux animaux avec le foin, destiné à l'alimentation du bétail en hiver.

Une bande de mulots est interrompue dans ses jeux. Oiseaux, abeilles, papillons s'envolent. Les couleurs du printemps claquent. Sur fond bleu et vert, se détachent les robes brun-roux des vaches qui n'ont pas été réquisitionnées pour nourrir les Allemands.

Manier les faux requiert de la force, Fernand Meynard a enrôlé Lydia et Georges. Assise à l'écart, Mathilda regarde son fils, l'ex-étudiant en musique, d'un air attendri. Habituellement tiré à quatre épingles, Georges a ôté sa veste, laissant apparaître ses bretelles. Il a retroussé les manches de sa chemise.

Valia en fait le moins possible. Rissia et Germaine fanent dans la chaleur du printemps. Retourner les herbes à la fourche et au râteau afin de les aérer avec pour alliés le soleil et le vent semble la plus jolie chose au monde à Germaine. Même si Rissia l'oblige à mettre deux paires de gants superposés pour préserver des ampoules ses fines mains de pianiste.

Plusieurs jours seront nécessaires pour obtenir des foins bien secs. Ils seront ensuite regroupés en meules et chargés sur la charrette. Un taon vient de se poser sur son mollet, elle a peur qu'il la pique. Elle se griffe les jambes, les mouches tournicotent autour de ses cheveux.

Yvonne Meynard arrive en courant, elle brandit une enveloppe. Immédiatement, Germaine repère les timbres bleu-blanc-rouge avec un avion de guerre. Elle arrache le courrier des mains de la fermière.

— Ça vient d'Amérique, c'est Joseph ! C'est mon frère !

Rissia lui reprend l'enveloppe, l'ouvre. Toute la famille s'est regroupée autour de la lettre et se tait.

— Il y a une proposition de travail, deux billets de bateau pour New York, deux visas, dit Rissia.

— Deux ? murmure Germaine.

— À quels noms ? demande Lydia.

— Georges Schamisso et Lydia Schamisso.

— Pourquoi Lydia et pas moi ? s'exclame Germaine. Qui a décidé ? Je veux partir avec toi, papa.

— Il faut rester ensemble, déclare Mathilda.

— Maman, je dois préparer l'avenir.

— Je ne veux pas que tu partes, je ne veux pas être séparée de mon fils.

— Je ne me suis jamais opposé à toi, mais je dois partir.

— D'où part ce bateau ?

— Du Havre. Le 12 juin.

Germaine regarde les yeux de Mathilda qui regarde les yeux de Georges. Mis à part les insectes, on n'entend plus rien. Très droite, Rissia tient solidement le manche de sa fourche, mais pour la première fois dans son regard, on lit une grande peur.

Les joues rouges, Yvonne s'éponge le front et remet son fichu en place. Elle tapote sa robe pour ôter les brins d'herbe accrochés. D'un ton vigoureux, elle lance :

— Venez à la maison, les foins attendront bien demain.

Les deux visas et les deux places pour embarquer à bord du *Ciudad de Sevilla* sont posés sur la table de la cuisine des Meynard.

— Joseph ne nous a pas laissés tomber, dit Lydia.

— Parle pour toi, nous, il nous a laissés tomber, répond Valia.

Germaine observe les uns et les autres. Yvonne touille la soupe. Debout, près de la porte, Valia semble prête à partir. Lydia effleure de son pouce les cals que les travaux des champs ont marqués sur sa paume. Les yeux de Rissia se perdent dans le vide, Mathilda essuie une larme avec le coin de son tablier. Les mains de Georges tremblent. Fernand verse de l'eau chaude sur des grains de chicorée.

Les gros murs épais apportent un peu de fraîcheur après la chaleur de l'extérieur. Henriette, la poule préférée de Germaine, entre et sort de la pièce, elle claquette. Elle vient de pondre un œuf.

Yvonne parle à l'oreille de son mari. Germaine, qui a l'ouïe fine, l'entend murmurer :

— Pauvres gens.

Fernand sort une bouteille du buffet et ajoute une lichette de remontant dans les bols.

— On vous donnera du pain et du fromage pour le voyage.

— Je peux vous aider pour le linge, vous passer une couverture et du savon aussi, mais oui, du savon on en a encore, dit Yvonne.

Les adultes s'agitent. Noyée dans un brouhaha de sons, d'intonations crispées, de phrases inachevées, Germaine a le cœur qui chavire. Elle se fait toute petite et sent qu'on la remballerait si elle tentait de donner un avis.

Rissia reprend la lettre posée sur la table.

— Mon fils ! Interprète dans les forces armées ! Je suis tellement fière de lui ! Joseph a des relations, il a adressé une déclaration sous serment au Comité de sauvetage américain. Il a pu se porter garant de son père et de sa sœur.

Valia insiste.

— Pourquoi eux ?

— Il n'a pas obtenu d'autorisations pour tout le monde. Joseph a contacté une société de diamantaires. Georges aura du travail à New York

Germaine liste dans sa tête les duos qui seront séparés. Georges et Rissia, Mathilda et son fils. Son Papochka adoré et elle. Heureusement, Mathilda reste. Le pire aurait été que Mathilda, Rissia et Georges la laissent derrière eux. Les trois sœurs auraient été livrées à elles-mêmes. Les deux cadettes dirigées à la baguette par Lydia.

Valia semble étonnamment concernée par ce retournement de situation. Pourtant, il y a quelque jours, Georges l'a surprise en train de flirter avec un garçon de ferme. Elle devrait s'en fiche de ne pas avoir été choisie.

Germaine voudrait être un grain de poussière parmi les particules en suspension dans la lumière.

— Quand vous rejoindra-t-on ? demande Rissia.

— Est-on certain de se revoir ? soupire Mathilda.

Yvonne et Fernand échangent un regard. Georges balbutie une phrase d'une longueur inhabituelle :

— Restons calmes, c'est une chance, je comprends que ça vous bouleverse mais un jour nous serons tous réunis et la vie s'arrangera.

Fernand intervient :

— Notre maison vous restera ouverte le temps nécessaire.

Rissia renverse le bol de chicorée améliorée.

— Quatre ans que je n'ai pas vu mon fils, c'est insupportable pour le cœur d'une mère, tu peux comprendre ça, Georges ? Je veux voir Joseph, je sens qu'il a besoin de moi. Je veux savoir comment il va, je veux plus qu'une lettre tous les six mois. Je l'ai bercé, nourri, mon aîné. On n'a qu'à changer les noms sur les billets !

Rissia gesticule, transpire, ses gros seins ballottent, son visage est rougeaud. Mal à l'aise, Germaine glisse sa main dans celle de Mathilda.

— Je suis l'aînée, dit Lydia. C'est normal que ce soit moi qui accompagne papa.

— C'est moi qui devrais partir avec ton père, insiste Rissia.

— Je le mérite. J'ai la tête sur les épaules. Germaine est trop petite et rêvasse, Valia regarde son reflet dans chaque flaque d'eau et dans les yeux des garçons. C'est moi la mieux placée pour aller en Amérique.

— Qu'est-ce que tu y connais à l'Amérique ? lance Valia. Tu ne parles même pas anglais.

Georges garde le nez dans son bol de chicorée.

— Je vais rester dans cette ferme pouilleuse pendant que mademoiselle Lydia fanfaronne à New York, crie Valia.

— Derrière ton semblant de vernis, il n'y a rien, rétorque Lydia.

Germaine soupire. Si elle était la fille des Meynard, sa vie serait plus tranquille.

— Le 12 juin, c'est dans huit jours ! s'exclame Mathilda.

— Vous devez partir après-demain, dit Fernand.

— La route pour arriver au Havre est dangereuse, dit Lydia.

— Il vous faudra franchir la ligne de démarcation, traverser des zones occupées, annonce Fernand. Je connais un passeur, il vous attendra non loin d'ici et vous emmènera dans le coffre de sa camionnette. Évidemment, vous devrez payer le prix.

— Combien ? demande Georges.

— Il y a beaucoup de gens en attente. Les prix augmentent tous les jours. Si vous payez plus, ça ira plus vite.

— C'est risqué de traverser Paris, vous êtes obligés de passer par là ? demande Rissia.

— On n'a pas le choix, répond son mari. Il faut prendre ce risque. Qui sait où seront posées les souricières ?

— Merci pour celles qui restent, c'est nous qui serons les souris pour l'ennemi ! lâche Rissia.

18

Le départ a été fixé ce vendredi matin. Shabbat ne pèse pas lourd dans la balance, les rituels sont balayés par les circonstances. Les dernières heures ensemble avant combien de temps ? Une déchirure.

Chacun essaie de réfréner ses émotions. Germaine aurait tant aimé jouer une dernière partie d'échecs avec son père. Prendre la tour avec le cheval. C'est le coup qu'il lui a appris, celui qu'il préfère. Le jeu est resté dans l'armoire.

Les parents chuchotent loin des enfants. Tout cela respire la séparation et le chagrin dissimulé. Le chagrin des exilés.

Dans la cour, tout est comme d'habitude. La fourche, la bassine rouillée, le tas de bûches contre le mur. Une guêpe s'acharne sur un bout de pomme, fait un bruit assourdissant. Et rien n'est comme d'habitude. Germaine regarde les petites valises en cuir élimé sur les pavés. La camionnette du boulanger est déjà là. Elle les emmènera dans un endroit secret où la voiture du passeur prendra le relais, leur fera franchir la ligne de démarcation et les déposera à une gare. Ils prendront un train. Après ils devront se débrouiller.

Georges consulte sa montre, plusieurs fois de suite. Il fait semblant d'être calme, un muscle tressaille sur sa tempe.

Le chauffeur s'impatiente.

— Allons-y. Il n'y a pas une minute à perdre !

Mathilda s'évanouit. Lydia la relève, l'assied sur une chaise. Rissia l'évente. Georges humidifie son mouchoir à la pompe et tamponne le front de sa mère. Il voudrait rester encore un peu près d'elle.

Lydia le tire par le bras.

— Viens, papa. Il faut partir maintenant.

Il regarde les autres femmes de la famille.

— Prenez soin de vous.

— Donnez des nouvelles, dit Rissia, dès que vous serez arrivés.

— N'attendez rien avant plusieurs semaines.

— Essayez d'appeler du Havre avant d'embarquer.

Germaine ajoute d'une petite voix :

— Et de l'escale à Lisbonne.

Georges résiste à se laisser aller à de grandes embrassades. Sa petite dernière regarde le sol.

— Viens ici, *malinka*, que je passe encore une fois ma main dans tes cheveux. Et n'oublie pas, c'est le Fou qui s'empare de la Reine.

Georges est ému.

— Je veillerai sur elles, dit Fernand Meynard.

Lydia insiste.

— Le chauffeur a raison, si on traîne, c'est fichu.

Rissia tempère sa fille aînée.

— Lydia, laisse ton père dire au revoir comme il l'entend.

— Si je pars, c'est pour le bien de tous, s'excuse Georges.

— N'oublions pas que c'est grâce à Joseph que tout ceci est possible, dit Rissia.

— Joseph ceci, Joseph cela, marmonne Lydia.

Assise sur la chaise, Mathilda, encore tremblante, appelle son fils de ses yeux. Il se penche, elle met sa main sur sa tête.

— *Udachnoy poyezdki !* Bon voyage !

Yvonne et Fernand disposent les bagages dans la fourgonnette, Valia apparaît. Elle se contemple dans le rétroviseur, remet une mèche de ses cheveux en place.

Yvonne tend un panier de victuailles aux voyageurs.

— Valia, viens m'embrasser, dit son père.

L'étreinte est sèche et raide. Germaine a la tête qui tourne. Quand reverra-t-elle son Papochka ? Les portières claquent. Le moteur démarre. Elle court et elle monte sur un talus pour regarder la camionnette s'éloigner et devenir un point noir de plus en plus petit.

Elle revient à pas lents. Dans la cuisine, Mathilda, Rissia, Valia lui semblent trois fois plus vieilles qu'il y a une demi-heure.

Ils étaient six.

Elles sont quatre.

Et l'Amérique est si loin.

19

J'ai les larmes aux yeux. Sur l'écran de l'ordinateur, les lettres sont déformées. Impossible de poursuivre, j'ai besoin de retrouver les pages de mon carnet, d'y déposer ce que je ressens.

Je viens d'écrire la scène d'adieux entre Georges, Lydia et le reste de la famille. Un moment déchirant. Je suis enfant unique et je décris une tribu qui se sépare. Je parle de ce que je n'ai pas vécu. C'est pourtant le propre de l'écrivain de se mettre dans la peau de personnes très éloignées de lui. Ainsi, j'ai déjà été brocanteuse sicilienne, malvoyant, veuve de notaire...

Cette fois, ce n'est pas de la pure invention, je dois romancer les pensées de gens qui ont existé, je dois tricher, inventer à leur insu, leur prêter des paroles qu'ils n'ont pas prononcées. Je m'octroie la permission de les faire vivre. Je suis fébrile, je traverse des moments d'euphorie et de doute. Qui suis-je pour me mettre à la place de ma mère ? Ce n'est pas un personnage. Elle ne s'est jamais livrée. Et je révèle son moi le plus intime.

Peut-être, parce ce que je viens d'un monde de silence et de solitude, ai-je appris à guetter les signes, à écouter mon intuition. Je me laisse envahir, je capte des atmosphères. Sous ma plume, dans un univers de bruit, elle observe. Inconsciemment, je nous fabrique des points communs.

Quand ma fille ou mon fils voyagent, j'attends leur texto de bonne arrivée avec impatience. À travers le regard de Germaine, mon empathie est en train de grandir pour cette famille Schamisso.

Alors que je suis restée muette pendant six mois et qu'en cinquante ans je n'ai presque jamais pensé à Viviane, j'espère qu'elle va se manifester. Je consulte ma messagerie plusieurs fois dans la journée. Je relis nos quelques échanges. Et si elle disparaissait ? Et s'il lui était arrivé quelque chose ? Et si elle ne voulait plus m'écrire ?

20

L'école est fermée pour cause de panne de chauffage. Germaine s'assied au pied d'un aulne et couche sa poupée sur ses genoux. Le silence enrobe la campagne humide. Champignons et mousses constellent le sol. Le soleil pâle traverse à peine la brume. La nature semble engourdie.

Un à un, elle ôte les vêtements de Katiouchka. L'unique chaussure à lacets, les chaussettes, le gilet, la robe à carreaux rouge et blanc. Et finalement la chemisette et la culotte blanche, laissant apparaître le ventre mou en tissu.

— Être juive, c'est ainsi. On n'a plus rien, on est tout nu, on a froid, on est seule.

Pas le moindre battement de cil de sa poupée. Germaine la dépose. Elle commence à creuser la terre avec une pierre.

— Être juive, ça empoisonne la vie.

Elle s'en fiche de noircir ses ongles, d'abîmer ses mains. À quoi bon préserver des mains de pianiste s'il n'y a pas de piano ? Elle pousse Katiouchka dans le trou.

— Cache-toi comme je suis cachée.

Elle arrache les nœuds des couettes, recouvre les cheveux qui dépassent, remplit d'humus la bouche rouge entrouverte.

— Tais-toi ! On ne parle pas quand on est juive.

Seuls les yeux bleus bordés de cils sombres demeurent visibles.

— Ne me regarde pas, baisse tes yeux, le bleu me dérange.

Tout près d'elle, des pas écrasent les feuilles mortes. On l'a entendue dire « juive ». On la cherche. Si elle pouvait, elle plongerait dans le trou avec Katiouchka. Elle attend à côté de sa poupée enfouie. Elle attend la mort.

Elle voit d'abord les bottes noires, puis le pantalon bouffant couleur pierre, la veste à l'épais tissu gris-vert au double-boutonnage, coupée par une ceinture à la boucle de métal, le col de fourrure, les épaulettes, et enfin les médailles, les insignes, un aigle au nez crochu. Sous la casquette au rabat vernis, le regard de l'homme la glace. Une fine ligne marque ses lèvres parfaitement horizontales au-dessus de son menton déterminé. Il va l'emmener, la jeter en prison, loin de Saint-Médard-de-Mussidan, elle ne reverra jamais ses sœurs.

Les bottes approchent.

Elle tremble, elle voudrait le supplier, demander pardon d'être juive. Impossible d'émettre la moindre syllabe. Elle reste immobile.

L'homme tourne autour d'elle, ses grandes bottes à quelques centimètres de son visage.

De l'autre côté de la route, des grosses voix résonnent.

— *Lass uns gehen.*

— *Du kommst.*

— *Komm schnell.*

Il crie :

— *Ich komme, fünf Minuten.*

Elle ne comprend pas cette langue alors elle imagine le pire. Il pose sa main recouverte d'un pansement sur le cuir de son pistolet, puis la retire. Il s'agenouille. Elle se fige. Il creuse, tire Katiouchka par les cheveux, la dégage du trou et la secoue pour enlever la terre.

Il rassemble les vêtements et délicatement, il enfile la chemisette et la culotte blanche. La robe à carreaux rouge et blanc, le gilet, les chaussettes et finalement la chaussure à lacets.

Le regard voilé, il lisse le gilet. Boutonne samedi avec dimanche. Recommence.

Derrière le talus, les voix montent.

— *Gunther kom !*

— *Was machst du ?*

— *Du hast fertig gepisst ?*

Il tend Katiouchka à Germaine. Il s'en va.

Au pied de l'arbre, elle embrasse sa poupée à l'étouffer.

Elle rentre à la ferme par le pré aux vaches, croise Mathilda.

— Germaine, où étais-tu passée ? On te cherche partout !

Elle se jette contre les jambes de sa grand-mère.

— Babouchka, j'ai eu tellement peur !

Mathilda lui caresse la tête.

— Je ne veux plus jamais être juive.

21

La judéité est matrilinéaire. Elle se transmet par la mère, qu'elle soit ou non pratiquante. La transfusion n'a pas eu lieu avec la mienne. Peut-on devenir juive à l'âge adulte ? Certaines femmes se convertissent avant leur mariage. Ça m'aurait plu de suivre des cours chez un rabbin, d'apprendre les traditions, les rituels. J'aurais aimé allumer les bougies, rompre le pain, fêter Roch Hachana, appartenir à cette communauté, être en contact avec l'histoire d'un peuple. Je n'ai pas pris le temps, l'occasion ne s'est pas présentée. Pas d'amie juive qui m'aurait invitée. C'est ce que je me suis raconté, et ça m'arrangeait.

Peu de gens savent que je suis juive. Jusqu'ici, ce n'est pas ce qui caractérisait mon identité. Parfois, j'aurais voulu être reconnue comme un membre de la tribu.

Je me suis tue par prudence, de peur d'entendre des remarques déplacées, d'être déçue par une réaction.

J'ai appris à l'école la persécution des Juifs pendant la guerre. Quatre-vingts ans après la Shoah, seize millions d'êtres humains, de la diaspora ou d'Israël, suscitent toujours autant de haine. Peut-être, par manque de courage, n'avais-je pas envie d'être identifiable. En réalité, au fond de moi, j'avais si peu à offrir. *Juive*. C'était un mot vide. Vide de savoir, de sens, de liens. Ma mère a manqué à cela aussi. Partager la richesse de ses origines. Je commence à percevoir le paradoxe. Faire partie de la *grande famille*, c'est à la fois bénéficier d'un terreau fertile et devenir une cible.

22

L'obscurité envahit la pièce. Sur l'un des nombreux sites de généalogie auxquels je me suis abonnée, je tape « Claude Demilly ». La photo d'un document officiel vert pâle apparaît. En lettres noires imprimées, je lis : *Rapport de décès d'un citoyen américain sur le sol étranger.*

Je rabats brusquement l'écran de l'ordinateur, je me lève, j'allume une lampe, je bois un verre d'eau dans la cuisine, reviens à ma table, rouvre l'écran avec précaution.

Claude Demilly, né le 28 septembre 1948 à New York.
Mort le 30 octobre 1963 à 16 h 05 à Uccle.

Il avait quinze ans ! Et moi, j'avais quel âge ? Cinq ans. Où étais-je ce jour-là, à cette heure précise ?

Médecin : docteur Beauduin.
Cause de la mort : arrêt cardiaque consécutif à une crise d'asthme.
Adresse : 306, avenue Brugmann, Uccle.
Enterré : cimetière du Verrewinkel, section C, allée 8, tombe 18.

L'adresse à Uccle est celle où j'habitais avec mes parents ! Ma vue se brouille. Je ne parviens pas à déchiffrer la suite. On ne m'a jamais parlé de ce drame. Foutus non-dits ! Et pourtant je devais être présente. Mon amnésie sélective, mes trous noirs et ce que j'ai vécu le 30 octobre 1963 sont-ils liés ?

Je ne m'autoriserai pas à évoquer avec Viviane la mort de son frère. Notre lien est trop neuf. Que faisait-il chez nous ? Aucun souvenir ne remonte. Ni pompier ni ambulance. Est-ce pour cette raison que Germaine et Valia n'étaient plus en contact ? Pourquoi ma mère a-t-elle accepté de l'héberger, alors qu'elle ne voulait pas s'occuper d'un enfant ? Pour me tenir compagnie ?

Je regarde la photographie des trois bambins en maillot de bain, affichée sur le panneau en liège. Les deux filles, ce sont mes cousines. Le garçon, c'est leur grand frère. C'est lui qui est mort. La pieuvre rapplique. Huit lassos s'enroulent autour de moi et me coupent le souffle.

23

Germaine arrache une page de son cahier. Elle écrit *Saint-Médard-de-Mussidan, mardi 2 février 1942.* L'encre coule sur ses doigts, elle les frotte sur la page, formant une tache bleue comme un nuage. Elle déchire la lettre. Le papier est trop rare pour recommencer. De toute façon, que dirait-elle à son Papochka ? Elle n'a pas envie de tricher ni d'ajouter du chagrin au chagrin. Elle garde pour elle combien sans lui le temps semble long. Mama n'est pas heureuse, elle parle sans cesse de Joseph. Valia est méchante, pas tout le temps mais trop souvent. Mathilda s'appuie sur un bâton pour marcher, elle grimace quand elle se croit seule. Elle préfère garder ses douleurs pour elle. Le soir dans la cuisine, elle échange à voix basse avec Rissia des histoires de visas bloqués quelque part.

Elle voudrait lui raconter qu'à l'école, elle a appris à calculer le nombre pi. Aucune utilité dans sa vie à l'arrêt. Elle a une nouvelle copine, Émeline. Elle est catholique.

Elle voudrait jouer à « Jacques a dit ». C'est un jeu pour enfants mais il adorait ça. Son père est différent des autres.

Mais il n'est pas là. Ni le matin, ni le soir, ni plus jamais.

Elle a demandé à l'instituteur à combien de kilomètres se trouve New York et elle n'a guère apprécié sa réponse. Elle ne sait même pas à quoi ressemble cette ville. Si son père pouvait au moins lui décrire une rue, l'endroit où il travaille…

Naïvement, elle imaginait qu'ils puissent regarder la lune au même moment, mais elle a appris que quand elle brille à Saint-Médard, en Amérique, lui, il voit le soleil.

Ils ne seront pas ensemble pour fêter Tou Bichvat. Elle aimait quand, au cœur de ce rituel, il récitait la prière pour honorer les arbres. Elle ne joue plus aux échecs, elle n'a pas envie de choisir entre les blancs et les noirs, ni de gagner ni de perdre. Elle veut juste rester sur son lit à pleurer en pensant à la main de son père qui lui caresse la tête.

Est-ce qu'il commence à l'oublier ? Elle rêve qu'ils soient réunis et qu'il joue de l'accordéon. Elle a décidé que si elle saute à la corde dix minutes d'affilée, ils se reverront cette année. Ses yeux se ferment. Elle souffle la bougie pour se reposer dans le noir.

Un liquide chaud coule entre ses jambes. Elle avance sa main avec précaution, la retire brusquement. C'est visqueux, c'est du sang, c'est dégoûtant. L'odeur acide lui donne la nausée. Que faire ? Appeler sa mère ? Se débrouiller seule ?

La peau de son ventre et de ses seins est tendue. Elle est beaucoup trop jeune pour les menstruations. Valia, c'était à quinze ans. Pourquoi son corps saigne-t-il ? Perforé de chagrin parce que Joseph est sans doute mort ? Elle aussi va mourir.

Elle réveille Valia, montre sa chemise de nuit tachée.

— Viens, on va demander de l'aide à madame Meynard, chuchote sa sœur. Il y a encore de la lumière à la fenêtre de la cuisine.

Elles sortent sur la pointe des pieds, frappent à la porte de la ferme.

— Nous sommes désolées de vous déranger…

— Entrez.

Yvonne les regarde et comprend tout de suite ce qui se passe. Elle met de l'eau à chauffer sur le poêle, remplit une bassine.

Germaine n'ose pas se laver. L'eau devient rouge, elle est gênée. La fermière est apaisante. Elle l'enveloppe dans une serviette et tapote gentiment son épaule. Germaine implore sa sœur.

— Ne le dis pas aux autres, Valia.

La fermière revient avec des draps et du linge propre.

— Laisse-moi tes affaires, je m'occupe de les laver.

Les deux sœurs rentrent se coucher. Au milieu du chemin, Valia s'exclame.

— Tu peux avoir des enfants maintenant !

— Je n'en veux pas, jamais. La vie est laide et dangereuse.

— En tout cas, quand Mama l'apprendra, tu n'échapperas pas aux giflettes ! Une par année pour faire remonter le sang dans le corps.

Au petit matin, la fermière lui apporte la chemise de nuit souillée de la veille, encore chaude du fer à repasser. Entre les plis, elle découvre un sachet de lavande. Germaine le cache sous son oreiller.

Elle est grande maintenant, elle n'a plus besoin de poupée.

D'une démarche malaisée, encombrée par les chiffons dans sa culotte, elle traverse la cour de la ferme. Pas question d'attirer l'attention. Une tache de sang, c'est une cible. Elle changera de chiffons autant que possible.

Un tas de fumier fermente en permanence dans un mélange de brouillard et de fumée. Germaine y jette Katiouchka, avec sa robe à carreaux, son gilet boutonné et son unique chaussure.

24

Je suis assise au comptoir de la cuisine. Il est 15 heures. Carottes, Cracottes, tomme de brebis, raisins, bouteille de Tariquet débordent de mes paniers. Je stocke des vivres pour ne pas être interrompue dans mon élan.

Sur le panneau en liège une phrase m'interpelle : « Dernier bateau pour l'Amérique ».

Ce bateau, je l'ai cherché. J'y ai consacré des heures. J'aurais voulu connaître son nom, savoir en quelle saison il a navigué, combien de personnes il transportait, dans quelles conditions, combien de semaines durait la traversée. Je n'ai jusqu'ici rien trouvé. Il faut que je sache. Pas le temps de ranger les courses, je croque une carotte et je pose la question sur un forum. Très vite, quelqu'un m'indique un site qui reprend tous les passagers arrivés en Amérique par bateau pendant la guerre.

Je me connecte. Je tape « Schamisso ». La claque ! Je lis que Mathilda, Rissia, Valia et Germaine ont embarqué sur le *Serpa Pinto*, en troisième classe, en juin 1942, à Marseille.

Je pleure sans parvenir à préciser les raisons de ces larmes. Leur odyssée me touche, c'est certain, mais entrevoir ce que ma mère a vécu, ce que je sais et ce que je ne sais pas, remue quelque chose de profond en moi.

Comment pourrais-je assumer ma vulnérabilité en public, si un jour le livre était publié ?

Pour raconter leur histoire, je ne dispose que d'ombres, parfois un peu de lumière. Ont-ils emporté avec eux des malles, des valises ou un petit sac de presque rien, rempli à la hâte ? Les Schamisso ont déjà tout laissé en Russie puis en Belgique.

Mon amie arrive mercredi. Je rangerai le bazar et je retrouverai les Schamisso la nuit. En attendant, je récapitule : Joseph a rejoint l'Amérique en novembre 1937 sur l'*Aquitania*. Georges et Lydia ont navigué en juin 1941 sur le *Ciudad de Sevilla*. Mathilda, Rissia, Valia et Germaine en juin 1942 sur le *Serpa Pinto*.

La peur de la séparation peut-elle traverser plusieurs générations ? Dès que l'un de mes enfants quittait la pièce, je lui demandais : « Où vas-tu ? »

Et ma cousine qui ne me répond plus.

25

À la fenêtre de leur chambre d'hôtel, Germaine regarde le port. Un homme pisse contre un mur. Des clameurs de dispute montent de la rue. La sirène d'un bateau retentit. Encore un qui s'en va sans elles.

Il y a trois semaines, un an après le départ de Georges et Lydia, les nouvelles tant attendues sont arrivées à la ferme.

Cette fois, c'est elles qui partaient. La famille allait être réunie.

Lydia est passée de très agaçante à héroïne. Elle a rejoint Washington en bus pour plaider la cause de sa grand-mère, de sa mère et de ses sœurs auprès du secrétaire d'État. Beaucoup de culot et quelques larmes lui ont permis d'obtenir des permis d'immigration et des billets de bateau. Elle avait raison de dire que c'était elle qui devait partir en Amérique la première.

Germaine l'imagine voyager seule pendant de longues heures, chercher les mots pour convaincre. Lydia ne pleure jamais d'habitude, c'était la dernière chance de se retrouver tous ensemble.

Le courrier annonçait que le *Serpa Pinto* partirait dans trois semaines de Marseille à destination de New York. Cette fois, les billets n'étaient pas dans l'enveloppe. Elles devaient les récupérer ainsi que les visas au bureau du Centre américain de secours.

Rissia n'a pas hésité longtemps. Malgré le manque d'argent et la dangerosité du trajet, il fallait quitter Saint-Médard-de-Mussidan, rejoindre la Méditerranée et attendre le bateau.

Germaine a dû rassembler ses affaires en quelques heures. Elle explosait de bonheur et elle ressentait un pincement au cœur. Elle allait quitter pour toujours le pré aux vaches, ses ballots de paille, Nestor le chat, l'herbe coupée de juin et les odeurs qui la chavirent parfois. Et puis il y avait Fernand Meynard qui les a sauvés. Elle a suivi Yvonne du poulailler à la cour, de la cour à la cuisine. Elle a pleuré dans ses bras.

Au moment de se séparer, Germaine a embrassé très fort sa « maman de la campagne » et lui a montré qu'elle emportait avec elle le précieux sachet de lavande, même s'il ne diffusait presque plus son parfum. Avec un clin d'œil, Yvonne lui en a donné un autre. Elle lui a chuchoté à l'oreille : « Je t'aime, ma petite Germaine. »

Elles ont quitté Saint-Médard de nuit et parcouru des centaines de kilomètres en zigzag à travers la France, cachées sous des couvertures rêches dans un camion dont le chauffeur ne s'arrêtait que quelques minutes pour leur permettre de se dégourdir les jambes. Une nièce de Fernand les a récupérées à la périphérie de Marseille et déposées à l'hôtel Touring, une sorte de campement pour femmes et enfants juifs. En guise d'au revoir, la nièce a dit : « Maintenant, vous m'oubliez. »

Marseille. Derrière la fenêtre de la chambre d'hôtel, Germaine baisse et relève la tête pour observer le monde qui change à travers les persiennes. En haut elle voit le ciel. En bas, un bout de la coque sombre d'un bateau à quai. Elle incline les persiennes pour modifier la lumière. Dans la chambre, des verts, des bleus, des noirs se jouent des ombres sur les murs. Clair-obscur et contre-jour.

Elle a faim. Les toilettes se trouvent dans le couloir, elles sont sales, elle y va le moins possible. Il fait chaud, l'air est lourd, il ne se passe rien, elle attend, un rayon de soleil l'éblouit. Dans la pièce contiguë, une vieille femme gémit depuis des jours.

Rissia est sortie. Mathilda dort. Allongée en soutien-gorge sur le couvre-lit gris-vert, Valia s'évente avec un journal. Pour épargner le peu de sous qui leur reste, elles occupent la plus petite chambre. À tour de rôle, trois dorment tête-bêche et la quatrième, recroquevillée dans le fauteuil. Elles cohabitent avec des dizaines de Juifs dans cet hôtel miteux, cet étouffoir. L'accès à l'électricité est aléatoire. L'évier est fendu, le robinet rouillé, les coupures d'eau fréquentes. Une seule douche pour quarante personnes. Elle se sent poisseuse. Pourvu qu'elle n'ait pas ses règles.

Rester à Marseille, c'est dangereux. Elles ont appris que les Allemands se déploient plus largement sur le territoire français. Traverser l'océan parsemé de mines pendant trois semaines, c'est dangereux. Elles n'auront bientôt plus d'argent ni de tickets alimentaires. Le pain s'achète au marché noir et coûte cher. Même s'il est parfois teinté d'inquiétude, le visage de sa mère exprime la détermination. Elles prendront ce bateau coûte que coûte.

Ce matin, l'hôtelier a menacé de les expulser si elles ne payaient pas plusieurs semaines d'avance. La guerre génère ses héros et ses salauds.

26

La scène que je viens d'écrire m'a été inspirée d'une toile de Matisse que j'aime beaucoup. *La Sieste.* Pour composer cette atmosphère dans la chambre de Marseille, j'ai travaillé comme un peintre, j'ai cherché les couleurs, les ombres, les lumières. J'ai choisi que le regard de Germaine se pose sur le chahut du port. Matisse ne l'a pas peint ainsi mais mon imaginaire m'a emmenée plus loin. Quand les mots me manquent, je ferme les yeux et j'essaye d'apercevoir les formes. Les couleurs me sont venues en premier. Je me suis revue il y a quelques années devant cette toile, plongeant dans les ocres du Sud. Ce Sud, c'est celui que j'ai tenté de décrire avec ces femmes. Dans ces éclats de vert-de-gris, de jaune et d'orange, Mathilda, Rissia, Valia et Germaine titubaient. La chaleur était telle qu'elles en perdaient le bon sens.

Pourquoi ai-je ce besoin de jouer avec les tonalités ? Je crée des atmosphères avec les densités de matières, les clairs-obscurs, les lignes et les perspectives, et je les retranscris pour que les lecteurs ressentent à leur tour les émotions qu'elles provoquent en moi. Écrire, c'est peindre.

Je savoure une citronnade face à la dune parsemée de graminées qui se détachent sur la mer. La brise est légère. À des décennies de distance de la chambre où elles crevaient de trouille et de faim. Je m'égare.

De retour dans la maison, je découpe l'article du journal *Le Matin* du 7 juin 1942 et le fixe sur le panneau.

Les Juifs devront porter l'étoile jaune
à partir du 7 juin
sur le côté gauche de la poitrine
et dès l'âge de six ans révolus.

Pour l'instant, elles ont échappé de justesse à l'étoile jaune, à l'internement dans un camp, à la chambre à gaz. Que de « chances » ! Et pourtant, pour Germaine, le danger n'est jamais loin. Elle sait qu'il ne faut pas avoir confiance, que rien n'est garanti, à commencer par sa propre vie et celle des êtres qui lui sont chers. Elle a l'impression qu'une ombre menaçante plane au-dessus de sa tête. À chaque instant, le pire peut arriver. En un éclair, la déveine peut faire basculer son existence dans l'inconnu.

Je ne supporte pas le silence. Je dois poursuivre l'écriture. J'ai trouvé leurs noms sur la liste des passagers du *Serpa Pinto*. Sont-elles montées à bord ? Et comment l'attente interminable dans la chambre d'hôtel de Marseille continuera-t-elle d'imprégner leurs vies ?

27

Deux semaines qu'elles sont à Marseille. Le bateau part le 25, dans six jours. Débordés par les centaines de personnes qui les sollicitent, les employés du Comité ne leur ont pas encore délivré les billets et les visas.

Ce n'est pas le genre de sa mère de rester assise sur une chaise. Rissia se démène pour obtenir les documents nécessaires. Germaine se demande où elle trouve le courage de patienter des heures dans la file d'attente, debout dans la fournaise. Chaque jour le bureau ferme avant que ce soit son tour, elle revient les mains vides. Chaque matin, Rissia se lève à l'aube et y retourne.

Quand elle rentre enfin, épuisée, les cheveux collés aux tempes, elle raconte que des milliers de réfugiés tentent d'échapper à l'étau allemand. Tous cherchent à rejoindre l'Amérique, l'Afrique, l'Algérie, le Maroc, Cuba, la Palestine en passant par un canal appelé « Suez ».

On raconte qu'il y a plus de demandes de billets que de places sur les bateaux. Chaque bateau peut être le dernier. Au fil des jours, leur impatience s'est transformée en inquiétude puis en angoisse.

Des rumeurs enflent dans les couloirs de l'hôtel. Des frontières se ferment, l'accès à la plupart des lieux publics de Marseille devient interdit aux « ressortissants étrangers de race juive ». Des arrestations ont lieu dans les départements de la zone Sud, comme si un vaste filet avait été tendu. Les victimes sont d'autant plus surprises qu'elles se croyaient protégées en zone libre. Dans des hôtels comme le leur, les policiers français bloquent les issues, se font ouvrir les portes, procèdent à des fouilles puis accompagnent leurs prises au point de rassemblement.

Un quota de Juifs doit être atteint et ceux-ci sont envoyés dans des camps de travail en France et en Pologne. Pas moyen de s'enfuir. Elles sont coincées entre les quatre murs de cette chambre.

Le soleil commence à se coucher, projetant de longues ombres dans la pièce. L'arrivée de Rissia brise le silence. Ses traits sont tirés mais un sourire éclaire son visage, c'est le premier depuis très longtemps.

Alors que le bureau du Centre américain de secours allait fermer ses portes, elle a proposé son bracelet en or à l'employé qui allait partir. Elle sort de sa poche les visas et les billets. Le *Serpa Pinto* accostera dans quelques jours. Elles doivent se tenir prêtes.

Elle jette sur le lit le journal qu'elle tient à la main. Sur la première page, Germaine aperçoit les mots « étoile jaune ».

28

Jour 1

Mon Papochka, j'ai décidé de tenir un journal de bord. J'écris assise au fond d'un canot de sauvetage, un des seuls endroits tranquilles sur ce bateau surpeuplé. En troisième classe, même pas de chaise. À l'air libre, j'échappe à l'assemblage d'odeurs bizarres, mélange de pelures d'orange, de tabac, d'ail et de désinfectant, qui envahit les couloirs.

On a bien failli le rater, ce bateau de la dernière chance. On nous a prévenues à 6 heures du matin que le *Serpa Pinto* avait enfin accosté au vieux port. Nous avons rassemblé nos affaires à la hâte et nous sommes parties avec les valises et les paquets à travers les rues sinueuses de Marseille, soufflant, trébuchant, courant comme des poules sans tête. Les passants nous regardaient ébahis. Moi je craignais qu'on se trompe de direction. J'ai découvert le navire en deux temps. D'abord l'odeur de la fumée. Puis en arrivant sur le quai, l'immense coque noire et les trois cheminées rouges alignées. Il était sur le point de larguer les amarres. Valia a crié : « Attendez-nous ! »

Une confusion s'est installée au sein de l'équipage. Un marin nous a aidées à franchir la passerelle et nous nous sommes miraculeusement retrouvées à bord.

Les ancres sont remontées dans un fracas métallique. La sirène a retenti. Deux remorqueurs nous ont escortés et un bateau-pilote nous a guidés vers la sortie du port. Des centaines de passagers étaient agglutinés à l'arrière du bateau, serrés les uns contre les autres. Beaucoup pleuraient. Un homme a lancé en l'air son chapeau, il a virevolté avant d'atterrir dans l'écume.

Mama a soupiré : « Dieu merci, on s'en va. »

Le bateau a pris le large, les hautes maisons, les tramways de la Canebière, le quai des Belges sont devenus de plus en plus petits. La dernière image que j'emporte, c'est Notre-Dame-de-la-Garde. Plantée au sommet de la colline, elle domine la ville et la mer Méditerranée. Considérée comme la protectrice de Marseille et de ses habitants, on l'appelle *la Bonne Mère*. Sur le quai nous avions croisé des gens avec des valises. Auront-ils réussi à embarquer sur un autre bateau ?

J'espère que tu as reçu le télégramme qui annonce notre arrivée à la fin du mois. Si la météo est de notre côté, s'il n'y pas de tempête, si… si… si…

La semaine passée, Mama a sorti de son sac le papier sur lequel est griffonnée votre adresse. Elle l'a soigneusement recopiée sur l'étiquette de mon manteau, « si jamais on est séparées », a-t-elle dit. Puis elle a glissé le papier dans son corsage. L'endroit le plus sûr à ses yeux. Pourvu que l'encre ne se dilue pas. Je l'ai entendue la répéter plusieurs fois pour l'apprendre par cœur, elle est si fatiguée, elle risque de l'oublier. Moi aussi je porte ton adresse contre moi et ça me tient chaud.

Jour 2

Cette nuit, dans l'obscurité du dortoir, j'ai écouté les vibrations des machines, les grincements de la coque d'acier et, plus près, les signes de vie de la famille de huit personnes avec qui nous partageons l'espace exigu. Tout le monde dormait sur les couchettes superposées, aux matelas rembourrés de paille et tachés par l'usure. En haut, le grand-père ronflait. La mère se retournait toutes les cinq minutes. La petite reniflait. L'aîné parlait dans son sommeil. J'entendais la respiration régulière de son frère.

Quelqu'un a entrouvert la porte et murmuré « excusez-moi, je me suis trompé ». La lumière diffuse du couloir a éclairé un instant le visage de Mathilda. Allongée dans la couchette du bas en face de la mienne, elle m'a souri.

Je me suis réveillée avant tout le monde et j'ai profité que Mama, Valia et Mathilda somnolaient encore pour explorer cet étrange bâtiment flottant, plein à craquer, moitié arche de Noé, moitié tour de Babel. Les gens se regroupent par nationalités. Je suis parvenue à identifier le français, le russe, l'allemand, le yiddish et le flamand.

La vie est très différente selon les étages. En première classe, des rangées de hublots, quelques cabines pour deux ou quatre, des salons et des salles à manger.

Un escalier étroit aux marches glissantes, aussi raide qu'une échelle, descend dans les étages inférieurs. D'un côté, les familles. De l'autre, les hommes ou les femmes seuls. Nous logeons sur l'entrepont, en troisième classe, juste au-dessus des marchandises. Et sous le niveau de la mer, dans ce dortoir bas de plafond sans aération ni lumière naturelle. Les toilettes sont repoussantes, pires que celles de l'hôtel.

Six cent soixante-dix-sept passagers à bord, dit-on. Dont un bébé de dix-huit mois avec sa nurse et un monsieur de quatre-vingt-quatre ans.

Nous portons les numéros 364, 365, 366 et 367 sur la liste.

Les marins nous appellent *les émigrants*.

Jour 5

C'est la première fois que je marche sur l'océan.

Avec Valia on joue à cache-cache. Le son d'un violon a attiré mon attention. Le musicien s'exerçait, en première classe. Non loin de lui, je me suis dissimulée en dessous d'une table, j'ai rabattu la nappe. Ici, les passagers en robes élégantes et smokings dînent à la table du capitaine Americo Dos Santos. Les pieds de Valia sont passés à quelques centimètres du bout de mon nez. Elle a failli me trouver. Il faisait sombre. Je manquais d'air, mon rythme cardiaque s'est accéléré ; tout à coup, je me suis mise à trembler sans savoir pourquoi. Puis je me suis rappelé que dans la cave chez les Meynard, je m'étais juré de ne plus jamais jouer à ce jeu. J'ai soulevé la nappe, je suis sortie de ma cachette. « Te voilà ! Je t'ai trouvée, c'est à toi d'être le loup ! Et à moi de me cacher ! » a crié Valia, oubliant pour une fois ses dix-neuf ans. Ensuite, j'ai bien vu qu'elle tirait ses épaules en arrière pour faire ressortir sa minuscule poitrine quand les quatre matelots en uniforme sont passés près de nous. Ces garçons l'intéressent plus que moi. Je crois qu'elle a parfois envie de me jeter par-dessus bord.

Mama est arrivée à ce moment-là, tu peux l'imaginer se fâcher. « Je vous cherche partout. Je vous avais demandé de rester sur le pont numéro 2, je ne veux pas qu'on nous remarque. En plus, Germaine pourrait se blesser et abîmer ses mains. » Mes mains, toujours mes mains. À quoi bon les préserver ? Je n'ai pas approché un piano depuis deux ans ! Ne lui dis pas, Papochka, j'enlève parfois ces satanés gants.

Jour 8

Je rêve d'un strudel aux pommes parfumé à la cannelle. Les éternels biscuits qu'on nous sert en guise de petit-déjeuner sont envahis de minuscules vers qui me donnent la nausée. Certains passagers vomissent. D'autres mangent des cerises trempées dans de l'alcool, un remède contre le mal de mer. Ceux qui ont l'estomac bien accroché se moquent des malades.

Je suis sortie prendre l'air, et au détour d'un couloir je suis tombée sur un groupe d'enfants. Des bouts de chou en petits paletots et bonnets. Ils suçaient leur pouce. Des larmes aux yeux et la goutte au nez, ils serraient leurs poupons de chiffon. Il y avait aussi des plus grands qui avaient l'air de s'ennuyer. La plupart de mon âge. Une sorte de gouvernante les a rassemblés et, près de moi, une dame a soupiré : « Orphelins de guerre. » Elle m'a expliqué qu'un Comité américain pour la protection des enfants européens les a aidés. Ils ont voyagé jusqu'à Lisbonne, où ils ont rejoint le *Serpa Pinto.* Ils l'ont rebaptisé *Navio da Amizade*, le « navire de l'amitié ». Ils étaient déjà à bord quand nous sommes montées, et dorment en deuxième classe. Retrouveront-ils un jour leurs parents ?

Ça m'a rappelé mademoiselle Chabot. Elle m'a raconté un jour que les bombardements, les courses folles vers les fossés et dans les champs, les bousculades dans les gares ou sur les routes séparent certaines familles. Des milliers d'enfants se seraient perdus en mai et juin 1940. Les premiers jours, les secouristes de la Croix-Rouge accrochaient à leur cou des étiquettes avec des informations. Les plus jeunes d'entre eux ne parlaient pas encore et ne pouvaient donc rien dire de leur identité. Il n'y a pas eu que des drames. Des avis de recherche publiés dans les journaux ont permis des retrouvailles.

Cette traversée n'en finit pas. Encore au moins deux semaines. Les minces cloisons ne protègent pas des chamailleries dans les dortoirs voisins. Rissia se plaint de la chaleur, de la nourriture, du roulis. Moi, je déteste être enfermée. Dès que possible, j'échappe à sa surveillance et direction le pont et mon canot refuge. Tant pis pour le crachin.

Chaque matin, à 11 heures, un marin affiche les nouvelles et le point de navigation. À 3 heures de l'après-midi, je me rends à l'avant du bateau pour la distribution d'eau potable. Je ne bois que lorsque la soif devient insupportable et je garde le reste pour me laver.

Mon journal de bord et les parties de dés avec Mathilda me sauvent de l'ennui. Pas question de sortir la boîte d'échecs, j'ai trop peur qu'on la vole. Parfois, je reste assise à regarder l'horizon. Les minutes s'égrènent comme des heures. Je compte les embarcations que nous croisons.

Tout à l'heure, je me suis retrouvée dans les cuisines. À 18 heures, nous aurons droit au sempiternel potage, apporté dans d'énormes bidons et servi dans des gamelles. En première, ils serviront des cailles farcies et du rosbeef. Nous avons déjà expérimenté la semoule de maïs, les fèves et les pois, auxquels ils ajoutent de la graisse. Ensuite, pommes de terre et harengs comme au déjeuner. Ça me dégoûte, je mange de moins en moins.

À 20 heures, les matelots changent de quart. J'aime ce moment d'agitation, j'observe ceux qui vont se coucher quand les autres se lèvent. À 22 heures, extinction des feux.

Jour 11

Je suis retournée écouter le violoniste qui joue en première classe. Là, j'ai entendu deux dames parler du paquebot *Normandie* qui a pris feu dans le port de New York, en février. C'était un gros bateau solide. Il a brûlé et coulé en quelques heures.

Je ne sais pas nager. J'ai peur.

J'ai compté les canots de sauvetage accrochés au bastingage. Il n'y en a pas assez pour tout le monde. Le *Serpa Pinto* est conçu pour accueillir trois cent cinquante passagers et nous sommes deux fois plus. Je me suis réveillée en sursaut, j'ai pensé au *Titanic*. Est-ce qu'on croise des icebergs entre Marseille et New York ?

Je ne sais pas nager. J'ai peur.

Un bruit circule, les Allemands auraient jeté des mines au fond de la mer, ils disposeraient de sous-marins avec des torpilles. Je ne sais pas nager. J'ai peur.

Tu te rappelles, Papochka, le paquebot *Saint Louis*. Bien sûr que tu te rappelles. C'était en juin 1939, peu après la fête de Souccot. Ce soir-là, tu es rentré tout pâle à la maison. Tu étais si perturbé que tu ne t'es pas rendu compte de ma présence. Je t'ai entendu dire à Mama que tu avais vu débarquer au port des centaines de gens abrutis de fatigue. J'étais tellement choquée que je me souviens exactement du nombre : 963 Juifs allemands, dont 550 femmes et enfants, avaient embarqué sur le paquebot à Hambourg pour fuir les persécutions nazies. Ils espéraient gagner l'Amérique. Malgré leurs visas, Cuba a refusé qu'ils descendent à terre. Pendant un mois, ils sont restés sur l'Atlantique et ils ont cherché un pays qui voudrait bien d'eux. Tout le monde a refusé de les accueillir. Jusqu'à ce que la Belgique dise oui. Tu as essuyé le coin de tes yeux avec ton mouchoir et tu es parti te coucher sans manger. Et nous, est-ce qu'on va subir le même sort ?

Jour 13

Il paraît qu'on s'est arrêtés aux Bermudes pour faire le plein de carburant. J'aurais pu admirer le sable rose, la couleur des maisons et la ville de Saint George, contempler autre chose que la mer grise et le ciel blanc. Je n'ai rien vu, j'avais l'estomac à l'envers, je dormais.

Jour 16

Je perdrais totalement la notion du temps si, chaque jour à 11 heures, le matelot n'inscrivait pas la date à la craie sur un tableau noir, accroché derrière la vitre de la capitainerie.

Du vendredi fin de journée au samedi soir, les heures s'étirent, s'étirent… C'est shabbat. Je sais bien, Papochka, que je suis censée éliminer les distractions et ne pas écrire dans mon journal, mais j'y tiens, moi, à ces distractions. Elles me permettent de tenir justement, pendant cette interminable traversée.

Malheureusement Rissia insiste, elle m'invite à la rejoindre avec quelques Juifs hongrois dans un coin sombre. En tant que femme la plus jeune de l'assistance, on me confie l'honneur d'allumer les bougies du chandelier à sept branches.

Oui, je sais que le shabbat est un jour de repos. Activités réduites au strict minimum pour revenir à l'essentiel. La famille. Les repas. La prière. Mama ne peut rien faire, ni pain ni couture, pas même allumer ou éteindre les lumières. Pour moi, cela ne rime plus à rien. Partager des moments avec ma famille, je ne fais que ça depuis deux ans. J'en ai assez de me reposer. J'ai envie de jouer du piano sans horaires, sans contraintes, sans rituels. Je me demande s'il y aura un piano à la maison de New York.

Au moins, à Anvers, on se retrouvait autour d'un délicieux dîner après la bénédiction du vendredi soir. Ici, on mange des miettes. Les membres de la petite assemblée ont récité le kidouche à voix basse, veillant à ne pas attirer l'attention. Puis, ils se sont lavé les mains et ils ont rompu le pain que leur a donné en douce un cuisinier du pont supérieur.

Plus loin, des Italiens découpaient un saucisson en très fines lamelles. Ils m'en ont proposé une. Je n'en avais jamais goûté. Je n'ai pas demandé si c'était du porc. J'ai regardé par-dessus mon épaule si Rissia ne me voyait pas et, dans un frisson, j'ai mâchouillé la tranche rouge et blanche. Je ne me sentais pas très bien, je suis retournée dans le dortoir m'allonger sur ma couchette. Les relents de sueur et de nourriture n'ont rien arrangé. J'ai eu un haut-le-cœur. Valia a reculé de trois pas. « Qu'est-ce qui se passe ? » a demandé Mama. Mathilda a tapoté mon front, a frotté mon dos, m'a tendu un mouchoir. Rien n'y a fait. J'ai vomi le saucisson et le shabbat.

Jour 21

Les mouettes annoncent la côte. Enfin ! Je scrute l'obscurité, New York sort de la nuit. Des remorqueurs entourent le *Serpa Pinto*. La corne de brume retentit plusieurs fois.

Des formes démesurées apparaissent petit à petit. On dirait des fantômes. Ce sont des immeubles. Je les trouve horribles, ces tours qui grattent le ciel. Je préfère les nuages. L'humidité me traverse et le vent me fouette les joues. Dans mon canot, je frissonne. Mon manteau bleu aux manches trop courtes et auquel il manque un bouton ne me protège guère.

Les passagers s'amassent sur le pont supérieur. Depuis trois jours, un murmure s'amplifie. Un mot se propage : *America*.

Le soleil se lève. La lumière change. Dressée sur son socle, sortant de la brume dans sa robe vert-de-gris, visage sérieux, un bras tendu au-dessus de l'eau des flots, une couronne sur la tête, émerge la statue de la Liberté. « *Lady Liberty* », disent les émigrants. Liberté ! J'en ai rêvé pendant des mois. Ici, plus d'ennemi à chaque coin de rue et je ne devrai pas cacher que je suis juive.

Mama me tire la manche.

— Viens, on est arrivées.

29

Je me balance dans un hamac accroché à deux figuiers au fond du jardin. Cet endroit me rappelle un autre jardin, une fête, il y a plusieurs années.

Trois amies célébraient leurs quarante ans. Chacune des mères avait rédigé un discours. Elles racontaient de façon drôle, émouvante, magnifique comment le lien mère-fille s'était tissé entre elles. Je n'ai pas supporté. Je suis partie en courant. Jalousie, tripes tordues. Le manque s'était réveillé, l'emportant sur la bienséance. Il jaillissait, pareil à de l'eau trop longtemps contenue sous la terre. Mal de mère.

Enfant, je demandais parfois à notre cuisinière Augustine : « C'est facile de se faire adopter quand les parents sont encore vivants ? » Elle répondait d'un sourire gêné, ou alors elle s'exclamait : « Quelle imagination, tu as ! Tu lis trop de livres ! »

J'oscille. Par moments, je ne veux plus écrire sur ma mère, persuadée que cela ne peut rien m'apporter de bon. La minute d'après, je veux comprendre pourquoi elle n'a pas réussi à être une mère, maladroite peut-être mais au moins aimante. Je suis pleine de contradictions. Je m'éloigne d'elle, j'y retourne. Les chapitres qui me concernent ne sont pas sans colère envers elle, tandis que ceux qui la cherchent à travers le passé recréé respirent l'empathie pour Germaine, petite fille trop secouée par les événements.

M'appuyer sur cette colère m'a permis d'entamer l'écriture. Peu à peu, l'empathie s'est infiltrée. Je ne suis pas dupe, ma colère reviendra, mais je sens un mouvement vers l'apaisement.

Pour l'heure, j'ai besoin de savoir que je suis issue d'une lignée, d'élargir le champ des possibles, de découvrir des hommes et des femmes solaires, des gens « biens ».

La dispersion des Schamisso me bouleverse. Je repense à la proposition de Viviane. Je lui envoie quelques mots repris une fois, deux fois, dix fois. Je crains qu'elle dise non, je redoute qu'elle dise oui.

« Vous venez toujours en France en septembre ? Ce serait chouette de se voir à Ronce-les-Bains. Je louerais une maisonnette pas loin de chez vous pour une dizaine de jours. Au calme, pour avancer dans mes projets d'écriture. On pourrait passer du temps ensemble. Qu'en penses-tu ? »

Et hop, je jette la bouteille à la mer.

30

Le *Serpa Pinto* entre dans un bassin en forme de U. Les marins crient, lancent des amarres, le capitaine Americo Dos Santos dirige la manœuvre, les chaînes se déroulent, la coque cogne contre les boudins avec un bruit mat. Agglutinés contre le bastingage, les voyageurs surveillent les hommes qui fixent des passerelles métalliques reliant le pont à un large ponton en bois. Germaine vibre quand le bateau bouge. Les 677 passagers se bousculent. Elle déteste cette foule mais sa petite taille lui rend service et elle se faufile entre les jambes pour descendre la première. Au moment où elle s'apprête à franchir la passerelle, le capitaine s'interpose, lui barre la route.

— Les passagers de troisième classe restent à bord. Les autres ont rempli les papiers pendant le voyage. Ils débarquent et prennent le ferry-boat, annonce-t-il.

Après des semaines sur le *Serpa Pinto*, elles ne sont même pas à New York. Le Bureau fédéral de l'immigration a installé son centre d'accueil sur Ellis Island. Un minuscule îlot à quelques centaines de mètres de la pointe de la ville. D'intimidants bâtiments de brique, surmontés de quatre tourelles. L'ensemble est appelé la « Porte d'or ». Combien de temps y resteront-elles ? Personne ne le sait.

Deux heures plus tard, les Schamisso débarquent sur Ellis Island à la queue leu leu. Germaine trébuche, se raccroche à Valia. Elles sont dirigées vers la construction principale sur laquelle flotte un immense drapeau aux bandes horizontales rouges et blanches. Dans le coin supérieur gauche, un rectangle bleu parsemé d'étoiles blanches.

Dans ce lieu, plus de monde encore que sur le bateau. Marquées par leur traversée, des milliers de personnes au visage chiffonné se retrouvent, tremblantes d'appréhension, à la Porte d'or de l'Amérique. La porte n'est pas grande ouverte…

Des officiers les encadrent jusqu'à une consigne. En échange d'un ticket, elles y laissent leurs bagages, à côté de malles, de paniers, de valises, de sacs, de couvertures. Pourvu qu'on ne vole pas leurs affaires.

On baragouine dans toutes les langues. Derrière elle, dans la file, une femme polyglotte signale qu'on reconnaît du portugais, de l'italien, du polonais, du grec, du turc, du suédois. Germaine repère le yiddish, ce mystérieux mélange d'hébreu, d'allemand et de slave. Certains restent muets, tels des animaux effrayés. D'autres parlent à toute allure. Elle entend « Ellis Island, l'île de l'espoir et des larmes », « zone de transit », « gare de triage ». La femme polyglotte murmure en français qu'un miracle peut convertir tout étranger en citoyen américain, pour peu qu'il réussisse les épreuves, son pays d'origine n'importe plus.

Avant de débarquer, certains ont enfilé leurs plus beaux vêtements pour offrir la meilleure impression. Chemises lissées du plat de la main pour les hommes, corsages brodés pour les femmes. Dans ces circonstances, cela lui semble décalé, presque triste. Une vieille dame a superposé ses jupons, ses robes et ses châles pour que son bagage soit plus léger.

Les aspirants immigrants remplissent un vaste hall de deux étages à l'impressionnant plafond voûté. Au premier se déploie une coursive.

Chacun porte autour du cou, ou épinglée à ses vêtements, une étiquette indiquant le nom du navire sur lequel il est arrivé. Les compagnies maritimes qui les ont transportés sont responsables, à leurs frais, du retour au port d'embarquement de l'immigrant refoulé.

Première étape, affronter le contrôle d'hygiène. Des médecins aguerris scrutent les rangs pour repérer les voyageurs en mauvaise santé. Ils marquent alors à la craie, sur les vêtements des personnes suspectes, une lettre indiquant la nature de l'infirmité. La polyglotte traduit en français.

— « E » pour *eyes*, maladies des yeux. « H » pour *heart*, problèmes cardiaques. « S » pour *senility*, personnes très âgées. « TB » pour *tuberculosis*.

Elle chuchote :

— La maladie juive.

Germaine lève les yeux vers les uniformes. Les officiers de santé veillent à ce que les fourmis avancent dans le bon sens. Précis et mécaniques, ils examinent cuir chevelu, dents, yeux, aisselles et respiration. L'inspection dure six secondes. Une femme supplie. On a estampillé d'un « L » le manteau du vieil homme qui l'accompagne. *Lungs*, « poumons ». Entrée sur le territoire refusée. Retour en Europe, trente jours de bateau dans l'autre sens. Fin du rêve.

Essoufflée par cet ultime effort, Mathilda s'accroche à la rampe. Chacune à son tour, les Schamisso réussissent le test du signe de craie. Elles redescendent les deux volées de marches. L'horloge monumentale marque 11 heures. Place aux vérifications légales et administratives.

Elles sont dirigées vers la gigantesque salle des enregistrements. D'interminables files se forment. Attendre, encore attendre. Elles rejoignent, sur l'un des bancs en bois, un groupe de Juifs hassidiques en caftans noirs. Ils ressemblent à ceux que Germaine croisait dans les rues d'Anvers. Elle sourit. Enfin un élément familier. Leurs longues papillotes dépassent des larges chapeaux en fourrure de forme cylindrique qu'on appelle *schtreimels*.

Au milieu du brouhaha, Germaine capte une conversation entre sa mère et une autre femme qui tient un bébé dans les bras.

— Un an et demi que je n'ai pas vu mon mari. Je me demande quel père il sera. Quand on a été séparés, j'étais juste sa femme, maintenant je suis aussi la mère de son enfant. Cela fait beaucoup de changements d'un coup, un nouveau pays… Nous étions deux, nous serons trois.

— Quel beau visage ! Vous devez lui donner beaucoup d'attention pour qu'il soit si paisible. Un an que je n'ai pas vu mon Georges. Je me demande si l'Amérique a déteint sur lui. S'il m'aime encore. Si je l'aime encore.

Germaine ne doute pas que son père l'aime encore. Elle a tellement hâte de retrouver sa tête lunaire, qu'ils soient réunis tous les six. Joseph sera le seul absent lors de ces retrouvailles.

Elles ont espéré leurs visas pendant une éternité. Elles ont survécu à la traversée de l'Atlantique dans les entrailles d'un bateau surpeuplé, à une nourriture infecte et à des couchettes sales. Tout ce temps et ces souffrances pour que leur sort soit déterminé par un examen physique express et vingt-neuf questions, froides et rigides telles des lames de couteaux.

Chacune redoute l'interrogatoire. Tout se joue ici. Une seule mauvaise réponse leur interdira l'entrée au paradis. Georges les a prévenues et elles ont répété plusieurs fois à tour de rôle dans le dortoir.

C'est à elles. Flanqués de traducteurs, les inspecteurs de l'immigration les toisent depuis leurs hauts tabourets. On ne leur propose pas de chaise, pas même à Mathilda qui a pauvre allure. Pourvu qu'elle ne s'évanouisse pas. Valia tente de séduire un garde pour échapper aux questions. Il la recadre d'une voix ferme.

Rissia commence. L'interprète traduit en français. Germaine retient son souffle.

— Noms des proches que vous allez retrouver ?

— Mon mari, Georges Schamisso et ma fille Lydia Schamisso.

— Profession ?

— Mère de famille.

— Destination finale en Amérique ?

— …

L'inspecteur et l'interprète s'impatientent.

Décontenancée quelques secondes, elle plonge la main dans son décolleté et leur dévoile la précieuse adresse.

— Êtes-vous en possession de l'équivalent de 50 dollars ?

Elle hoche la tête affirmativement. Peu importe la vérité tant qu'elle donne la bonne réponse.

— Pouvez-vous nous montrer cet argent ?

Germaine observe Rissia effleurer la broche en argent accrochée au revers intérieur de sa veste. Troquera-t-elle le seul souvenir de sa mère contre un tampon sur un document ?

— Avez-vous séjourné dans une prison, une maison de charité ou un asile d'aliénés ?

— Non. Non. Non

— Êtes-vous polygame ?

— Non.

L'interprète égrène les questions jusqu'à la dernière.

— Êtes-vous anarchiste ?

À leur tour, Valia et Mathilda réussissent l'interrogatoire.

C'est à Germaine, elle a oublié tous les conseils. Si elle se trompe, elle repartira en France avec son étiquette autour du cou.

De l'homme qui l'interroge, elle ne voit que les dents jaunies, le gros nez luisant et les yeux déformés par des lunettes aux verres épais.

— Nationalité et race ?

— Détenez-vous un billet pour votre destination finale ?

— Taille ?

— Teint ?

— Signes particuliers ?

Il voit bien qu'elle est petite, verte du mal de mer, bleue de peur et rouge d'appréhension. Signes particuliers ; épuisée, impatiente.

Le cachet s'écrase dans un bruit mat.

Elle se décompose de fatigue. Elle a répondu correctement, pas de trait de craie sur son épaule mais sait-on jamais… on l'observe encore. En dehors de la zone d'évaluation et à l'abri du regard percutant des inspecteurs, elle s'autorise à se laisser glisser par terre et enserre ses genoux. Que viennent l'entourer les bras de son Papochka, ceux de Lydia et ceux de Joseph qu'elle n'a pas vu depuis cinq ans.

Dernière formalité. Un photographe a posé son trépied dans un coin et, devant un tissu noir tendu sur un mur, il capture les expressions ravagées par la fatigue, l'inquiétude et l'attente. Des ouvriers avec pour seul bagage leur bien le plus précieux, leur caisse à outils, des enfants ahuris, des nourrissons affamés, des mères aux seins vides. Le flash crépite. Germaine ignore ce qui la dégoûte le plus. Les crânes rasés pour éliminer les poux ? Les os saillants ? Les veines apparentes ? La maigreur de ceux qui ont jeûné pour ne pas rendre leurs tripes à la mer ?

Les traits tirés, le visage pâle, les joues mangées par les cernes et les yeux ourlés de tristesse, Mathilda se tient la plus droite possible. Même si elle y était autorisée, elle serait incapable de sourire. Sans se faire prier, Valia prend la pose, offre son meilleur profil à l'objectif.

On leur indique la direction du réfectoire. Après le repas, elles pourront récupérer leurs maigres possessions et troquer quelques billets français contre des dollars. Un millier de personnes impatientes. Brouhaha indescriptible, purée de mots, vacarme de couverts entrechoqués sur les écuelles en métal, relents de nourriture difficile à identifier. Corps mal lavés, transpirants, en sueur. Odeurs, encore.

À leur table, un père de famille raconte que des prisonniers sont détenus sur cet îlot. Restent-ils enfermés dans des cellules, circulent-ils en tenue de bagnard ? Ils mangent peut-être avec elles.

Une envie pressante de faire pipi la tiraille. Où vont-elles dormir ? Avec qui ? Y aura-t-il moyen de se rafraîchir ? Elle ne supporte plus sa propre puanteur. Elle part à la recherche de toilettes. Elle espère qu'elles ne seront pas trop dégueulasses. Peut-être parviendra-t-elle à s'emparer d'un morceau de savon pour se laver sous les bras.

Elle se perd dans les couloirs glacés des bâtiments de verre et d'acier. Un labyrinthe traversé par les courants d'air. Elle dépasse les cuisines, l'infirmerie, les dortoirs. Enfin, les sanitaires. Une dame s'approche d'elle.

— Cookie ?

Germaine hausse les sourcils.
La dame lui tend un biscuit.
Elle comprend.
Cookie… son premier mot en américain.

31

Les nuages changent de couleurs et de contours. Je n'ai jamais aimé le ciel uniformément bleu. Je préfère les ciels tourmentés, agités, chahutés. À Noirmoutier, je suis servie : chaque fois que je lève les yeux, ils me racontent une autre histoire.

Grâce à leur demande de naturalisation, vingt-cinq coups de téléphone et quinze mails, j'ai trouvé l'adresse des Schamisso à New York. Parfois, je tourne en rond pendant des semaines. Aujourd'hui, une nouvelle mine d'or. Après avoir introduit dans Google « 200 Haven Avenue » et l'année de construction, je découvre les plans d'architecte de l'immeuble, déposés à la Columbia University quatre-vingts ans plus tôt. Le nombre d'étages, d'appartements, leur superficie, les parcs alentours, tout y est répertorié. Miracle des archives.

Je suis avide de trouver des éléments qui peuvent m'aider à avancer dans leur histoire. J'ai besoin de les imprimer pour les avoir sous les yeux en même temps et de m'en imprégner. À la mairie, à l'office de tourisme, chez le marchand de journaux, à la poste, la quantité de pages autorisées est limitée. Un garagiste accepte de me dépanner et me prête sa photocopieuse poussiéreuse. Ma description circule sans doute sur l'île. Ronde, blonde, agitée. Fanatique de vieux documents. Tout Noirmoutier est au courant.

Sur le sol de la terrasse de cette maison de vacances, un dessin reprend le tracé de la ligne de démarcation en Dordogne, avec de part et d'autre les noms des villages en zone libre et en zone occupée. Étalé sur la table du salon, le plan de New York et, accrochées au mur de ma chambre, la photo de la statue de la Liberté et celle du drapeau américain.

Comment exploiter mes précieuses découvertes dans une scène ? Faute d'un plan précis de mon roman, je demande au hasard de me guider. Je déchire des petits bouts de papier et, sur chacun d'eux, j'écris un ou plusieurs mots. « Peur », « ambivalence », « destin contrarié », « costumière », « dialogues », « météo », « images de New York », « phare », « métro »... L'une de ces propositions d'écriture indiquera la direction du prochain chapitre. Je mélange les papillons, je les jette en l'air, ils retombent en confettis éparpillés sur les tomettes rouges. Je les rassemble, j'en ramasse un. « Retrouvailles ».

32

Enfin elles sont autorisées à quitter Ellis Island. Cinq heures qui ont semblé durer cinq jours à Germaine. Les jambes tremblantes, moites de l'humidité accablante qui précède les orages d'été, chargées de trois valises, deux sacs, un chapeau, elles montent sur le ferry. Vingt-cinq minutes plus tard, elles débarquent sur la terre ferme à Battery Park. À New York !

Et maintenant ?

On leur a donné quatre tickets de métro et expliqué comment se rendre à pied jusqu'à la station de Bowling Green.

— J'ai faim, Mama.

— C'est pas le moment.

Germaine craque. Elle a résisté à tous les obstacles, mais à quelques mètres de la destination finale, elle n'est plus capable de faire un pas. Elle sanglote, elle ne trouve plus ses mots. Mathilda pose une main sur son épaule.

La grande bouche noire les engloutit. Valia repère la ligne 4, indiquée en vert. Elles descendent sous la ville. La rame bondée surgit dans un bruit assourdissant. Rissia s'assure que toute la troupe entre dans le wagon. Les portières claquent. Le trajet rapide et sinueux surprend les voyageuses. Les roulis lents et les embruns de la mer sont loin, une flèche traverse les entrailles de la ville. Elles tiennent tant bien que mal debout au milieu de la foule. Germaine sait qu'il faut compter treize stations. Les noms étranges défilent : Wall Street, Brooklyn Bridge, Spring Street, Grand Central, Lexington… 176th Street. Enfin leur arrêt !

Et maintenant ?

Sans interprète à disposition, incapable de demander le chemin en anglais, Rissia serre le précieux papier. Elle interpelle un homme pressé et lui montre l'adresse en partie diluée par la transpiration. Il parle à toute vitesse en mangeant ses mots.

— *You turn left then right then you go straight ahead in front of you and you'll find the building.*

Sans rien comprendre à sa réponse, elles observent dans quelles directions l'homme agite la main

La petite troupe repart, Rissia et Valia en tête. Essoufflée, Mathilda ferme la marche. Germaine traîne, les chaussures données par la fermière sont devenues trop serrées.

— On est bientôt arrivées ?

Quatre hauts bâtiments de briques rouges, aux étroites fenêtres verticales, se dressent devant elles. Sur chacune des façades, du cinquième étage au rez-de-chaussée, un escalier métallique noir en zigzag. Au centre des immeubles, un porche blanc surplombe une porte imposante. 200 Haven Avenue. The Washington House.

Fébriles, elles pénètrent dans le hall d'entrée. Germaine repère un immense tableau où sont alignés des noms aux consonances cosmopolites puis cherche à toute allure « Schamisso ». Elle se hisse sur la pointe des pieds et, du bout des doigts, sonne à l'appartement 5D.

— C'est nous !

Le parlophone grésille.

Et maintenant ?

Quatre ascenseurs. Lequel choisir ? Le D ! Quatre cent huit jours que Germaine n'a pas vu son père. Elle veut se blottir contre lui.

La cabine. Trop exiguë pour les contenir toutes les quatre avec leurs bagages. Mathilda, Rissia, Valia, Germaine empilent les valises et les sacs, se compriment tant bien que mal, rentrent le ventre, les fesses, collent aux parois leurs vêtements chiffonnés. Depuis le 10 mai 1940, elles sont toujours restées ensemble. Ensemble elles resteront jusqu'au cinquième étage.

La porte de l'ascenseur s'ouvre. Lydia les accueille.

— *Finally, you're here !*

Elle écarte grand ses bras comme pour les encercler toutes en même temps, les serre fort.

Légèrement en retrait, Georges, le gilet impeccable, les regarde, les yeux embués.

Germaine se jette dans les bras de son Papochka. Les yeux fermés, elle savoure le moment puis se dégage de l'étreinte, sort de son sac la boîte du jeu d'échecs et lui tend.

— Je l'ai gardée.

— On jouera demain et on verra qui gagne la première partie.

Il agrippe la main de sa femme et le vieux couple se retrouve après un an de séparation.

— Pourquoi vous n'êtes pas venus nous attendre à l'arrivée du bateau ? demande Germaine.

— Je me suis renseigné tous les jours pour savoir quand il arriverait mais personne ne pouvait deviner combien de temps dureraient les formalités.

— J'ai pris congé pour vous accueillir, renchérit Lydia.

— Je ne suis pas allé travailler et je tourne en rond depuis ce matin.

— Entrez, entrez.

Les voyageuses abandonnent leurs bagages dans le hall et entrent dans un salon tout en longueur. Une sensation d'étouffement envahit Germaine. Tout à coup, les champs et les vignes du sud de la France et même l'immensité de l'océan lui manquent. C'est la première fois qu'elle va habiter dans un appartement.

Rissia et Georges s'asseyent au bord du canapé en velours vieux rose. Mathilda et Lydia occupent les deux fauteuils en cuir vert amande à l'armature de bois. Valia pleure et rit en même temps.

— Je vous avais dit qu'un jour on se retrouverait, dit Georges.

Rissia soupire.

— Il a fallu tellement de temps, d'épreuves, de fatigue !

— Vous avez été incroyablement courageuses.

Il leur explique que *Haven* signifie « havre, une situation assurée, un petit port abrité ». Tant mieux. Elle aspire à un refuge, un vrai répit. Haven Avenue, c'est parfait.

Germaine fait le tour des pièces.

— Je vais m'installer où ?

À Anvers, elle dormait seule. En France, elle partageait un lit avec Valia.

— La grande chambre, lui répond son père, c'est pour Mama et moi. Lydia et Valia prendront la deuxième et toi tu tiendras compagnie à ta Babouchka.

Elle n'a pas encore vu la salle de bains. Pourvu qu'elle y trouve une baignoire avec de l'eau chaude à volonté. Elle entrouvre la porte, une odeur de lessive flotte dans l'air.

De la fenêtre, à gauche de la baignoire, elle aperçoit la rivière et, sous un immense pont, une tour conique métallique rouge, surmontée d'une lanterne blanche. Toutes les trois secondes, un éclat de lumière ponctue le ciel bleu marine.

Lydia la rejoint.

— *Look*, ma chérie, Washington Bridge, Hudson River et Little Red Lighthouse, le seul phare de Manhattan !

— Manhattan ?

— Une île et un quartier de New York. Notre immeuble est situé à l'extrémité nord. Je suis heureuse de te retrouver. Tu m'as manqué, *little sister.*

Elles reviennent dans le salon, main dans la main. Georges déroule tous les avantages du lieu, tel un agent immobilier chargé de convaincre des clientes. Dans la cuisine, il montre qu'il suffit d'appuyer sur le bouton du réfrigérateur pour que les glaçons tombent.

— Climatisation ! Prise spéciale pour la radio ! Placards ! Stores vénitiens !

Lydia renchérit.

— Building récent. Construit en 1941, 36 studios, 402 appartements de deux à cinq pièces, quatre ascenseurs, des cabinets de médecins au rez-de-chaussée, une buanderie au sous-sol, un loyer accessible.

Pas le temps de poser la moindre question, les intarissables bavards reprennent de plus belle :

— Vue sur le parc, des concerts de jazz, une atmosphère de banlieue, annonce Georges.

— Proximité du métro, front de mer à un pâté de maisons.

Sa mère s'exclame :

— Je déteste ce métro, j'ai failli étouffer !

— Une synagogue dans le quartier et pas loin, Broadway, les théâtres, le City College, ajoute Lydia.

Germaine l'a tout de suite constaté : ici, pas d'espace pour un piano.

— Vous avez faim ? demande Lydia. J'ai préparé des galettes de pommes de terre.

Georges se lève.

— À table ! J'ai acheté du *gefilte fish*, des cornichons aigres-doux et de la salade de chou chez le traiteur casher. Je suis allé jusque chez Katz's, le delicatessen de la Troisième Avenue, ses sandwichs au pastrami sont inégalés. J'ai aussi pris des bagels au saumon fumé, du cheesecake et…

Il s'interrompt, puis il ajoute en regardant sa benjamine :

— Du strudel plein de raisins secs et de cannelle !

— On termine de préparer tout ça, profitez-en pour vous rafraîchir.

Au moment de s'asseoir, elles hésitent. Qui entourera Georges ? Lydia, parce que c'est sa place depuis un an ? Rissia, parce qu'elle retrouve son mari ? Mathilda, pour être proche de son fils ? Valia et Germaine parce que ce sont ses filles cadettes. La mère et l'épouse s'imposent de chaque côté.

Des bouts de phrases traversent la table. Des questions incomplètes et des débuts de conversation atterrissent sur la nappe. Des monologues sans queue ni tête se croisent dans la salle à manger en acajou. Des mots d'anglais se faufilent au milieu du russe, du yiddish et du français. Les hôtes sont volubiles, malhabiles, surexcités. Les visiteuses sont joyeuses, soulagées, épuisées. Tous en décalage, et pas uniquement de fuseau horaire.

Chacun cherche à exister dans cet équilibre fragile, dans ce lieu étranger. Chacun cherche ses marques. En quelques minutes, ils sont passés de deux à six. Un homme et cinq femmes. Ils n'ont pas été sept depuis cinq ans, se dit Germaine. Joseph, Joseph, Joseph. Où se trouve-t-il en ce moment ?

— Les assiettes, on devrait peut-être en acheter d'autres, elles paraissent vieillottes, décrète Valia.

Lydia réplique :

— Je viens de les acheter, je les adore. Et n'oublie pas, c'est grâce à moi que vous êtes à New York. Vous êtes ici chez moi...

Georges calme le jeu.

— Non, Lydia. La terre appartient à tous, réjouissons-nous d'être ensemble.

— Doucement quand même, les nouvelles venues.

Rissia reprend les rênes.

— Lydia, une année avec ton père ne te consacre pas chef de la tribu !

Un cheval se cabre, l'autre regarde ailleurs.

Georges tente une diversion.

— Trois mères juives sont réunies pour prendre le thé. « Mon fils, dit la première, il est tellement riche qu'il pourrait acheter Paris ! » La seconde, un peu vexée, renchérit : « Moi, mon fils, il a tellement d'argent qu'il pourrait s'offrir Paris et New York ! » La troisième sourit : « Et qu'est-ce qui vous fait croire que mon fils a envie de vendre ? »

— Tu ne connais pas une blague qui parle de trois filles ? ironise Valia.

La plus jeune et la plus âgée piquent du nez. Elles se couchent sans se déshabiller. Encore sanglées de leurs ficelles, leurs valises boursouflées restent dans l'entrée.

Germaine entend Mathilda ronfler. De l'autre côté de la cloison, Valia et Lydia chuchotent. Germaine ne saura rien de ce qu'elles échangent. Elle lutte contre le sommeil… ses paupières se ferment. Sa première nuit à New York !

Semblables à un métronome, les pulsations régulières du phare battent la mesure de sa nouvelle vie américaine. À Saint-Médard, Yvonne Meynard s'endort avec un brin de lavande sous l'oreiller.

33

Ce matin, mon amie a rejoint le continent et elle a pris le train pour rentrer en Belgique. Je reviens du marché à vélo avec le vent de face. Averse persistante. Raté l'embranchement. Loupé la piste cyclable. Plus de batterie. Pas de GPS. Cinquante minutes au lieu de quinze. Le vendeur ne m'a pas dit toute la vérité, ma veste n'est pas imperméable. Éclaboussée par les voitures. La pluie dégouline sur mon visage. Mon mascara coule. Arrivée trempée. Détrempée. Transpercée. Les cheveux, le jean, le sac à dos. Après les fous rires, la maison semble horriblement silencieuse. Même sous la douche.

Pourquoi les larmes me montent-elles aux yeux chaque fois que je repense à la scène de l'ascenseur ? Mathilda, Rissia, Valia et Germaine sont accueillies par Georges et Lydia. La voilà, notre différence. Jamais ma mère ne m'a attendue. Jamais elle ne m'a ouvert la porte. Peut-être est-ce l'origine de mes maux inexpliqués, à commencer par l'hyperacousie. Depuis toute petite, je tends l'oreille pour entendre son *je t'aime*. Il n'est jamais venu. Quand elle m'adressait la parole, c'était pour me balancer à la figure des mots au vitriol. « Le pire jour de ma vie, c'est le jour de ta naissance. » Cette phrase résonne encore dans ma tête. Un manque que je connais par cœur contracte mon corps. Aucun souvenir du contact de sa main. Peut-être est-ce pour cette raison que j'ai la peau sèche, ma mère ne l'a jamais caressée. À sa place, j'aurais décerné la médaille d'or du pire au 10 mai 1940.

Une éclaircie chasse la pluie. Ici, l'arc-en-ciel n'est jamais loin. Je me force à sortir prendre l'air. À droite, la mer. À gauche, les marais. Les couleurs du paysage se mélangent dans une gamme de blanc et de gris argent, tachetée de vert pâle. Au milieu de cette beauté, je perds la notion du temps J'arrive au bout de la jetée, des mouettes passent au-dessus de moi. Leurs ricanements me vrillent les tympans.

Je rentrerai épuisée de ces vacances. J'ignore si cette recherche se terminera un jour et si j'aurai le courage d'envoyer ce manuscrit à un éditeur. Moi qui crains toujours qu'un journaliste me pose une question indiscrète, je dévoilerais ainsi le contenu de mon carnet intime ? D'ordinaire, mes personnages expriment ce qui m'émeut, déclenche ma colère, me bouleverse. C'est plus facile de me livrer dans la peau d'un gardien de zoo pied-noir ou d'une danseuse étoile.

Dans ce texte-ci, je ne suis pas à l'abri d'un personnage, je m'expose.

Je rentre, le rose aux joues. La maison me paraît moins vide. J'ouvre grand les fenêtres. Dans la chambre de mon amie, sur la table de nuit, je trouve un joli carnet rouge entouré d'un ruban de raphia. Il enrichira ma collection. Je dénoue le nœud, je l'ouvre.

Ma bichette,
J'ai adoré la sortie en voilier.
Les conversations qui s'étirent du petit-déjeuner au déjeuner.
La chanteuse folk sur la place de la mairie.
La vie à contre-courant de la foule.
Le temps suspendu, chaque moment, chaque seconde.
L'ivresse du rosé vendéen dans ce petit cabanon.
Te découvrir une nuit à 2 heures du matin, plongée dans ta stupéfiante enquête.
Nos rires quand on observait le grand voisin avec son tout petit chien.
Nos éclats de rire quand on écoutait les intonations du GPS, façon cour d'Angleterre.
Je te remercie pour ton soleil…

Ma précieuse. De ses gracieuses arabesques, elle a écrit ces quelques mots. Je m'assieds au bord du lit. Je suis émue.

34

Depuis une semaine, Germaine regarde les bateaux passer sur l'Hudson. À part quelques promenades avec Mathilda qui l'oblige à prendre l'air, elle n'a pas encore exploré le quartier. Sa Babouchka a retrouvé une voisine d'Ukraine à la synagogue. Un véritable miracle. Tantôt chez l'une, tantôt chez l'autre, devant un samovar de tchaï, les deux vieilles dames déroulent à l'infini leurs années en Russie au temps des Romanov. Elles ne perdent pas une seconde pour se voir. Les yeux de Mathilda brillent, son cœur s'essouffle moins, elle se fait jolie pour rendre visite à son amie, Dounia. Et quand on la sermonne gentiment sur l'excès de gâteaux sucrés, elle répond : « La vie c'est maintenant, enfin un peu de calme, profitons. »

Un remorqueur rouge passe sous le pont. Germaine se demande quand les résultats vont arriver. Le concours d'admission de la Juilliard School, la plus prestigieuse école de musique du monde – ici, à New York, à Manhattan, à deux pas de chez eux –, s'est déroulé en deux étapes.

Présélection, puis audition finale devant un jury. Germaine a choisi d'interpréter un prélude de Chopin. Elle s'est entraînée pendant trois mois sur le piano d'un voisin mélomane. Les frais d'inscription représentent deux ans du salaire de Georges. Grâce à de généreux donateurs, quelques bourses sont octroyées à des jeunes gens aux aptitudes hors du commun. Une chance inespérée pour elle d'intégrer l'école, à vrai dire, la seule.

Après un an de vie new-yorkaise, Georges et Lydia se sont déjà bien acclimatés, ils poursuivent leur routine. Chaque matin à 8 heures précises, après avoir bu son deuxième café et lu le *New York Times* de la première à la dernière ligne, son père attrape son chapeau, ferme la porte de l'appartement de Washington Heights, effleure la mezouzah fixée au montant droit et, en costume cravate impeccable, s'en va vers son destin de citoyen américain.

Les jours qui ont suivi leur retour, Lydia s'est montrée chaleureuse, mais elle est vite redevenue Lydia. Fantasque et imprévisible. Elle prétend qu'elle s'est mariée mais on n'a jamais vu son mari. Chaque fois qu'on lui parle de Jacques, elle balaie le sujet d'un revers de la main. Elle travaille comme secrétaire dans un cabinet d'avocats et, dès que possible, elle en partira pour réaliser son rêve : devenir chanteuse d'opéra. Lors de ses rares apparitions, elle reste évasive.

Rissia débarque, le souffle court, son sac de courses à moitié vide.

— L'épicier n'a aucune patience et je n'aime pas quand il dit *cauliflower* alors que je demande des choux. Où est Mathilda ?

— Calme-toi, elle est chez Dounia, elle ne va pas tarder, elle t'aidera pour le repas, Mama.

Rissia déprime. Tout lui pèse. Elle passe la journée entre les quatre murs de l'appartement. Quand elle tente une expédition, pour rassembler les ingrédients dont elle a besoin pour cuisiner, c'est toujours la même histoire, elle revient à fleur de peau, usée. Elle sort une première fois pour acheter des choux, une autre pour des carottes et elle termine la matinée sur la chaise de la cuisine, à pester. Les commerçants ne la comprennent pas. Ou est-ce l'inverse ? Germaine gère seule les sautes d'humeur de sa mère.

Valia n'est pas beaucoup là. Elle travaille dans une boutique de vêtements et pose pour des magazines de mode comme « mannequin chapeau ». Elle a rencontré Adolphe Demilly, un journaliste parisien de dix ans son aîné. Tout de suite son cœur s'est emballé. Germaine est contente pour elle. Sa sœur est venue dans sa chambre lui raconter. Il la courtise, il vient la chercher, elle l'accompagne dans des soirées mondaines, il est beau. Il publie la *Voix de la France*, un bimensuel en français et en anglais, et anime de chez lui une émission écoutée sur les ondes tous les dimanches soir à 23 heures. Quand par chance Valia dîne avec eux, elle bassine ses parents avec son Adolphe. Un prénom qui heurte les oreilles.

Une clé tourne dans la serrure. Georges tient une lettre à la main. Sur l'enveloppe, le cachet de la Juilliard School. Comme si ce courrier détenait le pouvoir de transformer son existence, Rissia s'écrie, fébrile :

— Ouvre, mais ouvre donc !

À l'autre bout du salon, Germaine retient son souffle. Son père sort un carton, traduit ce qui y est écrit.

— Pour la saison 1942-1943, les bourses d'études en piano sont attribuées à huit talents exceptionnels.

Elle sait qu'il lit lentement pour tenter de maîtriser son émotion, lui qui aurait tant aimé poursuivre une formation de musicien.

— Agnès Niehaus, Harriet Wingrass, Margaret Bastrener, Claire Shapiro, Doria Dickena, Natalie Hoek, Marvin Berger…

Germaine compte dans sa tête au fur et à mesure que sont proclamés les noms.

— Et…

Georges marque une pause, ménage le suspense, trahi par la joie qui illumine son visage lunaire.

— La bourse Jane Loening à… Germaine Schamisso !

— Quel honneur pour toute la famille ! s'écrie Rissia.

— Huit élèves sur cinq cents ! renchérit Georges

Germaine reste sans voix. Son père l'embrasse sur le front.

— *Mazeltov !* Bravo ! *Pozdravlyayu !*

La jeune fille sourit mais son ventre se contracte. Elle espère qu'elle sera à la hauteur.

35

Le jour de la rentrée, Germaine a soigné sa tenue. Elle porte une jupe à carreaux rouge et vert vif, bonnet en laine assorti. Sous son pull en maille jacquard, un justaucorps à col roulé. Elle aime surtout ses mitaines qui montent jusqu'aux coudes et ses chaussettes jusqu'aux genoux. Une vraie petite Américaine !

Elle quitte l'appartement en même temps que son père et s'ils n'échangent pas beaucoup pendant les vingt-quatre minutes que dure le trajet en bus, ce moment à deux, assis côte à côte, lui semble un privilège. Elle connaît son programme. Dans le Diamond District situé sur la 47e Rue, entre la Cinquième Avenue et l'Avenue des Amériques, non loin du Rockefeller Center et de la cathédrale Saint-Patrick, il rejoint les employés de la société où il travaille au cœur de Midtown. Il taille, polit, évalue, vend des pierres précieuses. Le midi, il déjeune avec des clients.

Georges et Germaine se quittent sur un sobre « bonne journée », « toi aussi, à ce soir ». Pour elle, les mots les plus importants de l'échange sont « à ce soir ». Après cette interminable année sans lui en France, elle redoute qu'ils soient à nouveau séparés.

Cinq minutes à pied et elle rejoint l'école de musique située dans une avenue tranquille de Morningside Heights, au cœur de Manhattan. *One block west of Broadway*, comme ils disent ici. 130 Claremont Avenue. Elle est arrivée. D'après la plaque à l'entrée, l'inauguration du nouveau building a été célébrée en 1931 par un récital donné par Sergueï Rachmaninov.

Elle entre dans l'édifice de cinq étages en mesurant sa chance. Le directeur en personne l'accueille, la félicite pour sa bourse et lui fait visiter les lieux.

Répartis de part et d'autre des couloirs, se trouvent des bibliothèques, une salle à manger, de petites salles de concert, des espaces d'étude et de spectacles. Elle n'a jamais vu autant de pianos, droits, à queue, demi-queue.

— On vient du monde entier pour suivre notre programme académique exceptionnel. En plus des cours généraux – anglais, sciences sociales, mathématiques, éducation à la santé –, vous recevrez des leçons de maintien, de solfège, de composition et d'interprétation. Tous les professeurs travaillent au service des élèves et de la musique. Voici votre salle de classe.

Germaine tremble à l'idée d'étudier en compagnie de prodiges. Chacun possède un palmarès, des références. Pendant trop longtemps, elle n'a eu droit qu'à des touches imaginaires gravées sur un morceau de bois et une paire de gants pour protéger ses mains.

Il ouvre la porte, les étudiants se taisent à leur entrée.

Le directeur la présente et poursuit son laïus d'introduction.

— Le piano n'est pas un divertissement, vous devez y dédier votre existence. Les causes les plus courantes d'un travail insatisfaisant sont les absences et les retards, les trop nombreux engagements sociaux et l'insuffisance des dispositions prises pour les études à domicile.

Il n'y a pas de piano chez eux. Elle restera plus tard à l'école pour améliorer ses résultats et se couchera directement en rentrant.

— Les devoirs demandent deux heures par jour. J'attire votre attention sur la section du bulletin consacrée à l'évaluation du caractère de l'élève. Courtoisie, effort, leadership, coopération.

Au milieu de ce programme serré, il ne donne pas les heures de récréation.

— Le piano, vous devez l'honorer. Si vous n'aimez pas chaque seconde de votre apprentissage, votre vie sera triste et votre musique vide, exempte de sentiment, donc de l'essentiel.

Il parle vite et son accent demande une concentration intense pour le comprendre.

— Pourriez-vous nous interpréter quelque chose ?

Tout le monde la fixe du regard. C'est le moment de gagner sa place parmi eux. Son ventre se rétracte, aspiré de l'intérieur. Spasme électrique le long de son bras. Ce morceau, elle le connaît. Elle l'a révisé, joué mille fois.

Elle entame les premières mesures des *Variations Goldberg*. Son cœur bat plus fort que d'habitude. Elle vacille. Que se passe-t-il ? Les doigts de sa main gauche courent sur les touches. Sa main droite tremble. Personne ne le remarque. Au milieu de la pièce aux boiseries claires, concentrés, attentifs, les membres du corps professoral et les jeunes gens ont fermé les yeux pour mieux accueillir son interprétation.

Assumer. Assurer. Tenir.

Elle arrive à la vingt-troisième note, un *mi* bémol particulièrement exigeant, elle transpire, s'arrête.

— Prenez votre temps, mademoiselle. Recommencez quand vous serez prête.

Tout se mélange dans sa tête. Elle se reprend, joue à la manière d'un automate, puise au fond d'elle le peu d'énergie qui lui reste et termine sa prestation dans un vertige, la bouche sèche.

Le directeur lui sourit.

— *Welcome to Juilliard's, Miss Schamisso !*

36

Je prends mon petit-déjeuner sur la terrasse. La voile de bateau tendue entre deux rivets fixés au mur me protège de l'ondée. On annonce de la pluie toute la journée. Tant mieux. Je ne serai pas tentée d'aller me promener, je vais pouvoir me consacrer aux Schamisso.

Ce soir, je pourrai sortir mon vélo, pédaler dans le vent. Ici, à l'ouest, il fait clair une demi-heure plus tard que chez moi, je profite de cette lumière. Même si je plonge dans une période sombre de l'histoire de ma famille, les éclaircies de Noirmoutier m'offrent une bulle de sérénité.

Mon téléphone vibre. Viviane répond enfin à ma proposition du mois d'août. Elle annonce qu'ils arriveront en France le 9 septembre.

« J'adorerais avoir l'opportunité de te voir. Ronce-les-Bains *is not the most exciting place* où séjourner à cette époque de l'année, la plupart des commerces et des restaurants sont déjà fermés ! Viviane »

Je réagis aussitôt.

« C'est la nature qui m'intéresse. Je travaille le matin. S'il pleut, j'écris davantage. S'il fait beau, je me balade à vélo ou à pied, je marche dans la mer. *The exciting thing would be to see each other.* Karine »

Viviane enchaîne.

« Cela semble un plan prometteur. Si tu souhaites rester avec nous, *welcome*, mais je comprendrais parfaitement que tu aies besoin de ton propre espace. *See you soon maybe !* »

Ce « nous » m'intrigue. Un mari ou un amant ? Dix amis ou une famille nombreuse ? Ils seront au minimum deux et moi, je serai seule. Qu'importe. Ce serait dommage, ridicule et pas très courageux de renoncer. *Let's go to* Ronce-les-Bains !

Je lui écris.

« *Thank you for your adorable invitation*, c'est en effet plus confortable de garder un endroit à moi pour avancer à mon rythme. As-tu des photos, des lettres, des traces de nos mères... Si oui, pourrais-tu les apporter ? *See you soon, for sure !* K. »

Elle me répond.

« Désolée, je n'ai que quelques clichés. Je les emmènerai. Toi aussi si tu en trouves, apporte des photos. En particulier de mon frère que je connaissais à peine. Envoie-moi ta date d'arrivée dès que tu la connais. V. »

37

Passage éclair à Bruxelles après un mois d'absence. Ma Beauté frappe à la porte et me fait la fête. Pas rancunier, ce chat. Je n'ose pas lui annoncer que je repars bientôt.

Un orage de fin d'été et ses bourrasques m'empêchent de dormir. La pluie tambourine sur les Velux. Les feuilles se décrochent des arbres, elles vont boucher la corniche.

Dans une semaine, je retrouve ma cousine à Ronce-les-Bains. J'appréhende ce rendez-vous. Les liens du sang ne garantissent pas les affinités. Ni la bienveillance. Impossible de dormir. J'avance à la rencontre de Viviane. Je m'approche de la lignée féminine de ma famille. Qu'est-ce que le féminin ? D'après ma mère, être belle pour plaire à son mari. L'attendre et n'exister que par lui. Sa vision réductrice m'a été présentée comme l'unique réalité.

J'ignore ce qui a construit ma part féminine. Sans doute les hommes qui m'ont aimée ont-ils contribué à éveiller et nourrir la femme que je suis devenue. Sans doute les femmes qui m'ont inspirée m'ont-elles insufflé l'intuition, l'écoute, l'ouverture, la générosité. Et mille couleurs.

L'image d'Augustine me revient. Elle m'emmenait au parc après ses heures de travail, me poussait avec plaisir sur les balançoires. Corps sec, visage anguleux, voix rocailleuse, ses mains étaient douces. Je me souviens du jour où elle m'a hissée sur le comptoir de la cuisine. Elle préparait une sauce mystérieuse et m'a expliqué à voix basse la différence entre le curry de Bénarès et le curry de Madras. « Le secret, avait-elle ajouté en léchant son doigt, c'est la pâte de citron confit. » J'ai grandi, je suis partie, elle est restée. Après sa retraite, je traversais la ville pour lui apporter ma meilleure mousse au chocolat.

Un éclair zèbre le ciel. Je me lève, j'enfile un pull et des grosses chaussettes. Quelle femme Viviane sera-t-elle ? Ennuyeuse, conformiste, dénuée d'humour, à l'ego démesuré, ou originale, drôle et passionnée ? J'ai besoin qu'elle soit chaleureuse. Cinquante ans que nous ne nous sommes pas vues. Ma cousine est une inconnue. Je ne connais pas le son de sa voix. Pas de photo récente. À peine quelques messages sur Messenger. Ni elle ni moi n'avons proposé d'échanger en vidéo sur Skype ou WhatsApp. J'ai retardé le moment d'en savoir plus sur elle, de peur d'être déçue ou de la décevoir.

Je n'ai pas bien fermé le Velux. L'eau coule le long du châssis, tombe au sol goutte après goutte, formant une tache sur le plancher. Viviane, menace ou accalmie ?

38

Germaine a surmonté son appréhension du premier jour et absorbe l'enseignement de ses professeurs avec autant de plaisir que d'application. Son point faible, c'est l'anglais. Tous ceux dont ce n'est pas la langue maternelle doivent démontrer un niveau suffisant. Mais quelle est sa langue maternelle ? Sa mère est russe et parle un français peu académique. À Anvers, le flamand était omniprésent. Alors le lundi et le vendredi, elle se rend chez Esther, la tante d'un collègue de son père.

Dès le palier, une odeur de soupe flotte dans l'air. La leçon se déroule dans une cuisine aux murs défraîchis. La femme au corps sec épluche des poireaux et des pommes de terre tout en baragouinant un français de base et un anglais approximatif. Il paraît qu'elle maîtrise à la perfection les termes musicaux.

— Comment se fait-il que vous connaissiez ce vocabulaire ? demande Germaine.

Esther essuie ses mains sur son tablier, fouille dans un tiroir, ouvre une boîte en métal, en sort une photo.

Sur le cliché, une fillette se tient debout à côté d'un piano.

— Vous ne jouez plus ?

Esther soupire en frottant ses doigts déformés par les rhumatismes.

— C'était dans une autre vie plus douce, il y a longtemps. Assez parlé de moi. Tu te souviens de ce qu'on a appris jeudi dernier ?

Germaine lui tend un cahier.

— Tu pourras lire les mots avant de t'endormir et t'entraîner à les dire *aloud*… à voix haute.

Esther reprend la photo et montre le piano.

— *Grand piano*, dit-elle.

Elle désigne le couvercle.

— *Lid.*

Les pédales, de droite à gauche.

— *Loud, middle, soft.*

Elle montre le clavier.

— *The keyboard.*

Elle jette les poireaux et les pommes de terre dans une marmite, se retourne, bouge son auriculaire.

— *Little finger.*

Puis les autres doigts.

— *Ring finger, middle finger, index, thumb.*

Elle tire sur l'oreille de Germaine.

— *Perfect pitch*… oreille absolue.

Elle attrape sur une étagère une partition coincée entre une boîte de maïs et un paquet de sucre.

— *Score.*

Elle pointe une barre de mesure.

— *This is a bar line.*

Puis elle dépose un bol fumant devant son élève.

— Goûte !

Germaine grimace.

— Attends, je rajoute du sel.

Pendant que son élève boit à petites gorgées prudentes, Esther virevolte dans la cuisine.

— C'est délicieux !

— Allez, on reprend. Répète après moi. *Scale*… gamme. *Staff*… portée. *Treble clef*… clef de *sol*.

Germaine répète avec une prononciation hésitante.

— *Wroooong !* s'exclame la cuisinière.

Esther s'emballe, oublie de traduire, secoue sa cuillère en bois.

— *Rhythm, tempo marking, tune air.*

Elle bat la cadence avec son pied.

— *Beat.*

Elle monte la cuillère.

— *High.*

La descend.

— *Low.*

L'agite.

— *Pulse.*

Ralentit.

— *Steady.*

Germaine ne sait pas si elle assiste à un cours de cuisine, de mime ou d'anglais. Un tel moment de légèreté, elle ne se rappelle plus la dernière fois que cela lui est arrivé.

Sans qu'elle comprenne vraiment pourquoi, entre les mots musicaux et l'odeur de soupe, elle se sent à sa place.

— *One more time. Rhythm, tempo, beat, high, low, pulse… And I am your teacher*, ajoute Esther en saluant.

Elle se laisse glisser sur une chaise, les joues rouges, essoufflée, le tablier de travers, la louche en perdition.

— *Old lady out of tune*… vieille dame désaccordée.

39

Je n'ai toujours pas réservé de billet pour Ronce-les-Bains. Il n'existe pas de train direct de Bruxelles vers l'ouest de la France. Mon niveau d'insécurité remonte. Quelle est la voie la moins dangereuse ? Paris en plein procès du Bataclan et alerte terroriste maximale dans toutes les gares et les aéroports. Roissy. Marne-la-Vallée. Des cibles de choix. Cette peur, transmise de silence en silence depuis plusieurs décennies, ressurgit régulièrement sans prévenir.

Qu'a dit l'ostéo ? Trois fois vingt et un jours pour que son soin modifie mes cellules. J'avais rendez-vous le 14 juillet… Dans trois jours je rayonne ! Poussée aiguë avant le grand calme. Affaire à suivre.

Incapable de me décider, je fais confiance au destin, je me rends à la gare de Bruxelles-Midi sans réservation. Il reste une place dans le train pour Marne-la-Vallée et le contrôleur accepte que j'achète mon billet à bord. Je muselle ma peur et je monte.

Viviane enchaîne les messages.

« Ton hôtel se trouve à trois cents mètres de notre maison. »

Je pleure.

« Tu veux que je vienne à la gare ? »

Je pleure.

« On te prête un vélo pour la semaine. »

Je pleure.

« On ira à la pêche aux palourdes. »

Je pleure.

Elles risquent de l'effrayer, mes larmes à faire déborder l'Atlantique. Je suis également pétrie de joie. J'espère qu'elle s'en rendra vite compte.

Viviane et moi pianotons durant le voyage. Elle parle de tout et surtout de rien, de ce que j'aime manger, d'horaires, d'agenda, d'invitations à déjeuner, à bruncher, à dîner, de bicyclette, de mon arrivée, du plaisir de se revoir. Sans le savoir, elle me rassure. Je me sens attendue, accompagnée. Viviane m'a tenu la main de Bruxelles à Wavre, pendant la traversée de la Normandie et de la Bretagne.

Royan. Tout le monde descend.

Une heure de bus. Arrivée dans la pénombre. Hôtel Beau Rivage. Minuscule. Sur la plage. J'ai craqué pour sa piscine au bord de la mer. Il est trop tard pour vérifier si la vue est conforme à la photo de l'annonce.

Derniers échanges avant que je m'endorme.

21 h 28. « Nous viendrons te chercher à ton hôtel à midi. »

21 h 29. « Je serai là. »

40

Germaine revient à pied de l'école, nullement pressée d'arriver dans l'appartement si ses sœurs et son père ne sont pas encore rentrés. Elle soupçonne ce dernier de retarder parfois son retour du travail pour boire un verre ou rejoindre des joueurs d'échecs, immigrés juifs comme lui.

Ses cours chez Juilliard's se déroulent bien et elle maîtrise désormais assez l'anglais pour lire et écouter la radio. New York la bouscule toujours autant. Gratte-ciel, bruit omniprésent, langues et accents de toutes sortes, yellow cabs, Broadway, Times Square.

Un GI en tenue militaire la dépasse. La guerre semble si loin. Pourtant, on se bat sur tous les fronts. Et depuis l'année précédente, en France et en Belgique, la carte d'identité et la carte d'alimentation des Juifs doivent être estampillées d'un tampon rouge avec l'indication *juif* ou *juive*.

Elle tourne à droite, s'arrête devant une affiche. Ella Fitzgerald et Louis Armstrong dominent la scène du jazz, leurs chansons font swinguer toute l'Amérique. Une fois par semaine, Lydia et Valia l'emmènent au cinéma en cachette des parents. Elles ont vu *Casablanca*, *Citizen Kane*, *Rebecca* et *Les Raisins de la colère*. Sa mère s'inquiète dès qu'elle s'éloigne de la maison. Rissia s'obstine à ne cuisiner que de la carpe farcie, du foie de volaille haché et des boulettes dans un bouillon clairsemé.

Germaine déambule dans les rues. Elle s'achète un hot-dog Ketchup-relish-pickles-oignons, pas du tout casher, et s'installe sur un banc pour le manger tranquillement. Du Ketchup atterrit sur son twin-set, elle essaye de l'enlever, aggrave la situation. Heureusement, rien sur sa jupe plissée ni sur ses chaussettes blanches.

Elle remonte Cabrini Boulevard, dépasse l'entrée de Fort Tryon. La première fois qu'elle s'est retrouvée ici, l'espace de quelques secondes, elle a oublié qu'elle était à New York. Elle a découvert à la fois une véritable forêt urbaine qui abrite ratons laveurs, marmottes, écureuils, oiseaux et papillons, et un lieu à la vue imprenable sur l'Hudson et Palissades, de l'autre côté du fleuve.

Ses pas la mènent à son endroit favori. Bennet Park. Ici, des familles se donnent rendez-vous et des personnes âgées grappillent un rayon de soleil. Pour elle, c'est une bouffée d'oxygène. Un chanteur s'accompagne d'une guitare, sa voix se mêle aux cris des enfants. Elle s'assied à sa place de prédilection, le point naturel le plus haut de Manhattan. Quatre-vingt-un mètres au-dessus du niveau de la mer, à la même hauteur que la torche de Lady Liberty.

Ses sœurs l'ont gâtée pour son anniversaire. Une entrée pour assister en leur compagnie à une comédie musicale avec Judy Garland, Fred Astaire et Ginger Rogers et un flacon de *Blue Grass* d'Elizabeth Arden. Son premier parfum ! Son père lui a offert le nouveau disque de Frank Sinatra, *Night & Day*. Mathilda a choisi un conte poétique, qui vient de paraître en versions anglaise et française. L'auteur, un aviateur, s'appelle Antoine de Saint-Exupéry. Il l'a écrit à New York au début de la guerre et illustré avec ses propres aquarelles. Elle sort *Le Petit Prince* de sa poche, l'ouvre à la page qu'elle lit le plus. Elle connaît la phrase par cœur. « Il vaut mieux être moins sérieux pour apprécier le vrai sens des choses. » Est-elle trop sérieuse ? Peut-on jouer de la musique sans être sérieux ? Probablement pas. Le héros appréhende la solitude et l'absurdité de l'existence. Comme lui, elle s'interroge sur l'inconséquence du monde des adultes. Elle surinvestit son instrument pour ne pas laisser la possibilité à la peur de s'infiltrer.

Depuis le 10 mai 1940, jour de leur fuite d'Anvers, elle déteste son anniversaire. Sa vie s'est déchirée ce matin-là. Le 10 mai 1941, ils ont oublié, et le 10 mai 1942, la famille était séparée sur deux continents – les uns en France, les autres à New York – et n'avait pas le cœur de le célébrer.

Ils l'ont triplement honorée cette fois. Son cœur est partagé entre la délicatesse de ses proches et l'impossibilité d'être pleinement heureuse à cette date. Pourtant, ce Petit Prince aux boucles d'or qui parle à sa rose lui donne envie de croire à l'avenir. Le soir tombe sur le parc. Dans le ciel bleu marine, une première étoile scintille. Elle murmure :

— *Star light, star bright, first star I see tonight, I wish I may, I wish I might, have the wish I wish tonight.*

41

Rencontre ou retrouvailles ? « Nous viendrons te chercher à ton hôtel à midi. » Ils seront plusieurs. Ce n'est pas équitable. Devrais-je arriver avant ou après eux ? Me cacher pour les voir marcher de loin ? Vivement 12 h 05. Je me lève, je m'assieds, me relève, sors sur le balcon. Je suis grand-mère et j'ai un trac de jeune fille.

Hôtel Beau Rivage, chambre 3, face à la mer. Qu'est-ce que je fous là ? Je regrette d'être venue. J'hyperventile. Le thermostat extérieur affiche 20 degrés. Mon thermostat interne, 40. J'essaye tous les vêtements que j'ai apportés. Je combine toutes les variantes possibles. Trop serré, trop rouge, trop démodé, trop banal… Au dernier moment, j'enfile une tenue improbable, trop chaude, mal assortie. Dans mon sac à dos, la boîte contenant les photos imprimées en haute résolution et le télégramme a écrasé et réduit en miettes les spéculoos.

Le « nous », c'est eux deux. Ils m'attendent dans le hall. Je vois d'abord Viviane : cheveux blancs, yeux bleus, peau bronzée. Ses gestes sont gracieux, sa silhouette fine et élancée. Elle porte un pantalon fluide évasé, un chemisier en lin. Elle me gratifie d'un mini hug. Lui, mince, souriant, me tend la joue. J'avais répété plusieurs premières phrases : « Je suis heureuse de vous rencontrer » ; « Quel plaisir de vous voir »... Je balbutie : « Vous avez trouvé facilement ? » alors qu'ils résident à trois cents mètres.

Pendant ce court trajet, nous échangeons des banalités. « L'intrus » s'appelle Marc, il est charmant. La branche française de sa famille possède la maison dans laquelle ils séjournent. Ils m'accueillent avec un potage, un poisson grillé, des légumes marinés, une salade composée et un plateau de fromages. Bien plus que la tomate, les sardines et les abricots que je mange d'habitude pour le déjeuner. Eux aussi peut-être.

D'elle, je ne sais rien encore mais je pressens que mes craintes n'étaient pas justifiées. Lumineuse, Viviane incarne le côté rebelle qui apparaissait sur les photos. Ma cousine ! Nous comptons sept petits-enfants.

On commente la météo, les tempêtes qui d'un souffle projettent le sable par-dessus le muret de la terrasse, l'inexorable érosion de la dune. Je brûle d'aborder les sujets qui m'importent. Seule avec elle. Enfin Marc prétexte un bricolage à terminer et Viviane suggère une balade. Dans un compartiment de son sac à dos réfrigéré, elle place une bouteille de vin, ajoute des gobelets et des cacahuètes.

Nous traversons la pinède, nous marchons sur la plage. Là-bas, un coin à l'abri du vent. Nous nous asseyons. Très vite, nous évoquons les absents. Très vite, nous parvenons à pointer combien les filles de la famille Schamisso – nos mères et notre tante Lydia – maintenaient leurs enfants à distance.

— Tu comprends, toi, Viviane, pourquoi les trois sœurs sont des antithèses de la mère juive ? La mienne ne m'a jamais rien dit. J'ai dû déduire, compléter les blancs. Tu veux bien me raconter ce qui est arrivé en Amérique ?

— Je vivais près d'elles, j'ai réussi à assembler certains morceaux de l'histoire.

Je sors la bouteille de son sac et je lui sers à boire.

— Alors… Lydia. La seule à parler anglais. Elle a travaillé pour aider la famille. Dès qu'elle a pu, elle a vécu à toute berzingue pour rattraper le temps perdu. Ses week-ends étaient consacrés aux courses hippiques. Il paraît qu'elle empruntait de l'argent à Valia pour parier. Elle était complètement addict. Exit son désir de devenir chanteuse d'opéra. Et puis, à cinquante ans, elle est tombée enceinte d'un type de passage.

— Cinquante ans ! Oh là là ! Je ne savais même pas que c'était possible.

— Elle s'est sentie prisonnière. À la moindre occasion, elle confiait son fils Andy à ses voisins. Il venait d'avoir huit ans quand le couple de baby-sitters bénévoles a annoncé qu'il déménageait à la campagne.

J'éloigne le minuscule crabe qui s'obstine à escalader mon pied.

— Comment elle a fait, Lydia ?

— Les voisins lui ont proposé de l'élever. Dans sa tête, le dilemme a été de courte durée. Elle a dit oui.

— C'est horrible !

Je finis mon verre, abasourdie.

— Son fils habitait avec eux à deux heures et demie de New York. Elle passait de temps en temps parce que l'hippodrome de Saratoga Springs était situé dans ce coin.

— Elle a carrément abandonné son enfant ?

— *Yes !*

La bouteille est déjà bien entamée. Pas grave.

— S'enivrer, c'est indispensable pour déterrer les secrets.

— T'as raison, ressers-moi, lance ma cousine.

— Et Valia ?

— *Fucking mother !* crie Viviane en jetant le bouchon en direction de la mer. *Number three* dans la fratrie. Il y avait Joseph, le *darling* de Rissia. Lydia, la première fille. Et Germaine, la pianiste prodige. Dès l'enfance, Valia voulait avoir une place spéciale. Puis ils se sont dispersés. Elle s'est retrouvée seule. Le jour où elle a appris qu'Éva, son amie d'Anvers, avait été torturée dans les camps, elle aussi a décidé de vivre à cent à l'heure.

Viviane fait une pause, émue. Je ne peux pas m'empêcher de la relancer.

— Comment ?

— Elle sortait tous les soirs. Quand les enfants qu'elle n'avait pas vraiment souhaités sont arrivés, elle a continué à faire la bringue. Dès le plus jeune âge, elle nous confiait à des nounous et nous envoyait en Europe. Si tu savais le nombre de *Summer Camps* auxquels j'ai participé.

— J'aurais adoré partir en colo. Heureusement qu'Augustine, la cuisinière, m'emmenait parfois au zoo. Ma mère ne l'aurait jamais fait. Tout l'agaçait, me conduire à l'école, m'acheter des vêtements, me parler…

— *Bitch !* Elle n'en avait rien à foutre de toi.

— C'était une femme enfant qui ne supportait plus la contrainte. Elle vivait hors des réalités. Tout ce qui l'intéressait c'était plaire, séduire, inspirer son mari.

Elle me regarde d'un air consterné. Je poursuis.

— Elles ont un point commun, les trois sœurs. L'urgence de vivre pour compenser leur jeunesse volée. Briller leur prenait tellement d'énergie qu'il ne restait pas de place à ces femmes pour être mère.

— La mienne est tombée malade à trente-cinq ans. La sclérose en plaques, une putain de maladie qui va et qui vient. Tantôt elle parlait, tantôt elle ne parlait plus, idem pour la marche et la vue, un cauchemar. J'ai dû arrêter mes études pour m'occuper d'elle, j'étais son infirmière.

Je regarde Viviane et je me demande comment elle a fait pour survivre à cette enfance-là.

— C'est peut-être pour ça que je suis devenue assistante sociale. Je n'ai pu commencer ces études qu'à quarante ans. Tant d'années dédiées à ma mère, j'en reviens pas. Mon job, c'était de protéger les enfants abandonnés ou maltraités.

— Tu me dis ça maintenant. Peut-être réparais-tu ta propre enfance ?

— Je n'imaginais pas que les trois sœurs avaient été impactées à ce point.

— La guerre les a séparées un an. Après New York la famille a explosé.

— *I know, it's crazy.*

Elle se laisse tomber les bras en arrière dans le sable. Je finis mon verre un peu vite.

— La vie est quand même pleine de surprises.

Viviane me regarde et sourit. Cela fait plusieurs heures que nous sommes assises là, le temps s'est arrêté. Des émotions en pagaille nous traversent. Le jour décline. Ma cousine me raccompagne cahin-caha à mon hôtel. Certaines choses se disent plus facilement en marchant côte à côte. Je me lance.

— Tu sais, j'étais très stressée à l'idée de te rencontrer.

— Moi, je m'attendais à ce que tu arrives comme une sale enfant gâtée.

Le vent s'engouffre dans les capuches de nos polaires.

— Ah bon, pourquoi ?

— Je ne sais pas… comme si tu avais eu plus de chance que moi dans ta relation avec ta mère. Genre, l'enfant unique adulée.

— Comme on peut enjoliver la vie des autres ! Tu sais pourquoi Valia et Germaine ne se parlaient plus ?

— Ma mère n'a jamais pardonné à la tienne.

Les mouettes sautillent sur le sable.

— Pardonné quoi ?

— Mon frère Claude est mort chez toi.

— Je suis contente que ce soit toi qui en parles la première. J'ai trouvé le certificat de décès sur un site. C'était d'une telle violence, ce papier vert avec ces informations glaciales. Je ne savais pas. Je découvrais son existence…

Viviane passe un bras autour de mes épaules.

— Claude avait été envoyé dans une école en Suisse pour bénéficier de l'air de la montagne. Mais surtout parce que les enfants encombraient le nouveau mari de Valia…

Mon corps n'a pas envie d'entendre la suite, j'ai la nausée.

— À la Toussaint, il était en vacances chez tes parents. Un soir, alors qu'il était grippé, ils t'ont laissée seule avec lui. Il a commencé une crise d'asthme sur un état général fragilisé. Son cœur s'est arrêté de battre.

J'ai l'estomac qui se retourne. Je n'en ai aucun souvenir. Comment ma mémoire a-t-elle pu effacer un truc aussi énorme ?

— Ma mère m'a réveillée et m'a dit que mon frère venait de mourir en Belgique. C'était le 28 septembre. J'avais sept ans.

Je serre très fort la main de ma cousine.

— J'espérais que tu pourrais me donner des précisions. Tu ne te souviens vraiment de rien ?

— Le noir total.

Si ça se trouve, Claude est mort à côté de moi. J'ai enfoui l'inconcevable et l'apprendre ne réveille pas ma mémoire. Je suis bouleversée.

— Ça va, Karine ?

Je voudrais lui dire combien son désarroi de petite fille me touche, combien je suis désolée pour nous deux, combien ce malheur nous lie. Aucun mot ne me vient.

Ce soir, dans ma chambre, les paroles de Viviane tourneront et exploseront dans ma tête. J'étais seule avec lui. Avec Claude. J'avais cinq ans. Ai-je crié à l'aide sur le palier ? Ai-je tenu sa main en lui chantant une berceuse pour le calmer ? Me suis-je cachée sous mon lit ? Suis-je restée longtemps assise à côté de son corps ? Je ne l'ai pas sauvé.

Est-ce pour cette raison que je veux toujours sauver tout le monde ?

42

Bien qu'elle la maîtrise, Germaine lit sa partition en battant la mesure avec un crayon et l'annote d'un air concentré. Elle étudie chaque portée encore et encore afin de les fixer dans sa mémoire.

Assise près de la fenêtre, lunettes perchées sur son nez, Mathilda vérifie l'ourlet de la robe imprimée bleu ciel de sa petite-fille, recoud un bouton, lisse le col du plat de la main. Elle prend des nouvelles de chaque répétition, de chaque audition, de chaque récital, et particulièrement celui-ci, car il décidera de l'avenir de Germaine. Pourtant, elle n'y assistera pas. Ses rhumatismes la font trop souffrir.

— *Malinka kotinka…*

Ces mots russes, Germaine les connaît par cœur. Sa Babouchka les lui chantonne depuis qu'elle est née. Malinka kotinka… « Mon petit chat ». Mathilda la serre fort dans ses bras. Une étreinte qui veut dire à la fois « je suis fière de toi » et « je ne dormirai pas quand tu rentreras, tu me raconteras tout ».

Trois ans ont passé depuis son audition d'admission. C'est un grand honneur d'avoir été distinguée pour jouer à Carnegie Hall. Elle a choisi d'interpréter le *Concerto pour piano n° 1 en si bémol mineur* de Piotr Ilitch Tchaïkovski. Un compositeur russe, sa façon de marcher dans les traces de sa famille. Elle n'a certes pas vécu leur histoire, elle ne la porte pas moins à l'intérieur d'elle.

Piotr Ilitch Tchaïkovski, le compositeur avec qui tout a commencé. Elle avait cinq ans quand elle a entendu cette œuvre. Elle ignorait ce qu'elle écoutait. Assise par terre, dans le salon de la maison d'Anvers, elle avait fermé les yeux afin de mieux ressentir les vibrations de la musique. À la fin du morceau, ses joues étaient mouillées. Ce jour-là, elle a demandé à ses parents d'apprendre à jouer de cet instrument.

Ses débuts au conservatoire d'Anvers ont été laborieux. Le piano obéissait peu à ses doigts, rien à voir avec son premier éblouissement. Pendant longtemps, aucune sonorité délicate, aucune grâce n'a jailli de la caisse de bois. Les sons fusaient, toujours trop longs ou trop courts. Les notes se mélangeaient, se chevauchaient et les pédales lui échappaient.

Elle jette un œil à l'ourlet de sa robe, embrasse Mathilda et rejoint l'école où son professeur particulier l'attend.

Mister Jones. Pas très grand, bedonnant. Une couronne de cheveux blancs encercle son crâne lisse. Ses yeux bleus et myopes lui sourient. Aujourd'hui, répétition en conditions quasi réelles sur une scène miniature qui prépare à l'espace grandiose de Carnegie Hall.

Elle joue trop vite. Il l'interrompt :

— La difficulté consiste à résister à la tentation de retrouver au galop le thème principal.

Lorsque Tchaïkovski a composé ce thème, il était lui-même tellement touché par sa beauté qu'il n'a pas pu le développer comme il le méritait.

— Je te rappelle… Le premier mouvement, *Andante, Allegro non troppo e molto maestoso*. Le deuxième, *Andantino semplice – Prestissimo – Allegro con spirito*.

Elle conclut à sa place.

— Et le troisième, *Allegro con fuoco*.

— Force entrecoupée de moments de douceur. Vitesse et précision des doubles octaves. Ni chichi ni théâtralité.

Il lui répète souvent qu'elle doit continuer à grandir, tant émotionnellement que musicalement, jusqu'à fusionner avec ce qu'elle interprète.

— La musique a bouleversé mon existence, ajoute-t-il.

— Elle a sauvé la mienne.

Le silence leur convient mieux qu'une conversation. Le concert d'aujourd'hui marque l'aboutissement d'années de travail, de milliers d'heures de répétitions. Si elle ne se repose pas assez, si elle mange n'importe quoi, si les pauses sont trop rares, si les émotions la submergent, son jeu en pâtit. Enfermée dans les horaires et la discipline, son bonheur lui coûte en contractures, en stress, en insomnies. En insouciance aussi.

À quinze ans, une tension zèbre son dos. Elle reproduit à l'infini les mêmes mouvements de doigts sur les touches, les mêmes appuis de pieds sur les pédales. Ne pas décevoir ses parents, son professeur, ni rater le moindre concours.

— Techniquement, c'est parfait. Mais il manque l'essentiel. Insuffler ton âme au-delà de la partition.

— Mais comment ?

— Écoute-moi, *little one*… Au commencement, une vilaine chenille insignifiante sous terre. Un jour, la chenille tisse un cocon avec la soie qu'elle fabrique. Accrochée par un fil à une branche, elle prend la couleur de l'arbre ou de ses feuilles. Au bout d'un certain temps, la chenille se transforme en chrysalide. Elle inspire une bouffée d'air. On appelle cet instant *l'émergence*. Le cocon s'ouvre et un papillon multicolore s'envole. Pareil pour l'âme. Sois libre et, toi aussi, tu t'envoleras.

À sa paupière qui palpite, elle devine que Mister Jones est ému. Bientôt, il prendra sa retraite. Elle est la plus jeune de ses élèves à accéder à un tel honneur. Jouer dans la salle de concert la plus prestigieuse au monde.

43

J'ai donné rendez-vous à Viviane à la piscine du Beau Rivage. Je la vois de loin dans une jolie robe bleue qui fait ressortir sa peau brunie par le soleil et le vent. Elle me fait signe.

Je sors de l'eau, je m'entortille dans ma serviette et on s'installe dans deux transats au bord de la mer. On se laisse bercer par le bruit des vagues. Comme convenu, nous avons apporté nos sacs remplis de surprises et de découvertes.

Assises côte à côte, nos cheveux se frôlent, nos parfums se mélangent. Je lui montre l'arbre généalogique que j'ai commencé à dessiner. Nous échangeons un regard et sommes traversées par la même émotion. Devant nous, le passé de nos ancêtres. Un enthousiasme incroyable nous saisit. Nous listons une série de missions. Communiquer avec sa sœur Michèle par Skype. Envoyer un message à Andy, notre cousin, le fils de Lydia. Entamer des recherches sur les sites de la Juilliard School et d'Ancestry… Nous avons chacune un paquet de photos. Nous parlons fort, nous éclatons de rire, nos doigts se posent sur les visages.

Tout à coup, silence. Parmi les siennes, une photo de moi enfant.

— Tu ressembles à Georges.

— Tu dis n'importe quoi.

— Si, si, je t'assure.

Sur un unique cliché, le papier jauni a fixé pour l'éternité les filles Schamisso. Entre ses deux sœurs, ma mère apparaît beaucoup plus petite. Elles posent en robes de soirée. Elles ont dix-neuf, vingt-six et trente et un ans. À ma connaissance, c'est la dernière fois qu'elles ont été réunies.

Viviane dévoile fièrement un magazine de mode en couleurs, en couverture, Valia resplendit, rouge à lèvres et sourcils dessinés. Un autre cliché montre Lydia et notre cousin Andy vêtus de blanc, tous deux souriants. Ces images ne racontent pas tout. Ici, les femmes rayonnent. Elles contrastent avec notre dernière conversation. À partir de ces photos, on pourrait réaliser un film très différent sur leur vie.

Encore une image. Claude. Couché à plat ventre, appuyé sur les coudes, son visage reposant sur ses poings. Ses immenses yeux noirs semblent m'interroger. Ce portrait m'hypnotise. Je le cache sous une photo de New York.

Viviane est désolée, elle ne possède aucune iconographie concernant Joseph. Il demeure un mystère. Elle aussi voudrait le retrouver. J'invite ma cousine à participer à mes recherches.

— De nouvelles informations apporteraient peut-être des explications qui nous aideraient à appréhender les errances des uns et des autres.

— *Gotcha !* À ta place, je payerais quelqu'un pour ne pas y consacrer trois ans de ma vie.

Je respecte son choix. Mais j'ai besoin de mener l'enquête moi-même, de traverser les émotions que les découvertes suscitent et susciteront. Pour l'instant, ce qui m'importe, c'est notre relation toute neuve et encore fragile. Je le lui dis.

Plusieurs fois dans la journée, des pensées similaires nous traversent. J'ai envie d'aller au marché, elle aussi.

Je retourne un melon, elle soupèse une batavia. Je touche un sac en osier, elle frôle un sac en cuir. J'essaye un chapeau, elle enfile un collier. Nous nous sourions d'un étal à l'autre. Ces instants du quotidien n'ont rien à voir avec l'histoire de notre famille. Nous les dégustons avec insouciance.

On retrouve Marc. Tous les deux sont aux petits soins avec moi. Ils me proposent un thé, une visite des environs, des bottes, un pull chaud. Parfois, il participe à nos conversations. À d'autres moments, il nous laisse seules.

Aujourd'hui, je cuisine chez eux. Viviane endosse le rôle du commis. Elle sectionne les fenouils. Marc débouche une bouteille. J'arrose le dos de cabillaud d'huile d'olive, je dispose les minuscules pommes de terre grenailles et les gousses d'ail en papillote dans le plat. Le poisson trône dans le four. Nous parlons encore et encore. Ma cousine sort un livre de son sac. Il s'intitule *Héritage.* Elle l'ouvre à une page marquée par un signet.

— Une phrase m'a interpellée. Je voulais la partager avec toi. « Être pleinement vivant, pleinement humain, complètement éveillé, c'est être continuellement jeté hors du nid. Vivre pleinement, c'est être continuellement dans un no man's land. »

Soudain, je ressens une grande fatigue.

— Tout ce qu'on se confie depuis plusieurs jours me bouleverse, Viviane. J'ai besoin de prendre l'air.

— Je comprends, vas-y, je surveille la cuisson.

J'enfile mon maillot. Je descends les escaliers de la terrasse, j'entre dans la mer, je marche le long de la côte, de l'eau jusqu'au nombril. Les lumières de fin d'après-midi colorent la crête des vagues de jaune et de rose. L'eau froide me fouette le corps et l'esprit. L'air vif entre dans mes poumons. Je ne peux m'empêcher de penser à Claude, mort d'une insuffisance respiratoire.

44

Germaine a économisé quelques dollars sur son argent de poche pour s'offrir un yellow cab mais, au dernier moment, elle renonce. Elle a besoin de marcher. Au fur et à mesure qu'elle approche du Carnegie Hall, elle ralentit le pas.

Au-dessus de Central Park, à l'angle de la Septième Avenue et de la 57ᵉ Rue Ouest, le bâtiment émerge de la brume, inhabituelle en ce mois de juin. Elle s'arrête devant la façade aux briques étroites. À droite de l'entrée, dans un cadre doré, l'affiche du concert.

Jenny Schamisso
plays Tchaïkofsky
Concerto n° 1
June 17, 1945
8.30 pm
New York Philharmonic Orchestra
Conductor : Richard Szell

C'est la première fois qu'elle voit son nouveau prénom écrit sur une affiche. Depuis toujours, elle déteste s'appeler Germaine. Elle aurait préféré un prénom russe comme Mathilda, Rissia, Lydia, Valia. Un prénom que ses camarades américains n'auraient pas massacré à grands coups de *Tchermèèèène*. Elle a cherché à la bibliothèque la signification de Germaine : « De même race. Du même sang. » Se transmet par la mère. Comme la judéité. Pour elle, juive égale danger.

Germaine ressemble à Germain, Germanie, tout cela la mène vers l'Allemagne et son prénom l'insupporte. Elle aurait pu opter pour Eugenia. Elle aurait pu plébisciter Natacha, Irina, Elena. Elle a choisi Jenny. Elle aime sa consonance américaine qui lui permet de s'intégrer à son nouveau pays.

Une lumière chaude éclabousse le plafond voûté blanc et or du hall d'entrée au style florentin. Dès la première visite, elle s'est passionnée pour ce lieu unique. Trois salles de concert aux qualités acoustiques exceptionnelles. Main Hall accepte 2 800 personnes, Recital Hall, 599, et Chamber Music Hall, 268.

Les plus grands musiciens du XXe siècle ont joué ici. Horowitz, Rachmaninov, Menuhin, Prokofiev, Stravinsky. Tout à l'heure, ce sera elle. Pourtant, sa loge est quelconque. Une chaise devant un miroir carré, entouré d'ampoules. Elle accroche sa tenue à un cintre, s'assied. Les yeux fermés, elle s'exerce sur un invisible clavier.

Un bruit interrompt son travail intérieur. Accompagné par le gardien, Mister Jones fait son entrée.

— Je te laisse te changer. On se retrouve tout à l'heure.

Côte à côte entre deux rideaux, ils patientent. Une ceinture vernie marque la finesse de sa taille. Elle frotte ses paumes moites contre sa robe, étire ses orteils dans ses ballerines noir et bleu à la dernière mode.

Les spectateurs s'installent, les musiciens prennent place.

— Il te reste quelques minutes.

Les mains de Germaine tremblent. Il les abrite dans les siennes.

— C'est ton moment.

— J'ai peur.

Il pose un doigt sur ses lèvres.

— Chhhhut...

Juste à côté de sa pommette, un petit muscle tressaille. Elle s'efforce de respirer calmement.

Il la pousse avec douceur vers la scène. Elle entre dans la lumière sous les applaudissements. L'orchestre se lève. Deux flûtes, deux hautbois, deux clarinettes, deux bassons, quatre cors, deux trompettes, trois trombones, des timbales, des cordes... Tous la regardent, elle, la soliste. Elle les salue, serre la main du chef d'orchestre et celle du premier violon, s'assied sur la banquette en velours, vérifie la distance avec les pédales, sort de sa poche le mouchoir rituel brodé par Mathilda et effleure le clavier.

Elle attend que les retardataires s'installent, que les toussotements cessent. Elle attend le silence.

Le chef d'orchestre s'assure du regard qu'elle est prête, il pointe sa baguette vers le plafond, un instant de pause, il entame la direction.

Pendant trente-quatre secondes, les cuivres rugissent. Et puis c'est à elle. *Andante, Allegro non troppo e molto maestoso*, comme le répétait son professeur.

Son père est là, au deuxième rang, sa mère et ses sœurs aussi. Elle ne les voit plus, le public a disparu. Reste le piano. Quatre-vingt-huit touches noires et blanches. Rien que pour elle. À cheval sur les notes et les portées, elle attaque le thème d'ouverture. Accords doubles en octaves, envolées virtuoses. Dans son jeu, elle exprime toute sa rage. À la fin du premier mouvement, la salle frémit.

20 : 42 – *Andantino semplice – Prestissimo – Allegro con spirito*. Le solo de flûte au début du deuxième mouvement instaure un climat de mystère et de poésie. Sensibilité, timbres et couleurs. Cette fois, la foule applaudit avant même le final guerroyant.

27 : 18 – *Allegro con fuoco*. Troisième mouvement survolté.

Enfin, elle sourit, elle s'amuse. Elle déchire la chrysalide, déploie ses ailes, s'envole. Elle chante ses drames, les frappe et les assemble, relie hier et aujourd'hui. L'envoûtante musique de Tchaïkovski, tantôt joyeuse, tantôt tragique, l'accompagne depuis l'enfance. S'il lui restait 34 minutes et 54 secondes à vivre, elle interpréterait ce concerto.

Le thème récurrent que le compositeur a imaginé et décliné raconte son bonheur, sa peur, sa tristesse. Il a inventé un vocabulaire à son intention. À cet instant, elle parle toutes les langues, tout le monde peut comprendre sa musique. L'instrument est une extension de son corps. Ses doigts glissent, courent sur les touches d'ivoire et d'ébène. Ses arpèges, feux d'artifice, fusent dans une tension constante jusqu'aux ultimes octaves alternées des deux mains.

Le public se lève et l'ovationne durant plusieurs minutes. Les musiciens applaudissent ou tapent avec leur archet contre leur pupitre. Étourdie, elle se lève, se tourne vers la salle et salue. Le chef d'orchestre la serre dans ses bras.

Ce jour-là, sur la scène du Carnegie Hall à New York, elle ne mesure pas encore un mètre cinquante mais sa fierté dépasse la cime de l'Empire State Building.

Elle retourne à sa loge. Quatre personnes l'attendent devant la porte. Les éloges se télescopent. « Un concerto passionné ! » « Une si jeune fille, tellement émouvante ! » « *Incredible !* » « Une performance à couper le souffle ! » « Merci pour cette musique céleste »…

La petite pièce quelconque où elle répétait tout à l'heure sur un clavier imaginaire est remplie de bouquets de fleurs, ses parents l'attendent. On frappe. Mister Jones entre.

— Le sommet de ma carrière… merci pour ce moment… ma consécration.

Elle entend la fierté dans sa voix.

Un peu à l'écart, Rissia a les larmes aux yeux. Son Papochka ne cache pas son émotion.

— Je suis heureux de t'avoir fait confiance.

Elle se demande si ses parents expriment une joie sincère ou par procuration une revanche sur le destin qui a brisé leurs propres rêves. À cinq ans, elle les a implorés de l'inscrire à des cours de piano et ils ont dit oui. Ils l'ont accompagnée physiquement, moralement et financièrement. Ils la soutiennent au quotidien, même quand elle retourne à ses partitions, évanouie de fatigue ou grippée. Sa volonté surmonte les contraintes et la fièvre, mais sans leur appui elle ne trouverait pas en elle cette force indispensable.

45

— Dis, Karine, tu t'y connais en cousines ?

— Je ne m'y connais déjà pas en frères et sœurs ! Dans les livres elles se font des couettes depuis toujours. Elles bavardent sans cesse. Elles se confient des secrets, elles inventent des bobards, à celle qui aura embrassé le plus de garçons. Elles montent des spectacles où elles imitent les parents.

— Imiter les parents ? *No way !*

— Elles partagent chaque été des matelas pneumatiques, des lits superposés dans un dortoir, elles jouent aux cartes toute la nuit, elles essayent des rouges à lèvres. Elles planquent des bonbons au fond de leur valise. Carambars, napoléons, hosties, lacets.

— Oh ! Candies ! M&M's, Twizzlers, Sweetarts, Good & Plenty, Snickers, Lolipops, Tootsie pops.

— Nous, on n'a pas une tonne de bonbons et de souvenirs en commun, on démarre de rien. J'aurais adoré te connaître plus tôt. Ça m'a tellement manqué une cousine quand j'étais enfant !

Viviane se lève et fait la roue, ses cheveux blancs volent, son chapeau de paille tombe par terre. Elle le ramasse et me salue en s'inclinant.

— C'est ça qui t'a manqué ?

— Exactement. Et après quand elles ont notre âge, elles partagent quoi, les cousines assises sur un banc face à la mer ?

— Elles parlent de crème antirides.

— Oh non ! C'est trop tard de toute façon.

— T'as raison, je vais demander qu'on me rembourse, je suis toute fripée.

— Elles racontent leurs bobos et leurs insomnies.

— Maximum cinq pour cent de la conversation consacrée aux bobos et aux insomnies. Elles parlent d'amour, tu crois ?

— Moi, j'ai l'impression de l'avoir cherché mal et partout.

— À ton âge, il est temps de prendre un ultime amant.

— En ce moment, je suis en pause, trop occupée.

Viviane s'exclame :

— *You're so funny ! My Belgian cousine.*

— L'humour, c'est vital. Tu connais la blague préférée de notre grand-père ?

Je me lève et j'imite la démarche élégante de Georges, la manière dont il marquait le suspense.

— « Une mère juive téléphone à la gare… à quelle heure arrive le train de mon fils ? » C'était comme un rituel, j'attendais le moment où il allait la placer. Je le revois sourire.

— Moi, je ne me souviens presque pas de lui.

— À ton avis, qu'est-ce qui caractérise l'humour juif ?

— L'exagération, ils n'hésitent pas à se moquer d'eux-mêmes et à rire malgré tout. Les mères poules puissance dix.

— Nous, on n'a pas eu de mères poules adhésives.

— Interdiction de parler de nos mères pendant quinze minutes !

— Trente ! On va chronométrer.

Viviane reste immobile, elle pose un doigt sur sa bouche, ses yeux sont malicieux. Je joue le jeu de ne rien dire. Elle tient son rôle. Après dix secondes, on éclate de rire. Je découvre chez elle une facette rigolote qui m'enchante.

On se lève, on marche bras dessus bras dessous. Plus besoin de mots. Au bout de la digue, un point coloré grandit. Un carrousel. Encore personne à cette heure de la journée. Le propriétaire replie une bâche verte. On s'approche. À l'émotion qui brille dans nos yeux, il comprend.

— Allez, mes petites dames. Je le lance pour vous. C'est la maison qui régale.

On enfourche chacune une monture en bois blanc, à la crinière et aux yeux noirs. Les chevaux montent, descendent au son de l'orgue de barbarie. En robes d'été et sandales, on tourne, on tourne, on tourne encore. Un coup de vent, la robe de Viviane se soulève. Elle pose sa main sur son genou pour la retenir. Les flonflons de la musique couvrent nos voix.

— Deux cousines...

— *What ?*

— Qui se rencontrent...

— *What ?*

Je me dis que nous réinventons notre enfance. Une fois descendue, je lui révèle que je suis en train d'écrire un livre sur les Schamisso.

— L'écrivain de la famille. *Fantastic !*

46

Trois jours après le concert, le directeur vient la chercher en classe. On vient de livrer chez Juilliard's un piano à queue Steinway & Sons à l'attention de Jenny Schamisso. Une carte l'accompagne : « Tchaïkovski aurait adoré vous entendre. Voici un piano à la mesure de votre talent. *Enjoy !* »

Jenny retourne la carte. Pas de signature. Qui peut bien lui offrir un présent d'une telle valeur ? Une lumière rouge de fin de journée inonde la salle qui accueille l'instrument. L'accordeur de l'école s'emballe.

— Un an de travail à la main dans des essences rares. Regardez son élégance, écoutez ses qualités sonores. Doooo... Son clavier à la mécanique sensible permet une variété d'expressions infinies. 2 m 74 sur 1 m 57. Un animal fougueux...

Elle n'écoute plus, elle regarde les lettres gravées or, les pédales, les pieds et, sous le capot, le ventre avec les boyaux, les cordes, cette forme féminine, cette brillance. L'accordeur poursuit :

— Quand on effleure le bois vernis, on sent la symbiose entre un artisan méticuleux et les matières précieuses pour engendrer une sonorité inimitable et un toucher unique. Approchez, mademoiselle, glissez vos doigts sur l'ébène et l'ivoire. Enfoncez les touches, vous découvrirez la clarté de ses aigus et, sur la gauche, la profondeur de ses basses. Vous trouverez le délicat *pianissimo* et le puissant *fortissimo*.

Dans le reflet de la laque noire, le visage heureux de Germaine. Elle avance une main tremblante, caresse le bois précieux, les courbes douces. Elle se penche, pose sa joue sur le corps sombre, l'entoure de ses bras. Elle ne sera plus jamais seule.

47

Georges a laissé traîner son journal. La légende d'une photo attire l'attention de Jenny : « *Kissing the War Goodbye* ». C'est la Libération. Elle regarde longuement l'image. Au milieu d'une foule en liesse sur Times Square, un homme enlace une femme. Elle s'abandonne dans ses bras, penchée en arrière, au bord du déséquilibre, et il l'embrasse sur la bouche. Cette image cristallise toute l'émotion de l'instant. Le contraste entre l'uniforme noir du marin de la US Navy et la robe blanche de l'infirmière lui confère encore plus d'intensité. Dans l'article, on peut lire : « *Le 14 août 1945, à New York, la radio annonce la capitulation du Japon et la fin de la guerre… Fou de joie, un marin embrasse une inconnue. qui participe à la fête improvisée. Gratitude pour ce courageux militaire qui s'est battu pour elle et l'Amérique.* »

Jenny a appris la nouvelle la veille, en sortant de l'école. Le soir, au dîner, chacun a raconté l'endroit précis où il se trouvait quand l'information l'a atteint. Georges l'oreille collée au poste de radio. Mathilda sur le pas de la porte avec Dounia. Rissia chez l'épicier, Lydia et Valia au téléphone.

Ses mains tremblent, le journal tombe par terre. Elle pense au dictateur qui a fondé le régime nazi, mobilisé des armées, envahi des pays, persécuté et exterminé les Juifs. Il a anéanti des familles, bouleversé la sienne. Un simple « *Kissing the War Goodbye* », et fin de l'histoire. Ce serait merveilleux si un baiser détenait le pouvoir d'effacer la haine et le chaos. Trois ans qu'elle vit sur un territoire en paix. Juste sous sa peau, l'inquiétude palpite.

48

Dernière journée à Ronce-les-Bains.

Le matin, pêche à la palourde. Cirés, gros pulls, pantalons retroussés, foulards autour de la tête, petites pelles à la main.

— Après la pleine lune, m'explique Viviane, les jours de grande marée, la mer se retire très loin. Les palourdes s'enfoncent, laissant apparaître de minuscules trous pour respirer. À marée montante, on distingue mieux ces trous. Une bulle d'air signale une présence. Je te conseille de creuser légèrement mais pas trop.

J'ai déjà pêché des couteaux en Bretagne en utilisant une technique similaire mais je lui offre le plaisir de penser qu'elle m'initie.

Quasi seules au milieu des flaques et des algues visqueuses, deux mamies accroupies, scrutant les rides du sable. Nous cherchons des coquillages grisâtres de forme allongée. Quand nous en dénichons un, nous le déposons dans le panier en treillis métallique. Nous les ferons revenir à la poêle avec une gousse d'ail émincée, un tour de moulin à poivre, du persil haché et un filet de vin blanc. Accompagnés d'une tartine de pain de seigle au beurre salé et d'un verre de muscadet, ce sera parfait.

Après deux heures, nos articulations se rappellent à nous.

— On n'a plus vingt ans !

— Tu ne vas quand même pas révéler notre âge dans ton livre ?

Rires. Nos fesses sont trempées. Rires encore. Un bain d'enfance. Loin de nos mères complexes, inadéquates, abîmées.

— L'âge, je ne te promets pas, pour le reste, je ne dévoilerai rien qui puisse te déranger.

Nous n'avons pas récolté beaucoup de palourdes, tous les vacanciers de l'été sont passés par là. La dégustation est remplacée par une douche chaude, de grosses chaussettes et une soupe brûlante.

Cet après-midi, la météo nous offre un revirement spectaculaire comme elle en détient le secret sur la côte atlantique. À l'image de ce que je vis, alternances de soleil, de pluie, très ramassées dans le temps. Un climat en relief, du rire aux larmes.

Nous marchons dans le vent. Nous tricotons des souvenirs. Sans nous être concertées, nous avons enfilé des marinières identiques. Pour elle lignes bleues, pour moi lignes rouges. Serrées l'une contre l'autre, sourires éclatants.

Derrière nous s'étire un long ruban de sable ourlé d'écume. Les bleus du ciel et de la mer se confondent. Le blanc des nuages flirte avec le sommet des dunes.

Viviane se tourne vers moi.

— La recherche à propos du passé ne doit pas envahir le présent.

— Aller au plus près et s'en détacher. Tu connais Souchon ? Il chante les instants précieux comme celui-ci. *La vie ne vaut rien mais rien ne vaut la vie.*

— Souchon a raison.

Elle esquisse un pas de danse en fredonnant :

— *Foule sentimentale, on a soif d'idéal...*

— *You're so French, my American cousin !*

Le soir, nous dînons à trois dans un boui-boui au port ostréicole de la Tremblade : « La Cabane des Amis ». Au bord de la Seudre, quelques tables. Nappes en papier à carreaux bleus et blancs, fixées par des clips en métal argenté, carafes d'eau, verres dépareillés. En marcel, torchon sur l'épaule, le patron court d'un coin à l'autre de son resto. Il sert, il ronchonne, il note les commandes, il sue.

Un seul plat au menu : éclade de moules. Elles sont disposées en rosace sur une planche de bois et recouvertes d'une épaisse couche d'aiguilles de pin. Le patron les embrase avec un chalumeau. C'est une première pour moi.

— La spécialité de la région des Charentes, annonce Viviane, en agitant ses doigts noirs de cendre.

Pour grappiller des minutes supplémentaires avec ma cousine, je commande un dessert, même si je n'en ai aucune envie. Un flan au caramel insipide tremblote dans sa barquette en plastique. Marc n'intervient pas dans la conversation. Il nous observe avec bienveillance. J'ai confiance dans notre lien, mais je ressens une appréhension. Viviane vit en Floride, moi en Belgique. La pieuvre se manifeste, serre mon ventre, enroule un premier tentacule autour de mon cou. Je déteste les séparations. Je n'arrive pas à lui dire au revoir. Quand se reverra-t-on ? Combien d'heures d'avion, de décalage horaire, de tornades, de tempêtes, d'obstacles, de pandémies nous sépareront ?

Marc et Viviane me raccompagnent à l'hôtel. Elle parle de leurs voisins en Floride, ces gens formidables avec qui elle organise un ciné-club en plein air. Assise sur la banquette arrière, j'enregistre sa voix en cachette. J'ai envie d'emporter son accent avec moi. Je n'ose pas le lui avouer, et pourtant nous sommes devenues si intimes.

Sur le parking, elle me serre très fort dans ses bras. Un *big hug*, comme ils disent. Marc s'exclame :

— *You've made a good job girls !*

Oui, nous avons réussi nos retrouvailles.

La voiture s'éloigne.

49

Les passagers se déplacent et tanguent sous l'effet de la vitesse pendant que le contrôleur vérifie les billets. L'homme assis à côté de moi ouvre son laptop. Une partition apparaît sur son écran. Il ajuste avec soin ses oreillettes. Heureusement, je n'entends rien.

Un à un, les kilomètres égrenés m'éloignent de Ronce-les-Bains. J'y suis encore. Chaque fois que Viviane a dit « ma cousine » – au téléphone, aux commerçants du village –, mon cœur a sursauté. Un shot de douceur, un remède à l'absence des bras de ma mère.

Douze heures que nous nous sommes quittées. Lui écrire un mail, lui envoyer un message, me manifester ? Sans doute trop tôt ou trop intrusif.

Mon voisin enlève ses oreillettes, les dépose sur la tablette. Mes oreilles d'hyperacousique captent une mélodie au piano. Je frissonne. C'est beau. J'ai toujours été peu sensible à la musique classique. Aujourd'hui, elle s'infiltre. Et je suis touchée. Je l'ai d'abord rejetée mais elle vient me chercher. Jusqu'ici, chaque fois que j'entendais du classique à la radio, les notes des grands compositeurs m'irritaient. On dirait qu'écrire l'histoire de ma mère est en train de faire bouger les lignes…

« *My darling* cousine, il m'arrive un truc dingue. Je te raconterai.

Merci de nous avoir offert autant de moments.

Merci de ta sincérité.

Merci de ta générosité.

Merci pour ton humour *in French & English.*

Merci à Marc de nous avoir laissé le temps de faire connaissance.

Merci ! Merci ! Merci ! »

50

Chaque fois que sa mère cuisine des beignets de courgette, l'appartement de Washington Heights empeste la friture. Jenny s'échappe. Le magasin de chapeaux que sa sœur a ouvert sur Madison Avenue respire le luxe et la féminité. Valia's Boutique. *So chic !*

Le *Herald Tribune* lui a consacré un article en page 3. Le titre : « *Paris hats at Valia's Boutique* ».

« Ils viennent de Paris et font fureur à New York. Créés par des modistes parisiens, fabriqués en France et vendus à des prix raisonnables en dessous de 50 dollars, les chapeaux de la collection sont généralement petits et pour la plupart se portent inclinés… »

Jenny admire la vitrine. Calottes, cloches, bérets, toques miniatures et casques. Garnis de plumes fantastiques, tricornes, bicornes et piluliers. Petits bonnets de feutre, de laine crochetée, mouchetée de sequins colorés pour le soir. Sa sœur est en grande discussion avec un client. Elle porte une robe abat-jour anthracite. Ajustée à l'épaule, elle s'évase à mi-cuisse, dissimulant à peine son ventre très arrondi.

Jenny entre, ravie d'avoir soigné son apparence, jupe droite vert foncé, sur sa veste rouge géranium, courte et resserrée sur les côtés, une ceinture en cuir vernis.

— Ah, te voilà !

Valia attrape un béret en velours couleur moutarde.

— Il fait fureur à Paris. Avec ta jolie tenue, ce sera parfait, je te l'offre.

Le carillon tinte. C'est Lydia. À l'improvise et en fanfare. Son tailleur bleu électrique, caractérisé par des formes à angles vifs au col et aux poignets, correspond bien à son caractère.

Jenny trouve ses sœurs très élégantes. Fins bas nylon transparents, fines chaussures aux talons hauts et brides de cheville. Elles arborent toutes trois des cheveux bouclés mi-longs. Valia relève les siens en chignon et les fixe avec une pince-bijou. Elles essayent plusieurs chapeaux posés sur le comptoir, jouent les mannequins devant le grand miroir en pied.

— Adolphe, *my darling*, m'a offert l'appareil photo instantané Polaroid dont tout New York parle.

Valia demande à sa vendeuse de les photographier. Une minute plus tard, l'appareil crache un cliché dans les tons sépia.

— Qui conserve la photo ?

— Moi.

— Moi.

— Moi.

— On en prend plusieurs, une pour chacune.

Jenny cherche une ressemblance entre ces trois femmes, une fossette, un sourire. Se sentir proche de ses sœurs, au moins une fois, sur une image, un souvenir à chérir. Une plume du chapeau de Valia lui chatouille la joue. Elles rient, esquissent des moues, imitent des baisers.

— Les *Schamisso sisters* ! s'écrie Lydia avant de se laisser tomber dans un fauteuil crapaud en velours framboise, capitonné de gros boutons.

— Valia, j'ai besoin d'argent.

— Encore ! Les courses de chevaux ?

— Pas cette fois.

— Combien ?

— 2 000 dollars.

— 2 000 dollars ! Pas pour un avortement, j'espère.

— Beaucoup plus amusant, je pars à San Francisco.

— De l'autre côté de l'Amérique ! s'exclame Jenny.

Immédiatement, elle visualise le trajet de l'extrémité de la côte est à l'extrémité de la côte ouest. 3 000 miles.

— Pourquoi en Californie ?

— Chanter, voir autre chose, changer d'air, une nouvelle expérience. *Life is going so fast !*

— Et John ?

— Il y a longtemps que John n'est plus un sujet d'actualité, maintenant c'est Mike.

— Traverser toute l'Amérique ! Mais comment tu vas y aller ? demande Valia.

— Si tu ne me prêtes pas l'argent, j'arrêterai le premier camionneur qui passe et je monterai dans son truck.

— Et avec l'argent ?

— Sagement, en train. Si je pars vendredi à 18 heures de Grand Central dans les voitures-lits d'Overland Limited, j'arriverai lundi soir à San Francisco après une brève escale à Chicago. Imaginez, avec le décalage horaire, je gagne trois heures de vie, ajoute-t-elle dans un enthousiasme excessif.

Jenny n'a plus envie de rire, le moment d'insouciance est gâché, la frivolité envolée. Ces moments ensemble sont si rares. Il faut toujours que le bonheur se déchire. Que l'un des membres de la famille parte, quitte, disparaisse, s'enfuie. Le nombre de chaises vides autour de la table du dimanche va grandissant. Qui sera le prochain ? Certes, elles ont connu les mêmes parents, le même héritage familial, partagé certaines errances, certains bouleversements, mais aujourd'hui, les trois sœurs n'ont plus grand-chose en commun.

51

Jenny se pince le nez. Quand l'appartement n'empeste pas l'odeur de friture, c'est le chou. Le salon sent le chou, sa chambre sent le chou. Même ses vêtements sentent le chou. Enfermée dans sa cuisine depuis trois jours, Rissia s'active, le sourire aux lèvres. Elle est heureuse. Qu'importe que le bortsch soit une soupe d'hiver, pas vraiment adaptée aux températures particulièrement clémentes de ce mois de septembre, c'est le plat préféré de Joseph. Joseph ! L'invité vedette du dîner de ce soir.

Pendant que l'os à moelle, le laurier et le thym mijotent dans l'eau, Rissia écrase de l'ail, filtre et mixe le coulis de tomates, épluche des oignons, débite des carottes, taille le chou blanc, émince le persil et l'aneth, coupe les betteraves rouges, presse les citrons, pèse le sucre, goûte, ajoute une pincée de sel. Au moment de servir, elle rajoutera dans chaque assiette une cuillère de smitana, la crème aigre qui donnera cette belle couleur rose à la préparation.

De Moscou à Saint-Pétersbourg, il existe autant de recettes de bortsch que de Russes, et chaque Russe garde dans son cœur au moins un souvenir lié à ce plat traditionnel : pour Mathilda, sa grimace la première fois qu'elle en a mangé ; pour Rissia, les vacances à la campagne avec ses cousins ; pour Jenny, le bol fumant qui l'attendait au retour de l'école, l'hiver, à Anvers.

Huit convives sont attendus. Sa mère a préparé des piroshkis pour cinquante. Une montagne de piroshkis aussi haute que son fils. Jenny adore ces chaussons de pâte feuilletée en demi-lune, farcis d'un mélange de bœuf haché, d'oignon, d'ail, de courgette, de carotte, d'œuf dur et de persil.

Chaque fois qu'elle allume les bougies de shabbat, elle espère que Joseph débarque à l'improviste. Douze ans qu'elle ne l'a pas vu. L'embrasser ? Lui serrer la main ? Elle sait bien qu'il ne la prendra pas sur ses épaules, ne lui construira pas une maison de poupée. Elle a dix-huit ans.

Tout le monde est sur le qui-vive depuis 19 h 30. Pas question de rater le moment où le fils prodige fera son entrée.

Georges arbore une nouvelle cravate.

Mathilda parle moins que d'habitude et tamponne le coin de ses yeux humides avec un mouchoir brodé.

Lydia a retardé sa fugue en Californie.

Valia, gantée, chapeautée, rayonne. Adolphe, les traits fins, la ligne élancée, une allure folle dans son costume bleu marine, est accroché à son bras. On dirait un couple d'acteurs de cinéma. Enfoui sous la couverture en dentelle blanche de chez Bloomingdale's, leur bébé Claude dort dans son couffin.

À la fenêtre, le front contre la vitre, Jenny cherche dans la rue un militaire couvert de médailles parmi les silhouettes pressées de rentrer chez elle. Va-t-elle le reconnaître ?

On sonne. Les uns se figent, les autres se précipitent vers la porte. Joseph entre dans le salon. Un pantalon large, un chandail quelconque. Pas la tenue que Jenny imaginait pour un héros. Aussi grand que son père. Le même visage rond. Les joues moins pleines que dans son souvenir. L'aspect lunaire, voilé par une éclipse. Sa mère le touche, le pince.

Elle s'avance timidement.

— Qu'est-ce que tu as changé ! Germaine, c'est bien toi ?

— C'est Jenny maintenant !

— Jenny Schamisso, son nom d'artiste, réplique Rissia.

Chacun désire s'asseoir à côté du héros du jour. On lui a réservé la place d'honneur, en bout de table. L'argument de l'autorité faisant loi, Mathilda et Georges finissent par l'emporter et s'installent autour de leur Joseph chéri. Rissia se lève, s'affaire, remplit les assiettes. Échevelée, elle n'a même pas enlevé son tablier.

La nappe disparaît sous le bœuf Stroganov, les pains au sarrasin, les soupières fumantes de bortsch et la montagne de piroshkis. Devant chacune et chacun, de minuscules verres à vodka.

Selon la tradition, un toast par personne, et pas de longue pause entre le premier et le deuxième. Georges commence.

— *Za zdorovié !*

— *Lehaïm !*

— À notre santé !

— À vous !

— À la famille !

— Aux morts !

— À la patrie !

— Au retour de Joe parmi nous !

Chacun lance sa réplique, joue sa partition. Certains automatismes se remettent en place. D'autres sont cassés, quelques morceaux ne se recollent pas, plusieurs pièces du puzzle ne s'imbriquent plus.

Les quatre femmes aussi se sentaient en décalage quand elles ont débarqué d'Ellis Island chez Georges et Lydia. Les séparations et les épreuves les ont changés. À quoi bon le nier ?

Jenny recule sur sa chaise pour mieux étudier son frère. Il n'est plus le même. Le Joseph d'il y a douze ans s'exprimait beaucoup et plaisantait. Fatigue ou contrecoup, il semble avoir perdu une partie de son soleil à la guerre. Traduire jour après jour des ordres violents ne laisse pas indemne. Joseph a six ans de moins qu'Adolphe. Sous la lumière crue du lustre, il paraît plus vieux que lui.

— Qui veut le dernier pirojok ?

— Tu as encore préparé à manger pour une armée ! s'exclame Lydia.

La table est toujours couverte de plats, d'assiettes, de verres, et les ventres sont repus. La conversation prend un tour grave. Adolphe a lu ce matin que trois cent mille personnes ont déjà choisi d'émigrer en Israël. Ce nouvel État est constitué sur la loi du retour. Ashkénazes ou sépharades, les Juifs du monde entier ont le droit de s'y installer. Le régime sera fondé sur la liberté, la justice et la paix enseignées par les prophètes.

— Et la démocratie, murmure Georges, on ne parle que de cela dans le quartier des diamantaires.

Valia se ressert une vodka.

— Qu'est-ce qu'on fabrique encore en Amérique ?

— On doit partir là-bas, s'exclame Lydia.

— En plein désert ? rétorque sa mère.

— C'est le paradis. Les orangers, la chaleur, le soleil. Joseph a dit cela avec une soudaine douceur dans la voix.

Cette controverse bouleverse Jenny. Pour la première fois depuis des années, toutes les chaises sont occupées, la famille est réunie. Hors de question de l'éparpiller à nouveau. Elle a cherché la définition exacte de diaspora dans le dictionnaire : « Dispersion des communautés juives à travers le monde. » Elle déteste le mot et ce qu'il signifie pour elle.

Adolphe tempère.

— Ce n'est pas si rose. Les Arabes sont deux fois plus nombreux et ne supportent pas cet affront. La guerre a éclaté dès le lendemain. Et dans la foulée, la création entre Israël et la Palestine d'une ligne de démarcation.

Jenny sursaute.

— Ligne de démarcation ? On ne va pas revivre ça ! dit-elle.

— L'exil comporte toujours un risque, dit Valia.

— Parfois, il vaut mieux partir ; si on n'avait pas quitté Anvers… rappelle Georges.

— Vous avez oublié l'*Exodus* ? demande Joseph.

— Qu'est-ce qui s'est passé ? interroge Jenny.

— C'était l'année dernière, en juillet. À bord de ce bateau, quatre mille cinq cents rescapés de la Shoah voulaient rejoindre la Terre promise.

Joseph soupire…

— Avant même qu'il accoste sur les côtes palestiniennes, les autorités britanniques ont encerclé le navire pour le renvoyer par la force en France puis en Allemagne.

Retour chez l'ennemi ! s'exclame Georges.

— Ratée, la tentative de paix, dit Adolphe.

— Je ne veux pas quitter l'Amérique, dit Jenny.

— Je vis où l'on me donne du travail, rétorque Georges. Et ta maman sera plus heureuse ici.

— Tu n'as rien compris, mon cœur est resté à Odessa, clame Rissia.

Jenny lève son verre.

— À la famille !

Elle boit cul sec. La vodka lui brûle la gorge, anesthésie son cerveau cinq secondes.

— À la santé !

— *Za lioubof !*

— À l'amour !

— À nous !

— Au bonheur !

— Au succès !

— Aux amis !

Aussitôt, ils reprennent leurs échanges agités. Elle n'a pas réussi à les distraire. Elle les écoute sans intervenir, observe son frère.

— Nous ne serons jamais les bienvenus nulle part.

Georges toussote pour s'éclaircir la voix.

— Je vous ai préparé une surprise.

Il quitte la pièce, revient avec son nouvel accordéon, enfile les bretelles, s'assied, dépose l'instrument sur ses cuisses. Jenny adore le côté vivant du soufflet qui, tel un animal, s'épanouit, se resserre, inspire, expire. D'un côté les touches, de l'autre les boutons poussoirs. Les doigts de son père courent. La main droite joue la mélodie. La gauche rythme et harmonise le morceau. Son pied bat la mesure. Il ferme les yeux, se trompe, s'interrompt.

— J'ai perdu l'habitude.

Elle songe à l'étudiant en musique prometteur dont le destin a été entravé par la révolution, devenu diamantaire par un malheureux concours de circonstances et non par choix. Un artiste sensible qui vend des pierres, fussent-elles précieuses.

Il recommence à jouer et fredonne quelques premières notes. Il murmure :

— *Evenou shalom alerhem !*

Mathilda, Rissia, Lydia, Valia, Adolphe, Joseph et Jenny chantent de bon cœur. Tous tapent des pieds et des mains. Porté par leur enthousiasme, Georges joint sa voix forte aux leurs.

— *Evenou shalom alerhem !*

Joseph se lève, s'incline devant Jenny, l'invite à danser. Timidement, elle se laisse guider. Mathilda semble émue par ses petits-enfants qui ont déjà vécu tant de moments difficiles et si peu d'insouciance.

Joseph glisse à l'oreille de Jenny :

— Tu es devenue ravissante, ma petite sœur.

Elle rosit.

— *Evenou shalom alerhem !*

Éclats de lumière sur la vaisselle en porcelaine, les verres en cristal. Le sourire de son frère chéri. Et ces paroles qui annoncent la paix, la joie et l'amour. Il la fait tourner. Tournent les vies et s'en vont les soupirs. Au son de l'accordéon, dans ce mouvement heureux, elle retrouve le Joseph de son enfance. Au plus profond de son âme, elle souhaite que cet instant de légèreté ne s'arrête jamais.

— *Evenou shalom shalom shalom alerhem !*

Jenny se rassied tout étourdie.

À la fin de la chanson, Georges exprime à voix haute ce que chacun pense tout bas.

— Puisse Dieu nous donner l'occasion de te compter encore souvent parmi nous, Joseph.

Le petit Claude choisit cet instant pour se manifester. Une diversion bienvenue au milieu des incertitudes des adultes. Valia revient avec son fils. Qu'il est beau avec ses boucles d'ange et ses grandes billes foncées !

— Il te ressemble, s'attendrit Jenny.

— Tu veux le prendre dans tes bras ?

Avant que Jenny puisse répondre, elle se retrouve avec ce corps chaud tout contre elle. Les traits détendus sous un bonnet en percale, Claude lui offre un sourire béat. Elle s'assied dans le fauteuil en velours vert amande, le bébé au creux de ses bras, dans une étreinte qu'elle sait maladroite. Elle respire le parfum de ses cheveux.

— Tu es une bien jolie tante, dit Valia.

Elle se crispe.

— Jenny, sois douce, tu le serres trop fort.

— Reprends-le.

Elle s'enfuit dans la cuisine avec deux assiettes et un plat dans les mains.

Joseph fume à la fenêtre, le regard vague.

— Je t'ai préparé un lit dans l'ancienne chambre de tes sœurs, déclare Rissia.

— Tu peux venir chez nous, propose Valia, nous avons de l'espace.

— Merci. Je préfère rentrer.

Joseph est déjà parti. Quelques heures avec la tribu, c'est trop pour lui. Pour elle, quelques heures en douze ans, c'est si peu. Malgré l'insistance de leur mère, il n'a pas dit où on pouvait le joindre. Jenny a la nausée. Sûrement l'odeur de chou qui plane dans l'appartement. Sûrement, mais pas que.

52

Retour à Bruxelles après un été nomade. Je retrouve avec joie Ma Beauté.

Aujourd'hui, il fait treize degrés.

Aujourd'hui, j'ai appris que le premier garçon qui m'a embrassée est atteint d'Alzheimer. Mon amoureux de CP perd la mémoire. Je dédie chaque seconde à des recherches sur le passé. Ça m'interpelle.

Aujourd'hui, j'ai chanté à la chorale.

Aujourd'hui, j'ai envoyé un message à mon cousin Andy. Chaque fois que j'ouvre mes mails, j'espère trouver une réponse.

Elle arrive dans la soirée, en anglais. Andy me raconte qu'il a vu ma mère une seule fois. Lors d'un dîner, elle lui a expliqué qu'elle mangeait la moitié de son assiette pour rester mince. La phrase est restée figée dans sa mémoire. L'amour ne circulait pas autour de cette table. Il paraît que j'étais là, je n'en ai aucun souvenir. Il termine par cette émouvante confidence : « Je suppose que tu cherches comme moi un sens à ton enfance. J'aimerais pouvoir t'aider. Laisse-moi te dire… si cela ressemble à ce que j'ai vécu, je compatis. »

Il ne répond pas à ma proposition de rendez-vous en vidéo pour faire connaissance. Je suis désolée qu'il ait mal au point de se protéger. Ça me cassera le moral pendant deux jours au moins. J'aurais aimé nouer une relation avec un cousin et qu'un homme de la famille puisse exprimer son ressenti par rapport aux mères.

J'ai ajouté sur mon panneau cette merveilleuse photo de Viviane et moi, prise le dernier jour à Ronce-les-Bains. Unique éclat de couleurs au milieu des clichés en noir et blanc. Ça me donne envie de la revoir.

« Ma cousine d'Amérique… Je souris en t'écrivant ces mots… Je voulais que tu saches que si ça te tente de venir à Bruxelles avant de t'envoler pour New York, *let's do it !* »

Pendant la nuit. Viviane m'adresse quelques lignes. « J'apprécie ton invitation. *Sorry*, ce ne sera pas possible, le programme de ma dernière semaine en France est déjà bien rempli. Ces histoires de famille me rendent folle et triste mais j'espère que ton livre reflétera l'esprit d'espoir et d'amour que notre génération propage. »

Quatre cousins. Chacun réagit à sa façon. Je respecte les périmètres de sécurité mis en place.

Andy a fermé une porte.

Michèle a promis de m'aider mais c'est le grand silence.

Viviane et moi, nous tissons une relation privilégiée.

Affaire à suivre.

53

J'attrape la colle blanche dans la caisse de bricolage de mes petits-fils. Je me prépare à ajouter la photo du panier de palourdes dans mon carnet. J'ouvre le pot. L'odeur d'amande envahit la pièce et j'ai à nouveau huit ans…

En chemise de nuit, pieds nus sur le carrelage à damiers de la salle de bains. Ma mère ne risque pas de m'entendre, elle avale un somnifère quand son mari s'absente. Sur le bord du lavabo, des ciseaux, de la colle.

J'enfile trois longues chaussettes blanches superposées sur mon bras gauche. Je découpe le talon pour laisser apparaître les doigts. Je libère un passage pour le pouce, je transpire.

Dans l'armoire, à côté des flacons alignés et des serviettes de toilette repassées, des bandes de gaze adhésive. J'en enroule une de mon poignet à mon coude. Pas assez épais, j'enroule une autre bande sur la première. J'étale la colle avec la spatule.

Tant bien que mal, je ramasse les bouts de chaussettes, j'éponge l'eau. Impossible de replier les serviettes, je les cache au fond du panier à linge.

Je me couche sur mon lit. Je dois dormir sans bouger. Même si je ne crois pas en Dieu, je prie pour que mon « plâtre » durcisse. Et pour influencer le destin, je répète : « Viens me dire bonsoir et demande-moi ce qui m'est arrivé. »

Après une nuit sans sommeil, je choisis une robe d'été à manches courtes. Va-t-elle enfin me regarder ? Je ne sais plus quoi faire pour attirer son attention.

Petit-déjeuner dans le silence, ma mère garde le nez dans sa tasse de thé. Parti à l'étranger, son mari envahit toutes ses pensées.

Elle n'apprécie pas de sortir de la maison à cette heure matinale pour m'emmener à l'école. Je trottine sur le trottoir. Elle me tient par la main du plâtre.

— Dépêche-toi ! Pourquoi tu te tortilles ? Arrête de t'agiter !

Pressée de rentrer s'asseoir à côté du téléphone pour attendre un appel de l'absent, sans un mot, sans m'embrasser, elle me lâche au bout de la rue.

Je marche doucement jusqu'à la grille. Un tentacule tente de se faufiler entre la peau et le plâtre. Mon cœur bat vite. C'est la pieuvre. Elle m'envahit régulièrement. *Va-t'en ! Fiche-moi la paix !*

Les cris et les rires des enfants résonnent sous le toit du préau. Dans leurs robes aux teintes vives, Sylvie, Brigitte, Liliane et Martine sautent à la corde et jouent à l'élastique. Dès qu'elles m'aperçoivent, elles se précipitent pour m'entourer.

— Qu'est-ce qui t'est arrivé ?

— Je suis tombée.

— T'as mal ?

— Donne ton cartable.

La cloche sonne. On se met en rang, on entre en classe. Mademoiselle Collinet s'approche avec son gentil sourire.

— Oh, ma chérie, pose ton bras sur ce coussin, ce sera plus confortable. Et si tu as besoin de quelque chose, tu n'as qu'à demander.

Ce dont j'ai besoin, elle ne peut pas me le donner.

Elle s'adresse aux élèves.

— Avant de commencer la leçon, venez tous réconforter votre camarade.

Le plâtre se recouvre de mauve, de rose, de rouge et d'orange. Une fleur, un cœur, un soleil, un chat aux moustaches retroussées, un arc-en-ciel.

Trois jours et pas le moindre regard de ma mère. Ça me chatouille, ça me serre, ça me démange. Je ne peux pas enlever mon « édifice SOS ». Au risque de me blesser, je glisse un crayon le long de ma peau pour me gratter.

Elle entre dans le salon. J'agite mon bras sous son nez.

— Qu'est-ce que tu fabriques ?

— Ce que je veux le plus au monde, c'est que tu me voies.

— Bien sûr que je te vois !

— Mais maman…

— Je t'entends surtout. Tous les moyens sont bons pour attirer mon attention.

— J'ai mal au bras.

— Moi, j'ai mal à la tête. Mon mari me manque.

— Depuis une semaine, je porte un plâtre et tu n'as rien vu.

— Mon mari, c'est ma seule famille. Quand il n'est pas là, je suis perdue.

Je retourne dans ma chambre. Ses mots ne m'ont pas démolie, les dessins colorés de mes amies me sauvent.

Telle une machine à remonter le temps, l'odeur d'amande qui a ravivé le souvenir me ramène cette fois dans le moment présent. Je passe la spatule au dos de la photo des palourdes et je la colle dans le carnet.

54

Jenny rentre à l'appartement après un après-midi de répétition chez Juilliard's. D'ordinaire, à cette heure-ci, il n'y a personne ; elle va pouvoir profiter de l'espace vide. Dès le hall, elle sait que ce ne sera pas le cas. Les voix de Mathilda et Georges résonnent dans le salon. Le ton est grave.

Elle entend son Papochka raconter que sa mère veut retourner en Europe. Rissia le lui a annoncé ce matin en terminant son café.

Il a tenté de la convaincre de rester en Amérique. Pour elle, il n'est pas question de vivre plus longtemps dans ce pays de sauvages. La guerre est finie depuis quatre ans, elle veut retrouver la Belgique.

— Je dois aller avec elle, c'est ma femme. À soixante-treize ans, tu ne supporterais pas le voyage beaucoup trop fatigant. Partir voudrait dire que je te laisse ici. Je suis perdu.

Mathilda ne répond pas. Derrière la porte, Jenny a du mal à respirer.

Elle en veut à sa mère qui prétend qu'elle ne peut pas suivre le rythme fou de New York, qui n'a rien fait pour s'habituer à l'*American way of life*, qui n'a jamais appris l'anglais et refuse même de prendre le métro. Pourquoi son père se plie-t-il toujours à ses volontés ?

Elle entend sa Babouchka parler d'une voix froide.

— Ne t'inquiète pas, je vois que ta femme n'est pas heureuse ici et je connais ma belle-fille, elle ne lâchera pas son idée.

Jenny comprend que Mathilda est prête à se sacrifier. Elle encourage même Georges.

— Tu pourras certainement travailler dans la société de diamants de ton cousin Herman à Anvers, et peut-être qu'un jour tu seras directeur.

Jenny fait irruption dans le salon.

— En tout cas, moi, je l'aime ce pays. Je ne partirai pas. Partir, toujours partir ! J'ai dix-neuf ans. Je reste.

— Tu n'es pas majeure, dit Georges. Tes sœurs ne pourront pas s'occuper de toi. Lydia déménage en Californie. Entre sa boutique, son mari et le petit Claude, Valia ne sait pas où donner de la tête.

— Si Joe revient…

— Joe, nous ignorons où il se trouve.

— S'il te plaît, Babouchka, viens avec nous, supplie Jenny.

— Je suis fatiguée.

— Je t'aiderai.

— Ce n'est pas ton rôle.

— Tu habiteras où ?

— Ne te tracasse pas, *malinka kotinka*. Je pourrais m'installer chez mon amie Dounia. Je suis certaine qu'elle serait ravie. Lydia et Valia ne seront pas si loin, elles me rendront visite.

— Je ne peux pas quitter mon école, j'ai besoin de mon professeur de musique pour répondre à tous mes engagements, c'est avec lui que je prépare mes concerts.

— Ton père te trouvera un autre professeur.

Jenny regarde sa grand-mère. Elle trouve dans les yeux de sa Babouchka l'encouragement nécessaire pour se calmer.

Tous les trois se tiennent les mains. Georges murmure :

— Tu seras toujours avec nous, maman.

On entend une clé tourner dans la serrure. Rissia revient des courses, le cabas chargé.

— C'est insupportable, ce monde partout, tout le temps. Cette ville finira par me tuer !

Georges lui prend le cabas des mains.

— Ce que tu m'as dit ce matin m'a beaucoup touché. Je viens de parler avec Mathilda. Le projet de retour en Europe est lancé, laissons l'idée faire son chemin.

Jenny se réfugie dans sa chambre. La décision semble prise, sans que personne ne sache quand ni comment elle va se réaliser. Elle manque d'air, elle ouvre la fenêtre. Au cinquième étage, elle est aspirée par le vide. Impossible de tenir debout. Même couchée sur le lit, tout continue de tournoyer. À quoi se raccrocher ? Ils ont lancé une boule dans le jeu de quilles et, une fois encore, ses repères explosent.

55

Germaine-Jenny a échappé aux camps, à l'étoile jaune, mais pas à la peur. Depuis le 10 mai 1940, elle n'a plus jamais bien dormi. Un sommeil parsemé de cauchemars. Une lampe allumée à ses côtés. Sa peur, elle me l'a transmise.

Je vis, j'écris, j'enfante.

Le couvercle saute, cette peur court dans mes veines.

J'avance, je ris, je danse. Je suis déçue. Je désire.

Le couvercle saute, la pieuvre m'empêche de respirer.

Je suis amoureuse ou pas, la peur et la joie cohabitent en moi.

Relier des fragments permet de réconcilier le présent et le passé. Viviane est rentrée à New York. Deux heures après son arrivée, elle m'envoie le mémoire auquel elle avait fait allusion à Ronce-les-Bains.

« J'ai déterré mon travail d'école, tellement vieux que l'imprimé s'est presque effacé. Ce n'est pas mon meilleur écrit MAIS il contient de précieuses informations.

Rappelle-toi, tout cela est fondé sur une interview de Lydia. Le cours s'appelait *Pluralisme en Amérique*. Je t'ai scanné les dix pages... »

Tapé à la machine, le texte s'intitule *From Odessa to New York, via Antwerpen*. Dans la marge, les commentaires manuscrits d'un professeur. Son devoir date du 20 janvier 1992.

Je parcours le document. Les dates, les noms, les situations ne coïncident pas toujours avec le résultat de mes recherches. Certaines indications m'aident, d'autres me perturbent. Je découvre de nouveaux éléments sur la Russie. Quand je dépose intuitivement une hypothèse, souvent, je m'aperçois après coup de ses similitudes avec la réalité. Je suis abasourdie de découvrir à quel point ce que j'ai inventé sur Ellis Island correspond à la réalité du témoignage de Lydia.

J'écris à ma cousine. « Waouh ! Merci ! Tout m'intéresse, y compris les détails et péripéties qui nourriront mon écriture. Nous progressons dans la reconstitution du puzzle. »

Ces « personnages » au croisement de la vérité et de mon imaginaire ne sont pas des anonymes, mais ils demeurent des inconnus. Mon travail est difficile, complexe. Je suis confrontée aux légendes familiales. Dès que je tente de les vérifier, certaines se démontent. Le tsar était déjà mort au moment où Rissia a, soi-disant, traversé la forêt pour implorer son aide... Le *Serpa Pinto*, impossible de trouver la confirmation qu'en juin 1942 c'était le dernier bateau pour l'Amérique. L'essentiel, peut-être, c'est que ma mère l'ait vécu comme tel. Pour elle, c'était le dernier bateau. Le dernier jour. La dernière chance.

Je suis confrontée à des informations contradictoires. Dans mon récit, le *Serpa Pinto* prend la mer au port de Marseille. Est-ce Viviane qui me l'a soufflé ? Est-ce mon esprit qui me l'a imposé ? J'ignore pourquoi je n'avais pas vu jusqu'ici, dans ma documentation, que les Schamisso ont embarqué à Casablanca. C'est écrit en tout petit à la main mais distinctement sur la liste des passagers. Mais alors, comment Mathilda, Rissia, Valia et Germaine y sont-elles allées, à Casablanca ? Mystère.

Pour les sortir de l'oubli, je suis sourcier, paratonnerre, éponge. J'essaye d'être authentique. J'essaye de réduire au mieux l'écart entre légende et vérité. Je tente de dater avec précision les événements. J'explore les silences, j'appréhende les secrets. Le reste, je peux, je dois le fantasmer. Si je ne trouve pas de réponse factuelle à mes interrogations, je privilégie la dramaturgie de l'histoire. Je tremble à l'idée de commettre une erreur historique. Je ne voudrais jamais blesser les femmes et les hommes qui ont vécu la Shoah. Je ne voudrais pas qu'une très vieille dame me saisisse au collet lors d'une dédicace en librairie et crie : « J'y étais ! Ça ne s'est pas du tout passé comme ça ! »

56

Retour à la case départ. En Belgique.

Son avis à elle n'a pas compté.

Rissia a gagné, Georges a cédé. L'Amérique, c'est fini.

En guise de remerciements, sa mère a insisté pour qu'elle apporte des biscuits maison à son professeur. Pendant quelques minutes, les gâteaux secs offriront une diversion et un barrage à ses larmes. Elle déteste les dernières fois. Sa colère est teintée de tristesse. Elle ne veut pas dire au revoir à celui qui l'a guidée, accompagnée, protégée. Ultimes pas sur le sol de son école de musique. Devant la porte de son bureau, elle n'ose pas frapper. Le lieu est sacré, on n'y pénètre pas souvent. Sauf quand on part définitivement. Un toc-toc marque la rupture entre son monde d'aujourd'hui et le monde de demain.

Il ouvre la porte. Ses traits sont chiffonnés, il paraît plus vieux que d'habitude.

— Je t'attendais.

Un des murs est couvert de photos en noir et blanc. Mister Jones lui montre les élèves, les musiciens, des compositeurs avec qui il a travaillé. Elle découvre une photo d'elle qui salue le public dans sa robe imprimée bleu ciel et ses ballerines. Ils jouent à « tout va bien ». Une distance polie, des mots convenus.

— Tu resteras celle de mes élèves qui a interprété le *Concerto n° 1* de Tchaïkovski à Carnegie Hall à quinze ans. Je te remercie de m'avoir offert ce bonheur.

— On ne se reverra plus.

— Qui peut dire de quoi demain sera fait ?

— À Bruxelles, loin de vous, la musique n'aura plus le même sens.

— Et le Steinway ?

— Vous n'êtes pas au courant ? Il part avec moi.

— Voilà une bonne nouvelle.

— Le mystérieux donateur a organisé et payé le transport.

— Je me réjouis que ton instrument t'accompagne.

Il s'assied devant le piano noir brillant installé dans un coin de son bureau et entame *Les Quatre Saisons* de Vivaldi, le premier mouvement, celui qui annonce avec allégresse le retour du printemps.

À distance, les sens en éveil, elle s'imprègne de la vision du vieux bonhomme aux cheveux blancs, aux mains tachetées et aux ongles soignés. Le son aérien envahit la pièce. Il la regarde. Une invitation à le rejoindre. Elle hésite. S'approcher rendra la séparation plus difficile.

Elle s'assied à côté de lui, frappe quelques notes qui colorent la mélodie. Symbiose à quatre mains. Un chapitre s'achève. Un autre commence. Comme dans un roman.

57

Quitter l'Amérique, New York, Washington Heights, Haven Avenue. *Haven !* Un *havre*, une situation assurée, un petit port bien abrité. Fini l'abri, fini le répit.

Jenny arpente Manhattan. Ses endroits préférés, ses coins secrets et ses refuges. Cette tournée d'adieux lui déchire le cœur. En sept ans, certains décors ont changé, d'autres sont immuables.

Elle commence par Times Square. Aujourd'hui, l'odeur du macadam qui fond lui plaît. Le bruit des voitures qui klaxonnent lui plaît. Étrange sensation d'apprécier plus que d'ordinaire ce que l'on doit quitter.

Adossée à un mur, elle regarde les écrans publicitaires qui clignotent et les affiches de films qui annoncent *Les Chaussons rouges*, *Les Trois Mousquetaires*, *Jeanne d'Arc* et *Les Aventures de Don Juan*.

Avant le grand départ, elle se promet de voir *On the Town*, la comédie musicale dont tout le monde parle, avec Frank Sinatra et Gene Kelly. Et *Entrons dans la danse* avec Ginger Rogers et Fred Astaire. Elle écoutera Charlie

Parker au Birdland, le nouveau club de jazz sur Broadway Avenue. Une boulimie d'Amérique.

Dans sa valise, elle a soigneusement emballé des bas nylon, des paquets de cigarettes blondes, des dosettes de Nescafé, des rasoirs jetables Gillette, un Levi's 501, des chewing-gums à la chlorophylle. Elle a placé les vinyles qui tournent à 45 tours minute au milieu des vêtements, pour ne pas risquer de les casser… *It's Magic* de Doris Day, *My Happiness* d'Ella Fitzgerald et *La Vie en rose* d'Édith Piaf… Trois chansons qui racontent l'amour qui sauve de tout. Sans comprendre pourquoi, elle a voulu emporter la mezouzah, mais elle s'est brisée entre ses mains.

Ce qui lui manquera le plus, c'est le feuilleton *The Goldbergs*. Elle se moque beaucoup de sa mère et de sa grand-mère qui chaque jour suspendent leurs activités pendant quinze minutes pour le regarder à la télévision. Elles commentent ensuite des heures durant les situations banales que vit cette famille d'immigrés slaves juifs à New York.

Elle voudrait glisser toute l'Amérique dans sa valise.

Elle voudrait glisser Mathilda dans sa valise.

Elle frissonne dans sa robe trop légère pour ce mois de mai. En signe de réconfort, elle enfonce sur sa tête le béret moutarde offert par Valia. Elle reprend sa marche.

Sa vie bascule toujours au printemps. Maudit printemps ! Bientôt Chavouot, la fête de la récolte. Ironie du calendrier, elle ne récolte rien, elle perd tout. Elle refusera d'allumer les bougies. Terminée la mascarade.

Elle tourne à droite sur Lexington Avenue, oublie de traverser quand le feu passe au vert. En pleine rue, sur le mur d'un bâtiment désaffecté, une affiche informe que l'armée de l'air recrute des femmes pilotes. Comment croire à la paix dans le monde ? Elle sort un paquet de

Lucky Strike de sa poche, allume une cigarette, s'appuie contre une vitrine, aspire une bouffée, passe la main sur son front moite. Elle a lu *Le Journal* d'Anne Franck. Elle a entendu parler des camps de concentration. De la Solution finale. Où sont-ils, les nazis que la guerre a épargnés ? Cachés dans l'ombre, ils attendent de se venger de leur défaite. Où sera-t-elle en sécurité, là-bas, en Europe ?

Elle remonte Cabrini Boulevard jusqu'à Fort Tryon, et longe Birds of Cabrini Woods Nature Sanctuary. Elle enfouit en chacune de ses cellules la vue sur l'Hudson et Palissades de l'autre côté du fleuve. Elle se retrouve en bas de la longue montée d'escaliers de la 181e Rue qui conduit à Bennet Park. Instinctivement, ses pas l'ont menée vers son coin favori.

Arrivée sur le promontoire au-dessus du niveau de la mer, elle regarde la statue de la Liberté dans les yeux. Quelle liberté ? Elle est prisonnière des décisions de ses parents. Elle s'assied au pied d'un arbre. Son arbre. *C'est si difficile, Babouchka, on m'arrache à toi. On nous sépare, j'aurais adoré que tu me racontes encore ta Russie. Ne reste pas ici, viens avec moi.* Les lieux, les événements tournent en boucle dans sa tête. Carnegie Hall, ses camarades de classe, son cours d'anglais et les délicieuses soupes d'Esther, Valia's Boutique, son neveu, Claude.

Dans quelques jours, elle prendra le bateau pour Rotterdam, et trois semaines plus tard, un train pour Bruxelles. Rissia a convaincu Georges de ne pas habiter à Anvers, point de départ de leur exode. Un souvenir trop douloureux. Retour au plat pays, fade, pluvieux, morne. Le vent du Nord, la mer du Nord, les gens du Nord. L'ennui absolu, voilà ce qui l'attend.

58

Ici, à New York, tout se déroule toujours comme dans un film. Dans le port, le *New Amsterdam* s'apprête à lever l'ancre. Quatre cheminées noires, 250 mètres de long.

Sur le quai n° 4, une grue jaune. Un homme aux commandes.

Sur le pont du bateau, trois matelots agitent leurs mains gantées. Jenny ne voit que son piano.

Enroulés dans des tissus blancs, les pieds de l'animal fougueux sont bandés. Il est recouvert de couvertures de déménagement grises, retenues par des sangles bleues. Prisonnier de son destin, jouet de la décision de Georges et Rissia.

Attaché, bridé, exfiltré. Comme elle.

La masse imposante et fragile se balance au-dessus du quai. Sensible à l'humidité, aux variations de température, tout peut avoir une incidence sur la qualité du son.

Les parties mobiles ont été fixées. Les pédales, le couvercle, le pupitre, les touches. La lyre a été démontée, ainsi que le pied sous le clavier.

Ne pas prendre le risque qu'il s'ouvre. Ne pas le basculer. Éviter les chocs.

Un instant pourtant, elle aimerait que les cordes se brisent. Que les six cents kilos l'écrasent au sol, l'enterrent pour de bon. Que le piano devienne son cercueil.

Telle une patte géante, le bras de la grue-araignée s'avance dans le ciel. Une couverture glisse, le dos éclatant de l'animal apparaît.

Elle s'engage sur la passerelle, pressée. De le rejoindre dans la cale sous la mer.

59

Ce soir, à la chorale, chaque parole de chanson semblait résonner avec le texte de mon livre. Un bateau s'en va, une famille se déchire… Sans audition, sans prétention, avec un coup de rosé, nous chantons Brel, Delpech, les Beatles. Personne ne se prend au sérieux. Unique ambition, se vider la tête, se remplir de bonnes ondes.

En rentrant, je me suis mise à écrire et j'y suis encore.

Trois heures et demie du matin. J'écris le jour. J'écris la nuit. J'écris assise. J'écris debout. J'écris en marchant. J'écris les yeux fermés. J'écris en parlant à mon téléphone. J'écris quand je n'écris pas. J'écris tout le temps. Les personnages dansent. Aucune page blanche. Les mots s'entrechoquent, exécutent des saltos arrière, se placent en début de phrase, à la fin. Cinq idées jaillissent. Comment choisir ? Ne pas briser l'élan. Le premier jet n'a jamais si bien porté son nom.

Je ne connais rien qui puisse autant me raccrocher à la vie que l'écriture. C'est aussi fort que d'être amoureuse. Chaque livre est une nouvelle histoire d'amour. Je pensais que celle-ci n'en était pas une.

60

Certains rescapés de la Shoah parlent à l'infini, cultivent le devoir de mémoire. D'autres se taisent à jamais. Ma famille appartenait à la deuxième catégorie. À trop enfouir leurs secrets, mes grands-parents usaient et abusaient de tranquillisants, ils les appelaient « les petites douceurs ». Quand je posais des questions, leurs yeux s'embuaient.

C'était trop pour eux de raconter comment ils s'étaient détachés de leur pays, de leur langue, de leur maison, de leurs parents, de leurs rêves. Comment ils avaient été forcés de tout quitter plusieurs fois pour sans cesse rebâtir ailleurs.

Je n'ai pas eu droit aux récits de la période russe des Schamisso, j'ai dû batailler, mais enfin j'ai trouvé comment s'appelaient les parents de Rissia. Mes arrières-grands-parents maternels. Une branche et deux noms en plus à mon arbre : Sura Silberman et Gdal Pogoriler.

Quant à ce mystérieux Joseph, qui manquait tant à sa petite sœur Jenny, j'ai dégotté sur lui quelques informations supplémentaires. Il est né à Odessa en 1916, neuf mois jour pour jour après les noces de ses parents. Georges a essayé d'impliquer son fils unique dans la société familiale mais il n'était captivé ni par les diamants ni par le commerce.

Parti d'Anvers en 1937 pour l'Amérique, il a embarqué seul le 9 novembre sur l'*Aquitania*. Il s'est engagé dans les Marines comme interprète et il a aidé Georges et Lydia à rejoindre New York. Après les retrouvailles le temps d'un dîner au 200 Haven Avenue, ce soir de 1948, je perds sa trace et ne le retrouve qu'en 1954, date à laquelle il a émigré au Brésil. Il avait trente-huit ans et n'a plus donné de nouvelles pendant vingt ans.

Joseph aurait cent cinq ans aujourd'hui. Nulle trace d'un mariage ni d'enfants. J'aurais aimé découvrir d'autres cousins. Où est-il enterré ? Aucun signe de lui via les assurances maladies, les vétérans, les cimetières. J'ai contacté l'US Army, on m'a baladée de service en service, de fausse piste en voie de garage.

Il me touche et m'intrigue, cet oncle volatilisé. Mon oncle ! Uncle Joe. Fantasque et fantasmé. Mythique, légendaire, il a traversé l'océan seul à vingt et un ans et disparu à plusieurs reprises. Sur la photo d'identité de sa demande de visa, Joseph ressemble à Georges. Je la détache de mon panneau, la pose à côté de moi, la prends dans mes mains, la fixe. Je tente de percer le mystère de ce portrait. C'est la seule image que j'ai trouvée. J'aimerais en découvrir d'autres, plus jeune, dans l'armée, ou entouré de ses trois sœurs. Peu d'indices. J'émets des hypothèses. Une multitude de « peut-être ».

Je liste les tabous possibles dans une existence. La maladie, la faillite, les dettes, un meurtre, l'orientation sexuelle, l'espionnage, la prison, les maladies honteuses, l'abandon d'une jeune fille enceinte… Avoir une imagination débordante ne suffit pas. Dans chaque lignée, il subsiste sans doute des points d'interrogation à observer avec prudence et empathie. Si une famille jette un voile, c'est peut-être nécessaire, pour préserver un équilibre.

Il est possible que Georges et Rissia aient su quelque chose et se soient tus pour protéger la réputation de Joseph. Ou la leur. Peut-être ont-ils quitté l'Amérique pour s'éloigner de ce « quelque chose » dont ils se sont efforcés d'oublier le nom. Peut-être certaines interrogations sont-elles faites pour ne jamais trouver de réponses…

Je replace le document sur le panneau. Frustration. Ma Beauté s'installe sur la chaise à ma gauche et pose sa patte sur mon bras comme pour me dire « vas-y, continue, je suis là ».

Que sait-on de ses ancêtres, de ses parents ? Souvent le passé officiel. Rarement les intrigues ou les secrets. Je touche aux limites de ma quête. Certains jours, je fouille en vain pendant des heures. Parfois, comme aujourd'hui, une fenêtre s'entrouvre. Une piste à suivre se profile.

J'ai commencé mon enquête il y a plusieurs mois. Le Bureau des archives de l'état civil d'Anvers me transmet enfin une copie du dossier de l'arrivée de la famille Schamisso en Belgique en 1928. Je les imagine débarquant sur le sol belge après le froid et la faim, effrayés à l'idée de ce pays inconnu si différent du leur.

Je déchiffre l'écriture manuscrite devenue presque illisible. Numéro d'inscription dans le registre communal : 6969. Le papier est jauni, les photos en noir et blanc sont désuètes, magnifiques, émouvantes. Face à moi, Georges à trente ans. Je place sa photo à côté de celle de Joseph au même âge. On dirait une seule et même personne.

Je n'ai pas connu mon arrière-grand-mère, Mathilda. Après l'avoir inventée, je découvre enfin son visage rond, peu marqué par les rides. Le chemisier strict mais l'air aussi débonnaire que son fils. Le modelé des pommettes, l'épaisseur de la chevelure relevée en chignon, les paupières légèrement tombantes, le buste ample, la silhouette solide. Âge indéfinissable. Aussitôt, je l'envoie à Viviane.

« *I present you our great grandmother* Mathilda Eisenberg Schamisso, la mère de Georges. »

61

Je n'entre jamais dans les cimetières. Les absents reposent dans mon cœur, mes pensées et mes souvenirs. Je suis incapable de les imaginer squelettes ou réduits en cendres. Mais j'ai appris que Claude, ce cousin dont je ne me rappelle rien, est enterré au cimetière du Verrewinkel. À quelques rues de chez moi. Depuis cinquante-huit ans.

Mes fleurs sous le bras, presque à reculons, j'explore les allées. Je m'efforce de trouver le lieu bucolique, les chrysanthèmes joyeux et les inscriptions romanesques. Section C, allée 8, tombe 18. Ce n'est pas son nom qui est gravé sur la pierre tombale ! Je vacille. Je regarde dans mon téléphone la photo de « l'acte de décès d'un citoyen américain » que j'ai enregistrée. Non, je ne me suis pas trompée.

Je cherche un gardien. Personne dans la maisonnette à l'entrée. Je finis par l'apercevoir derrière un caveau.

— Quelle année dites-vous ?

— 1963. Le 30 octobre 1963. Claude Demilly.

Il m'emmène dans son bureau, ouvre une armoire en métal, consulte les registres méticuleusement alignés et numérotés.

— Voilà, c'est écrit ici. La concession a pris fin en 1971.

— Pris fin ?

— La pierre a été enlevée, la pelouse régénérée.

Je n'ose pas en demander plus.

Je m'adosse à un arbre, j'essaye de respirer plus calmement.

Qui était à l'enterrement ?

Pourquoi n'a-t-il pas été rapatrié ?

Qui a payé les premières années ?

Qui a décidé d'arrêter ?

J'abandonne mes fleurs et je vomis sur les marches de la maisonnette du gardien.

62

« On ne naît pas femme, on le devient. »

Jenny referme *Le Deuxième Sexe* de Simone de Beauvoir. Elle y a souligné des phrases et corné des pages. Sa chambre n'est pas très grande et les fleurs du papier peint l'oppressent. Elle tire la valise cachée sous son lit et l'ouvre avec la clé qu'elle garde précieusement dans son porte-monnaie. Les bas nylon sont restés dans leur emballage. Elle a mangé tous les chewing-gums à la chlorophylle et fumé les cinq paquets de cigarettes blondes. Elle n'écoute pas les vinyles. Elle ne se reconnaît plus dans ces chansons d'amour censées sauver de tout. *It's Magic, My Happiness*…

Avant de quitter l'Amérique, elle a subtilisé la combinaison rose de Mathilda. Elle l'enroule autour de son cou, enfouit son nez dans la soie à la recherche d'un parfum. Elle enfile le vêtement. Même si elles n'ont pas le même gabarit et que la combinaison flotte, ça la contient, ça lui donne de la force, une peau supplémentaire pour la protéger. Personne ne pourra la deviner sous son chemisier col Claudine et sa jupe corolle.

Elle chausse ses ballerines, range le livre dans son sac, y ajoute un bloc de papier pelure bleu ciel, une enveloppe assortie, un timbre et la lettre de sa sœur arrivée au courrier ce matin. Elle préfère la lire et y répondre loin de la curiosité de sa mère. Elle sourit, Valia lui a écrit. Avant de traverser le salon, elle veille à ce que la combinaison rose ne dépasse pas de sa jupe.

Elle remonte la rue Bosquet à pied, toujours étonnée que l'ambiance soit si calme par rapport à New York. Quelques voitures, de rares passants, presque une absence de bruit. Elle grimpe dans le tramway place Stéphanie. Il tourne devant le palais de justice et ses dorures, passe devant la grande synagogue rue de la Régence où elle se rend le moins possible, puis le Sablon. Elle descend à l'arrêt Place Royale et marque une pause en face d'Old England, le plus beau magasin de vêtements de Bruxelles. Elle aime la façade de style art nouveau ornée de ferronneries extravagantes, d'une tourelle d'angle et d'une marquise travaillées comme de véritables bijoux, de frises de faïences d'inspiration végétale.

Elle se tourne vers le Mont des Arts. Son endroit de prédilection pour la perspective, le dégagement qu'il lui offre sur le jardin spectaculaire tout en terrasses, cascades d'eau et belvédères. Sous un manteau de verdure et de fleurs, la rue Montagne de la Cour fait la jonction entre le haut et le bas de la ville, la place Royale et le boulevard de l'Empereur.

Ce lieu lui rappelle le Bennet Park à New York et son promontoire au-dessus du niveau de la mer. Elle ressent le même besoin de prendre de la hauteur. Ici, ce n'est pas la statue de la Liberté et sa torche qu'elle contemple mais la flèche gothique de l'hôtel de ville Grand-Place, avec à son sommet, brandissant son épée, la girouette en bronze de l'archange saint Michel, le protecteur de la ville.

Elle s'assied sur les gradins, sort la lettre de son sac. Il fait doux en ce début d'automne.

Un soleil timide accompagne sa lecture.

My little sister...

Sa sœur raconte les premiers pas de Claude, les derniers chapeaux à la mode de la boutique, combien sa vie palpite, folle amoureuse de son Adolphe, les mondanités...

Jenny se lève, descend le Mont des Arts, tourne à gauche boulevard de l'Empereur, à droite rue des Alexiens. Elle pousse la porte de La Fleur en Papier doré. Fréquenté par les surréalistes belges, cet estaminet aux lumières tamisées et aux vieux meubles dépareillés en bois lui plaît. À cette heure, il n'y a presque personne, elle y sera bien pour répondre à Valia.

Elle s'installe sur une banquette, commande un verre de vin blanc, elle écrit vite.

Dear dear sister,

Merci pour ta lettre. Je l'ai lue et relue. C'est inouï de tenir entre mes mains un courrier qui a fait le tour du monde pour me parvenir. Voir ton écriture familière me rapproche de toi. Tu dessines toujours une double boucle au bout des O.

Je ne sais pas trop par où commencer.

Mama revit. Les commerçants la comprennent, ça l'enchante. Elle a redécouvert les choux de Bruxelles et les cuisine de toutes les façons possibles. Elle choisit avec soin les ballotins de pralines Godiva qu'elle vous envoie. C'est certain, le plat pays lui convient mieux que l'Amérique.

Papochka a remplacé le New York Times *par* Le Soir. *La radio par le journal télévisé. Long Island par Ostende. Le bus par le train. Le Diamond District de Manhattan par le quartier des diamantaires, Schupstraat à Anvers où il se rend chaque matin.*

On ne manque de rien mais les parents ne sont pas riches. Papochka travaille beaucoup et parfois, je surprends Mama à compter ses sous sur la table de la cuisine.

À New York, j'étais petite, ici, je suis transparente. Personne ne me regarde. Le Steinway croupit au garde-meuble. Invisible lui aussi. Elle est loin, la standing ovation de Carnegie Hall ; ils sont loin, l'orchestre et les six cents spectateurs.

Tout a rétréci. Heureusement, pour combler un peu le vide qui m'habite, je donne des cours de piano dans une académie de musique. Je n'ai pas envie de te mentir, je me sens déprimée. Quand tu recevras ce courrier, j'espère être plus en forme.

Quand j'en ai le courage, je sors avec Jacqueline, une fille de mon âge que j'ai rencontrée à la bibliothèque. Tout plutôt que végéter entre les quatre murs de l'appartement.

Papochka voudrait que je présente les auditions du concours Reine Élisabeth. Un des concours les plus prestigieux du monde, qui se déroule ici à Bruxelles. Une année, les compétiteurs sont violonistes, la suivante, compositeurs, et la troisième, pianistes. Je n'ai pas le cœur de m'y préparer sans Mister Jones. Et si je dois être franche avec toi, je suis fâchée contre Georges de m'avoir traînée en Belgique contre mon gré. Je n'ai pas envie de lui faire plaisir.

Mister Jones me manque, tu me manques et Lydia aussi. Mathilda n'en parlons pas. Évidemment, les photos me réconfortent, mais j'aimerais tellement vous voir en vrai plutôt que dans des cadres sur le mur du salon.

Jenny relève la tête, elle a déjà couvert deux feuillets de son écriture serrée.

L'appartement du 37 rue Bosquet est sombre. Avant je contemplais l'Hudson, Brooklyn Bridge, Little Red Lighthouse.

Ici mon regard est tout de suite arrêté par l'immeuble d'en face tout proche, beaucoup trop proche.

Loin de vous, je suis devenue enfant unique. J'aurais peut-être dû partir dans un kibboutz. Je ne me serais pas retrouvée ici à dix-neuf ans, seule, avec nos parents vieillissants, momifiés dans leurs certitudes et leurs principes.

Souvent j'ai froid, le ciel est bas, l'humidité me transperce. Deux jours par semaine, je travaille dans une bibliothèque, une petite poche de lumière dans un quotidien fané. Par chance je peux rapporter à la maison des livres à référencer, j'établis des fiches avec des mots clés. Ce que j'apprécie plus que tout, c'est de pouvoir les lire pour m'évader.

Tu as raison, les coups de fil sont rares et les communications coûtent cher. À dire vrai, je préfère qu'on s'écrive, ce ne sont pas tellement les six heures de décalage horaire qui me gênent mais dès qu'on a raccroché, je me sens vide. Une lettre, je peux la relire, la toucher, et puis l'appartement est si petit. La proximité des parents me dérange, leurs oreilles traînent, je ne peux pas te parler librement.

Je te serre contre mon cœur,

Jenny

P.-S. Notre père a suivi sans sourciller les injonctions de notre mère pour venir ici. Joseph a disparu sans laisser d'adresse. Tu ne trouves pas que les hommes de la famille sont décevants ? J'espère que tu auras plus de chance avec ton bel Adolphe.

Elle quitte La Fleur en Papier doré, elle a besoin de marcher. Elle remonte la rue de Rollebeek, la place du Grand Sablon, traverse le parc d'Egmont avec ses drôles de statues qui représentent les métiers d'autrefois, rejoint le boulevard de Waterloo puis l'avenue Louise et ses maisons de maître. Avant d'arriver au bois de la Cambre, elle change de trottoir pour ne pas passer devant le siège de la

Gestapo. Dans les caves du 347 et du 453, des femmes et des hommes ont été interrogés et torturés. C'est là que se réunissaient les cerveaux qui organisaient les arrestations des résistants et les déportations des Juifs de Belgique et du nord de la France. Il paraît que les murs des sous-sols sont encore marqués de messages, d'appels à l'aide, de testaments de fortune, d'adieux, de signatures. Ultimes traces de vie sous la barbarie nazie.

Elle étouffe. Vivement l'abbaye de la Cambre et ses jardins apaisants !

Elle s'assied sur un banc, elle sort de son sac le livre de Simone de Beauvoir, elle allume une cigarette et reprend sa lecture où elle l'avait laissée. L'écriture vive, le ton direct, acide l'interpellent. Avec son amant, Jean-Paul Sartre, la philosophe revendique un couple libre. L'indépendance au sein de la dépendance. Mais comment ?

L'auteur déroule des rêves impérieux. Ouvrir la cage, dévorer à belles dents les plaisirs et les jours, être une femme d'esprit et de cœur. La procréation n'est pas un destin, une norme ou une conséquence impérative de la nature féminine. « Les femmes ne doivent pas être asservies à leur disposition physiologique. La maternité doit être un choix libre et réfléchi… »

Depuis son dixième anniversaire, Jenny a toujours été prisonnière des circonstances. Elle s'interroge sur la maternité et l'aliénation qu'elle engendrerait. Elle tourne la page et d'un crayon noir souligne les mots *vivre sans entraves*. La pensée de Simone de Beauvoir l'entoure et contient son esprit comme la combinaison de Mathilda entoure et contient son corps. Trois canards passent dans le ciel bleu vif et semblent se diriger vers les étangs d'Ixelles.

Ce jour-là, sur ce banc, elle décide qu'elle n'aura pas d'enfant.

63

L'écriture des chapitres qui se passaient en Russie, en France et en Amérique m'impactait moins. Aujourd'hui je côtoie la femme à côté de laquelle j'ai vécu jusqu'à dix-huit ans. La distance rétrécit, l'oxygène me manque, les nuances m'échappent. À cet instant, aucune compassion n'est envisageable. Je ne vois plus en elle qu'une mère incapable d'aimer son enfant.

Je suis ligotée par la pieuvre. Son corps visqueux monte vers mon visage, ses grands yeux globuleux me suivent, il m'est impossible de desserrer l'étreinte, je suffoque. Comme par miracle, une goulée d'air se propulse dans mes poumons. Je suis vivante. Mais l'étreinte persiste. De quel abysse marin viens-tu ? Dans quelle profondeur intime trouves-tu ta force ? J'ai appris que toi, animal étrange, tu as trois cœurs. Tu aurais pu en donner un à ma mère. Es-tu là pour me terroriser ou pour me consoler ?

J'aurais préféré qu'elle me frappe, au moins elle m'aurait touchée. « L'instinct maternel, ce n'est pas automatique, la preuve, je ne l'ai jamais ressenti. » C'est ce qu'elle m'a dit un jour quand je terminais mon petit-déjeuner. J'ai été abîmée par ses phrases. Elle m'a brisée avec des non-fêtes. Elle ne fêtait pas mon anniversaire. Elle ne fêtait pas Noël. Elle ne fêtait pas les fêtes juives. Elle ne fêtait rien.

Démerde-toi avec ça quand tu es enfant.

64

Ce matin, Jenny prend le train pour Anvers, obsédée par le désir de revoir sa meilleure amie. Leur dernière rencontre, c'était il y a dix ans, la veille de son anniversaire. Toutes deux ont vécu le choc du 10 mai 1940. Myriam est la seule qui pourra comprendre l'immense déchirure qu'elle a ressentie ce jour-là.

Jusqu'à présent, elle a renoncé à y aller par peur de ne pas la retrouver. La guerre a touché Anvers dans ses pierres et sa chair. Georges et Rissia en avaient parlé une nuit dans le salon, et elle avait entendu des bribes de leur conversation : vingt-huit convois de déportés partis de Belgique… Auschwitz-Birkenau… camp d'extermination… vingt mille Juifs… six mille Anversois… mille deux cent cinquante sont revenus…

À travers la vitre du train, elle voit défiler les polders. Elle lui avait écrit il y a quelques années. Elle n'avait pas reçu de réponse. Une hypothèse, Myriam lui en aurait voulu d'être partie d'Anvers sans lui dire au revoir. Elle, Jenny, lui a pardonné son silence.

Ses yeux se perdent dans le paysage. Qui va lui ouvrir ? Elle n'est pas revenue dans sa ville natale alors qu'elle est en Belgique depuis plusieurs mois.

Arrivée à Anvers, un vent frais pique son visage. Elle avance à pied sur les rues pavées. Autrefois si majestueuse, la ville montre encore de nombreuses cicatrices : des façades décrépies, des bâtiments à l'abandon, des fenêtres brisées, des graffitis, des traces d'éclats d'obus et de tirs. Les murs d'une maison sont criblés d'impacts de balles qui rappellent les affrontements d'ici, pendant que là-bas, à Saint-Médard-de-Mussidan, elle faisait les foins et mangeait des tartines chez mademoiselle Chabot.

À l'approche de leur quartier, elle ralentit. Tout près, c'est la rue Capiaumont où elle a vécu, elle s'interdit d'y retourner.

57 rue Van Eyck. Inquiétude ou pressentiment, son ventre se noue. Elle n'a jamais oublié la phrase prémonitoire de Lydia : « Le malheur traversé ne protège pas d'un nouveau malheur. »

La plaque de bronze est toujours fixée au mur de la haute maison en briques rouges où elle a si souvent joué. Docteur Rubinstein.

Elle sonne, elle entend des pas. Une femme ouvre.

Visage anguleux, jupe et chemisier foncés, des yeux cernés.

— Bonjour, je viens voir Myriam.

— Elle ne vit plus ici.

— Pouvez-vous me donner son adresse ?

— Je ne peux rien vous dire. Au revoir, mademoiselle.

Devant la porte fermée, Jenny reste un moment interloquée, s'éloigne, revient sur ses pas, sonne. Pas de réponse. Elle tambourine à la porte.

— Je suis Jenny… Germaine Schamisso. Sa meilleure amie. Je vous ai reconnue, vous êtes sa tante Rachel.

La porte s'entrouvre

— Entre. Pas longtemps, j'ai du linge à repasser.

La femme aux habits sombres l'emmène dans la cuisine. Elle a plutôt l'air d'être la gardienne du lieu que d'y vivre. Elle cherche des tasses et une théière, ouvre une armoire puis une autre, remplit la bouilloire. Ses gestes sont imprécis

— Où est Myriam ?

La tante Rachel désigne une photo. Entre son père et sa mère, la petite fille tient fièrement un bilboquet. Elle porte une robe d'été aux manches bouffantes. Encadrant son visage souriant, deux tresses terminées par un délicat ruban blanc.

Jenny refuse le biscuit proposé, impossible d'avaler.

— Je ne comprends pas.

Raide, sans ciller, d'une voix monocorde, Rachel égrène des mots, des phrases.

— Je les ai suppliés de partir. Mon frère était persuadé qu'ils ne risquaient rien parce qu'ils étaient belges, que les mesures ne concernaient que les Juifs d'origine étrangère, que ça n'allait pas durer, que les autorités anversoises les protégeraient. Il a commencé à réfléchir en juillet 1942 quand nous avons été bannis des parcs publics, des cinémas et des théâtres. Dans les trams, nous étions seulement admis sur la plateforme arrière. Un couvre-feu nous a été imposé entre 20 heures et 7 heures du matin. Il y avait toujours quelque chose à terminer avant de s'en aller. Trente ans qu'il était médecin. Il a décidé de s'exiler le jour où on lui a interdit d'exercer son métier.

Les mains serrées sur le rebord de la chaise, elle poursuit son récit.

— Tout était enfin prêt. La date du départ était fixée. Le 4 septembre 1943. Dans un premier temps, nous devions nous réfugier à la campagne. Je suis venue ici la veille au soir. Nous dormions dans les chambres à l'étage. Je suis descendue boire un verre d'eau… J'ai entendu des voitures et des bruits dans la rue. Ils ont défoncé la porte d'entrée. Je me suis cachée dans le placard. Ils criaient en allemand et en flamand. Ils sont montés, ont arraché mon frère, sa femme et Myriam de leurs lits, les ont poussés dans les escaliers. Par la fente de la porte entrebâillée, je les ai aperçus. Les portières ont claqué. Le grand silence a commencé… Je n'ai pas eu le courage de les accompagner, ma lâcheté m'a perdue… Je dois vivre avec leur absence.

La brûlure du thé noir, amer, trop fort rappelle à Jenny qu'elle est assise dans cette cuisine, en train d'entendre ce qu'elle ne veut pas entendre.

— Les premiers jours, j'ai prié, j'ai espéré, j'ai attendu. Je m'éloignais très peu de la maison. Je n'allumais pas les lumières, je me déplaçais en chaussons de feutre. Après, j'ai appris que c'était la sixième rafle à Anvers. Celle des Juifs belges. Ils ont été emmenés dans des camions de déménagement jusqu'à la caserne Dossin à Malines pour être déportés vers Auschwitz dans le convoi IV. L'occupant a officiellement déclaré Anvers *judenrein*, « nettoyée des Juifs ». Quand ils ne sont pas revenus en 1945, je ne pouvais pas me résigner. J'avais besoin d'une certitude. J'ai cherché des renseignements à la maison communale, aux archives de l'état civil… Dans la grande salle, j'ai ouvert le classeur métallique. J'ai tourné les pages jusqu'à ce que je trouve la liste des déportés de Birkenau. Et leurs noms. Samuel Rubinstein. Judith Rubinstein. Myriam Rubinstein, gazée le 12 février 1944.

Un long silence glace la pièce. Ce n'est plus du sang qui coule dans les veines de Jenny, c'est de l'eau.

Rachel tend la main vers elle. Elle a trop mal pour qu'on la touche, elle veut partir. Elle se dirige vers la porte, marque un temps d'arrêt, fait demi-tour.

— Je voudrais aller dans sa chambre.

— Tu connais le chemin. Tu verras, rien n'a changé. Je ne veux pas effacer leurs traces. Tout est comme avant. Moi, je vis dans les pièces du bas. En haut, je n'y vais plus jamais, ça me fait peur.

Jenny monte les escaliers à contre-courant de ceux qui ont été expulsés. Deux mouvements qui s'opposent. Elle ressent la vibration de Myriam poussée à dévaler les marches. Elle se plaque contre le mur. Elle entend les cris.

Sur le palier, elle hésite à ouvrir la porte, sa main se pose sur la poignée, la porte s'ouvre, elle reste un long moment sur le seuil.

Elle entre, se tient debout immobile au milieu de la pièce, sa tête tourne, elle s'approche de la fenêtre. Le marronnier a perdu ses feuilles. Elle se laisse glisser au sol, se recroqueville contre un mur.

Sur le bureau, une règle, un cahier. Elle l'a vu cent fois, ce décor. Aujourd'hui, il lui paraît vide de sens. Myriam n'est plus là.

Ses yeux se posent sur les objets. Elle tente de calmer sa respiration qui s'emballe comme Mister Jones le lui a appris. Une technique d'artiste avant de monter sur scène.

Entre les lattes du plancher, elle aperçoit la moitié d'un bracelet de perles coincé. Une araignée tisse sa toile le long d'une poutre. Le lit a été refait.

Elle ouvre le tiroir d'une commode. À l'intérieur, elle aperçoit une enveloppe avec un timbre de New York. C'est sa lettre. Pas décachetée.

Elle ferme les yeux. Myriam. Celle à qui elle racontait tout. Si douée pour imiter les professeurs et l'amuser, elle plus timide. Elles inventaient des poésies où « fleurs » rimait avec « bonheur » et « couleurs ». Plus tard, beaucoup plus tard, elles seraient astrophysiciennes, se marieraient le même jour, auraient trois enfants chacune, deviendraient d'inséparables vieilles dames. Myriam avait éclaté de rire et ajouté : « Toute la vie ensemble. On ne se quitte pas, et si tu meurs avant moi, ça n'ira pas ! » Ce jour-là, elles avaient inscrit *Germaine ♡ Myriam* sur un bout du papier peint qui se décollait à cet endroit. Elle tressaille, elle a failli ne pas le voir sous la couche de poussière. Elle le déchire précautionneusement, le glisse dans sa poche.

Dans la cuisine, Rachel écosse des petits pois.

— Je prendrais bien le biscuit que vous m'avez proposé tout à l'heure.

65

Sur un coup de tête, je lâche tout ce que j'ai prévu. Ce dernier chapitre m'envahissait, il fallait que je saute dans un train. Celui que Jenny a pris à la gare du Midi il y soixante-dix ans, remplie de l'espoir de retrouver son amie.

Je ne sais plus à quoi ressemble Anvers, je ne parle pas un mot de flamand, j'ai mal au ventre. J'ai quitté mon refuge pour me confronter au vif des événements.

Par la fenêtre, des champs, des pâturages, de petites fermes et le canal de Willebroek défilent le long de la voie ferrée. Je me fige sur mon siège en passant devant la gare de Malines. C'est d'ici que partaient les convois où étaient entassés des femmes, des hommes et des enfants vers la Pologne et le camp d'Auschwitz-Birkenau.

Contraste entre les entrepôts et les grues de chargement qui annoncent la ville et la gare d'Antwerpen-Centraal. Une cathédrale de pierre, de verre et d'acier avec son escalier impérial, sa marquise en métal, son dôme, ses marbres et ses dorures. Je traverse le hall gigantesque et je me retrouve enfin à l'air libre.

Une ville portuaire offre des possibilités différentes. Sur la Koningin Astridplein, mon arrivée ressemble à un nouveau départ. Je suis seule sur un territoire inconnu. Marcher sur ces rues pavées me donne le vertige. Je traverse des quartiers sans comprendre où mes pas m'emmènent. Est-ce qu'elle a pleuré ou ri ici ? Ce parc, y a-t-elle joué ?

Je reconnais trois petits arbres sur une place. J'avais oublié que Georges m'avait un jour emmenée voir la maison où ils avaient habité pendant dix ans quand ils sont arrivés de Russie. Il avait fait demi-tour sur cette place, et n'avait rien raconté, juste serré ma main plus fort, ensuite il m'avait invitée à manger un strudel aux pommes plein de cannelle et de raisins secs.

Je veux voir cette maison où ont vécu les Schamisso. Capiaumontstraat, 33. Comment ai-je pu retrouver l'adresse et ne pas me souvenir de cet épisode avec mon grand-père ?

Je regarde à droite, à gauche, j'essaye de me repérer.

— *Ben je verdwaald ?* me demande un jeune homme.

— …

— *You're lost ?*

— Tout va bien, merci, je vais retrouver mon chemin.

Une heure plus tard, j'entre dans une petite rue tranquille.

24 octobre 2021, 11 heures du matin. Personne.

10 mai 1940, à l'aube, ils étaient des centaines.

Au 33, une jolie maison de briques aux châssis noirs. Je suis devant la porte par laquelle ils sont sortis. Il y a quatre-vingts ans, Georges poussait le landau et j'entends presque la voix de Rissia lui demander de rajouter quelques boîtes de conserve.

J'interroge la mémoire du seuil en pierre bleue sur lequel sont passés Georges, Mathilda, Rissia, Lydia, Valia et la petite Germaine. On ne voit plus l'empreinte de leurs pas mais je sais qu'elle y est. Où sont-ils partis quand ils l'ont franchi ? À droite ? À gauche ? Où ont-ils puisé le courage de tout quitter ?

Je n'irai pas aux Felix Archieves ni au musée de l'Immigration. La mémoire de la pierre me suffit. Je ressens au plus profond de moi cet endroit chargé de leur histoire, je ne toucherai à rien dans ce chapitre. Il vibre avec la même fréquence, ça me trouble. Je suis très émue.

En août 1942, après la déportation ou le départ des Juifs, trois mille huit cent soixante-huit maisons ont été saisies et tous les biens spoliés par l'occupant allemand. Les coffres-forts ont été ouverts et pillés. Les serrures ont été changées, d'autres ont pris possession des lieux. Des inconnus ont emporté les meubles des Schamisso, l'accordéon de Georges rangé sous une couverture dans l'armoire du couloir, la petite horloge du salon cachée par Rissia dans le panier à linge. Les lettres de la famille restée en Russie. Les albums photo, saccagés. Le piano de Germaine volé.

Le nom sur la boîte aux lettres indique qu'aujourd'hui les Verbeek vivent ici. Je ne sonnerai pas. Je regarde par la fenêtre, j'aperçois une silhouette, la maison a l'air entretenue, le mobilier soigné. Des jouets, un cartable, des bottes de pluie, une marelle dessinée sur le trottoir témoignent de la présence d'enfants.

Debout au milieu de la rue, j'appelle Viviane.

— *Hi* cousine !

Les mots ne sortent pas. J'ai la tête qui tourne, je m'appuie contre le mur.

— *Are you OK ?*

— Je suis à Anvers…

— *You're kidding ?*

— Viviane. *I'm here.* Devant leur maison.

— *You're incredible. I'm proud of you.*

— J'entends de la musique, j'ai vu un vélo d'enfant à l'entresol, c'est con, mais ça me rassure.

— Tu as pris une photo ?

— Je ne vais pas sonner, je ne pourrais jamais entrer. Il est quelle heure chez toi ?

— Quatre heures trente-cinq du matin en Floride.

— Désolée. Tu ne vas pas réussir à te rendormir…

— *Dont worry*, tu es ma cousine, on est dans le même bateau.

Je cherche sur mon application le tram qui me ramènera le plus rapidement possible à la gare d'Antwerpen-Centraal. Une heure de train jusqu'à Bruxelles et enfin retrouver mon univers familier. Je tente de respirer comme je peux. Combien de fois les Schamisso ont-ils échappé de justesse à la catastrophe ? Ici, à Anvers, une première fois. Les rafles deux mois après leur départ de Dordogne, une deuxième fois. À Marseille, le port de l'étoile instauré au moment où elles embarquaient sur le *Serpa Pinto*…

Et combien pourtant leurs vies ont été bouleversées.

66

Un mot surgit à l'improviste et lui saute au visage : *gazée.* Myriam est morte gazée parce qu'elle était juive. Après sa visite à Anvers, un voile noir a définitivement éteint la lumière de toutes les bougies de shabbat.

Jenny n'entreprendra pas de voyage pour une visite-surprise aux Meynard de Saint-Médard. Elle ne supporterait pas qu'il leur soit arrivé malheur.

Depuis le choc dans la chambre de sa meilleure amie, malgré sa douleur muette, elle a continué à travailler à la bibliothèque et à donner des cours de piano à l'académie. Sans conviction, comme une automate. Elle a renoncé à présenter les auditions au concours Reine Élisabeth.

Rissia, elle, n'a pas renoncé. Elle ne supporte pas de voir sa fille déprimer. Elle a une obsession : marier Jenny avec un gentil garçon juif et qu'elle fonde une famille. Mais il y a moitié moins de Juifs qu'avant la guerre et Jenny n'a ni la tête ni le cœur à rencontrer quelqu'un. Le désir de la mère prime sur les aspirations de la fille.

Comme la providence divine tarde à honorer ses souhaits, Rissia recourt à sa botte secrète. Le rendez-vous est pris à 15 heures chez un personnage de première importance dont le statut oscille entre celui d'émissaire et celui d'entremetteuse : la chadkhanit.

Elle les reçoit dans son salon. La septuagénaire, dodue, vêtue de jupons et de blouses colorées superposées, est assise dans un grand fauteuil de velours rouge qui ressemble à un trône, avec son haut dossier arrondi et ses accoudoirs capitonnés sur lesquels reposent ses mains tachetées ornées de bagues. Madame Polka compte parmi les plus célèbres marieuses de la communauté juive. Elle ne manque pas de le souligner.

Avant cette consultation, Rissia a obligé Jenny à participer à quelques bals. Elle affirme que ces événements mondains sont une manière de célébrer la vie après la tragédie et de préserver la culture et les traditions, tout en offrant aux jeunes l'opportunité de trouver l'amour et la stabilité dans un monde bouleversé par la guerre.

Elle est prête à tout pour parvenir à ses fins. Y compris louer des robes pour que sa fille assiste à ces fêtes chaque fois dans une tenue différente. Jenny s'y rend à reculons, n'engage pas la conversation, répond sans enthousiasme aux invitations à danser. Elle plaît. Ses prétendants sont nombreux. Des marchands de fourrure, des dentistes, des diamantaires, bien sûr. Elle refuse la plupart des propositions. Au désespoir de Rissia.

La chadkhanit leur offre du thé et un assortiment de biscuits sucrés, raffinés. Le choix d'hommes sera-t-il aussi gourmand ? Avec le poil de sorcière qui trône au milieu de son menton, Jenny se demande si cette spécialiste de la rencontre a un mari.

— On sollicite mes services de Londres, de Paris, d'Israël ou de la rue voisine. En trente ans, j'ai formé quatre cent dix-sept couples exactement.

— Tel est notre objectif. Le droit chemin de la synagogue.

— Je suppose que les bals n'ont rien donné.

— Pas le moindre soupirant en vue, soupire Rissia.

Heureusement, pense Jenny. Benjamin Friedman, quarante ans bien sonnés, a oublié de s'épiler les oreilles. Il l'a emmenée manger des caricoles dans le quartier des Marolles. Il souriait dans un silence pesant. David Goldberg tenait à la promener en barque au bois de la Cambre au mois de décembre. Au moment où il a voulu lui prendre la main, la barque a tangué.

Après chaque rencontre, sa mère l'attendait derrière la porte : « Alors ? »

— Je vous rappelle à quel point les prénoms importent dans notre tradition, dit la marieuse. Le jeune homme ne peut pas porter le même que son futur beau-père, ni la jeune fille celui de sa belle-mère. Même si vous trouvez le garçon plaisant, inutile de poursuivre. Heureusement, il existe une solution de secours, prendre en compte le deuxième ou le troisième prénom. En cas de doute, on demande conseil au rabbin.

La chadkhanit étale une série de portraits sur la table. Biscuits, photos, photos, biscuits. Moins de photos que de biscuits. Jenny trouve ces candidats moches, bedonnants, pas appétissants.

Rissia demande combien il en coûtera de dénicher le mari idéal pour sa fille. Madame Polka agite ses mains baguées.

— À votre discrétion… mais si la chadkhanit est contente, cela porte chance au mariage.

Jenny s'attend à entendre la blague de Georges en rentrant : « Un garçon recherche une jeune fille belle, riche, intelligente. La chadkhanit répond que pour cela, il doit faire trois mariages. »

Ces derniers temps, elle préfère lire Simone de Beauvoir plutôt que d'entendre les éternels refrains de son père.

67

Je raccroche. Ryan, de l'association des vétérans de l'US Army, ne m'a rien appris. Dans cette famille, les frères meurent ou disparaissent. Je ne me résous pas à abandonner Joseph. Depuis une semaine, je le traque partout. Le décalage horaire me permet de téléphoner le jour et la nuit. Hier, j'ai contacté le consulat du Brésil parce que Viviane m'a fait part d'une piste dans ce pays. Ce matin, pendant que Ma Beauté s'entortillait autour de mes chevilles, j'ai rappelé Rosario de l'ambassade de Rio. Rien de nouveau. Au-dessus de la photo de mon oncle, reste un point d'interrogation.

Trois continents, quatre générations, des époques différentes. Le travail est difficile et j'ai parfois du mal à m'y retrouver. J'ai exploré des sites généalogiques étonnamment conçus par les mormons, écrit à l'état civil de Chicago, consulté les archives d'Anvers et du *Serpa Pinto*, visionné des documentaires sur l'exode et Ellis Island. J'ai établi plusieurs lignes du temps, la chronologie de la Seconde Guerre mondiale et celle de mon enquête. J'ai lu une volée d'articles sur la vie en Russie dans les années vingt, à Anvers dans les années trente, à New York dans les années quarante et à Bruxelles dans les années cinquante. J'ai étudié les plans de ces villes et le tracé de la ligne de démarcation. Je me suis familiarisée avec le vocabulaire de la musique classique et les rituels juifs. Je suis devenue copine avec Janet, l'actuelle secrétaire de la Juilliard School, avec Dimitri, consul à Moscou… Devant ces recherches et les milliers de mots qui en découlent, j'ai rêvé d'écrire des haïkus. Et maintenant ?

Face au tableau, je me sens vide, je me sens seule. L'enquête historique et généalogique tourne à l'introspection. Trois tonnes d'incertitudes. Je préférais raconter l'histoire de la petite Germaine. C'était plus facile que ce qui m'attend. Creuser, racler, gratter mes plaies. Se souvenir ou oublier ? Pleurer sur les pages à venir ou retrouver la joie de mon projet précédent ? Analyser la douleur au microscope ou danser ? Mon joli carnet rose poudré est presque rempli, je ne veux pas en commencer un deuxième. Je veux reprendre ma vie juste avant ce message de ma cousine, poursuivre mon roman suspendu. Je veux arrêter ici l'ascension du mont Saga.

Je passe trop de temps avec Jenny. J'écrirai son histoire. Et après, terminé ! Au revoir les Schamisso. Do svidaniya Schamisso. Je suis épuisée. Je reviens de loin. La vie est un fil. Le fil tremble. Je ne suis pas équilibriste.

Je ne peux pas me réconcilier.

Il faut une dispute pour se réconcilier.

Il n'y a pas eu de dispute.

Il y a eu le néant, le silence, le vide, le rien.

Je me fais plaisir avec des pirouettes stylistiques au lieu de dire simplement combien j'ai mal. Réticences, résistances. Je me cache derrière des mots. Quels seraient ceux de la consolation ? Ce n'est plus une ascension avec piolet, crampons, cordes et le sommet en ligne de mire. Je dois descendre en eau profonde, une plongée sombre. Les abysses de la pieuvre. Et si je ne remontais pas ?

En novembre, la lumière tombe vite. Je ferme la porte du jardin, je baisse les volets. J'enfile mon pull à col roulé le plus doux, j'attrape trois bûches et je les dispose en tipi dans la cheminée. Je glisse du petit bois sec en dessous, je craque une allumette. Le feu prend, il crépite. La chaleur réchauffe mon visage et je place mes paumes devant les flammes.

L'obscurité a envahi le reste du salon. J'allume la guirlande multicolore qui court le long de l'arrête du mur pour distinguer mon panneau. Dans la caisse de bricolage de mes zamours, je trouve de grandes feuilles de papier calque. Je recouvre les documents et les photos accrochés au liège. J'enlève celle de Viviane et la pose délicatement sur le comptoir en face de ma table d'écriture, j'ai besoin de sa présence. Le panneau me semble tout à coup si terne.

La chaleur m'enveloppe de plus en plus et l'image du tableau *Les Trois âges de la femme* de Gustav Klimt m'envahit. Il est composé de trois parties, illustrant chacune un âge différent de la féminité : l'enfance, la maternité et la vieillesse. La carte postale qui représente « la maternité » trône sur ma cheminée. Je la punaise au milieu du calque.

Une jeune mère au corps dénudé est allongée avec sa petite fille contre elle. J'aime les couleurs caractéristiques du style de ce peintre. Des tons chauds dorés, argentés, cuivrés. Triangles colorés, spirales ponctuées de perles, matières précieuses de la mosaïque. La chevelure rousse de la femme parsemée de fleurs bleues, rouges et ocre encadre son visage à la peau claire. Parée d'un voile transparent, orné d'arabesques, sa silhouette est longue et fine. L'enfant aux boucles brunes est emmailloté dans un tissu blanc. Nulle fragilité. Elles sont épanouies, paisibles. De la douceur et un sentiment d'abandon se dégagent de leurs traits. Toutes deux ont les joues rosées, j'y lis le rose du plaisir. Leurs yeux fermés témoignent d'un état de plénitude et d'une symbiose parfaite entre elles. La main confiante de l'enfant est posée sur la poitrine de sa mère. La main droite de la mère s'enroule autour de la taille de sa fille et la protège. Sa main gauche la soutient. Son nez semble respirer l'odeur des cheveux de la fillette. Leurs têtes se touchent. L'enfant dort, la mère savoure.

Et moi, pourquoi n'ai-je pas été aimée ?

68

Elle glisse la partition dans son sac. L'académie de musique dans laquelle Jenny enseigne les bases du piano à des jeunes élèves organise chaque mois un récital. Ce soir, au programme, les meilleurs d'entre eux et les professeurs. Ça la déprime plus que ça ne la comble. Ses mains ne se sont pas posées sur le clavier du Steinway depuis trois ans. Trop large pour passer par la fenêtre de la rue Bosquet, il est resté enfermé dans le noir d'un garde-meubles. Mister Jones n'a jamais donné de nouvelles à son ancienne élève. Il lui manque. Elle ne puise plus la même joie de vivre dans la musique. Elle a refusé de jouer aux Concerts de midi, organisés au musée d'Art ancien. Elle s'apprête à quitter l'appartement, le téléphone sonne. Elle entend un grésillement et des pleurs.

— Qui est à l'appareil ? Parlez !

Mathilda est morte. Jenny s'assied, le combiné à l'oreille ; elle essaye de calmer sa respiration, sa vue se brouille. C'est Dounia à l'autre bout de la ligne. Elle n'a pas vu son amie sortir de sa chambre ce matin. Elle l'a trouvée allongée sur son lit, le sourire aux lèvres. Elle s'est éteinte à soixante-dix-neuf ans. Elle parlait souvent de sa petite-fille, de ce qu'elles partageaient, de leurs promenades au bord de l'Hudson. La mise en terre aura lieu d'ici vingt-quatre heures. Un enterrement à l'autre bout du monde. Sans elle. Elle voudrait être là-bas avec Lydia, Valia, près de Mathilda pour le rituel de la Schiva. Pendant sept jours, pleurer toutes ensemble, évoquer des souvenirs et regarder des photos. Sans changer de vêtements, sans porter de montre ni de bijoux, couvrir les miroirs, laisser la bougie brûler et réciter le kaddish.

La peine de Georges sera sans doute décuplée parce qu'il a laissé sa mère à l'autre bout du monde pour suivre sa femme.

Elle raccroche, regarde l'horloge. Il est temps de partir si elle veut arriver à l'heure. Elle écrit un message qu'elle laisse sur la table. « Papochka, Mama, vous devez appeler Dounia dès que possible, je file à l'académie. Jenny. » Elle le relit, ses mots sont maladroits, elle n'en trouve pas d'autres.

Elle jouera du Chopin mais pas la mazurka qu'elle avait annoncée au directeur. Pour sa Babouchka chérie, ce sera la *Grande valse brillante en mi bémol majeur opus 18*, sa préférée. « Joue-la pour moi, *malinka kotinka* », disait-elle. Le début est comme un orage, l'arbre de la main gauche ne bouge pas, le vent joue dans les feuilles de la main droite, les fait ondoyer. Elle la connaît par cœur.

Elle n'a plus aucun souvenir du chemin qu'elle vient de parcourir pour arriver à l'académie. La salle est basse de plafond, l'acoustique désastreuse. Elle sait que le piano n'est pas parfaitement accordé, ça l'irrite. Elle entend chaque chaise grincer, chaque papier de bonbon froissé. Au premier rang, elle reconnaît ses élèves. Le trac l'envahit.

C'est déjà son tour. Elle traverse la salle pour rejoindre le piano. Elle s'assied, soulève le couvercle. Des images de sa Babouchka l'assaillent. Ses tresses grises, ses joues comme celles d'un nouveau-né. À son âge, c'était étonnant.

Elle effleure les touches. Ses doigts tremblent. Elle se concentre sur le phrasé de Chopin. Indépendance de la main gauche, *stoca legato* à la main droite. Le secret, c'est un tempo pas trop rapide. Six atmosphères se succèdent… apaisante, enlevée, solennelle… Entre les notes et les phrases le visage de sa Babouchka réapparaît, sa plus grande admiratrice depuis ses premières gammes à cinq ans. C'est plus qu'un visage, c'est aussi une voix : « Je serai là pour toi quand tu rentreras. » Elle trébuche sur le mordant des mesures 37, 39, 41. Pas assez serrées. Elle enchaîne sur deux passages plus tendres, leur légèreté caractérisée par les sixtes conjointes.

Elle croyait Mathilda immortelle. Un passage enjoué, difficile. Les larmes glissent. À droite, *pizzicato*, une pichenette, à gauche, main stable. Six notes *legato* dessinées, deux notes *stacato*, six notes *legato*. Elle entame comme elle peut le final plein de panache. Pour nourrir musicalement les autres, elle avait tant besoin de Mathilda. À chaque note, à chaque mesure, à chaque portée, à chaque page. À chaque instant de sa vie.

De l'auriculaire droit, elle tente d'atteindre un *mi* bémol lointain. Impossible grand écart. Elle n'y arrive plus. Elle pose les mains sur le clavier. Les spectateurs retiennent leur souffle, attendent qu'elle joue. La musique l'a quittée. Elle est muette. Ultime tentative. Elle repart dans le morceau. Le feu d'artifice final, les quatre dernières portées pour atteindre la dernière note, voilà, le public applaudit.

Ses mains se ferment et se crispent.

Le directeur de l'académie vient vers elle alors qu'elle tente de s'éclipser.

— Vous avez modifié le programme, mademoiselle. C'était merveilleux.

— J'arrête. Les cours, le piano, la musique.

69

Je somnole dans le canapé. Ma Beauté s'enroule autour de mon cou. Au contact de sa fourrure, mes yeux s'embuent. Me revient une image lointaine.

J'avais cinq ans, pas beaucoup plus. Couchée dans mon lit en bois, j'avais de la fièvre, je grelottais et je transpirais. J'aurais voulu changer de pyjama mais, faible comme un bout de chiffon, je n'avais pas la force de me lever.

Dans un coin de la pièce, assise sur une chaise, ma mère s'affairait à ôter le vernis de ses ongles, l'odeur forte du dissolvant me piquait les yeux.

Moi, roulée en boule, je me construisais mon propre cocon.

Frotter. Limer. Poncer. L'ongle du pouce, de l'index, du majeur, de l'annuaire, de l'auriculaire.

Pas de main fraîche ni de caresse sur mon front bouillant. Moins elle me touchait, plus la fièvre grimpait.

Tel un doudou, un bout de drap accueillait mon sanglot. Pour me rassurer, je respirais mes larmes. Je frottais ma joue sur la partie douce de l'oreiller.

Mon corps aurait eu besoin d'un bain, d'attention, mais elle était trop occupée à soigner ses mains. Il n'en finissait pas, ce pinceau, de passer et repasser au même endroit.

Après un temps très long, une seule main était terminée et disposée en éventail devant ses yeux émerveillés de tant de perfection. Peut-être, à la fin de la deuxième, allait-elle me parler, m'apporter un verre d'eau fraîche, aérer, chasser la fièvre et les démons ?

Sur ma table de nuit, dans une assiette, des carottes froides, mal cuites, ne m'ouvraient pas l'appétit.

Elle dialoguait avec ses doigts, pestait lorsque le vernis dépassait, soufflait sur ses ongles pour qu'ils sèchent plus vite. Elle était loin. Je ne disais rien. À l'intérieur, je criais. La couleur rouge de ce vernis m'oppressait. Rouge de ma fièvre, de ma détresse. Mes yeux quémandaient en vain. Je priais un dieu inconnu pour que la pieuvre qui m'enserre puisse voyager dans l'espace et atteindre le cou de cette femme indifférente. Pour l'étrangler. Avec un coton-tige, appliquée, concentrée, elle a enlevé un millimètre de rouge qui dépassait sur la pulpe de son doigt. J'aurais tant aimé un baiser, une brise légère sur mon visage, mais elle est partie, abandonnant sur le bord de mon bureau ses cotons rosés, racrapotés, puants. Je me suis traînée pour refermer la porte qu'elle avait laissée ouverte.

Dans une demi-somnolence, j'ai entendu un bruit. Comme un animal méfiant, j'ai sursauté. Augustine, la cuisinière, est entrée, une tasse à la main. Elle a posé un doigt sur sa bouche. Elle est venue s'asseoir sur mon lit. Sans un mot, elle a remis en ordre mes oreillers, changé les taies. Elle m'a aidée à me redresser et à boire le breuvage tiède, agrémenté d'un jaune d'œuf plein de crème, de sucre, parfumé à la noix de muscade et à la cannelle. Elle appelait ça « un lait de poule ». Elle a ouvert la fenêtre, agité ses grands bras comme pour chasser l'air vicié et permettre à l'air pur d'entrer. Qu'est-ce que c'était bon ! Elle a repris cette assiette à laquelle je n'avais pas touché, saisi entre deux doigts les cotons puants et, avec une horrible grimace pour me faire rire, les a plantés au milieu des carottes sans saveur.

Est-ce en réaction qu'aujourd'hui j'ai besoin de fraîcheur, de propreté, de douceur ?

J'apprécie les premiers rayons du printemps, la brise et l'eau des lacs. Je recherche l'onctuosité de certaines crèmes hydratantes. Je choisis les chaussettes en cachemire, les pages veloutées pour mes carnets. J'aime l'ultracompatibilité des peaux yin et yang…

Le jour où je suis devenue grand-mère, j'ai découvert un endroit très, très doux, le creux de la nuque de mon premier petit-fils. À la maternité, je ne voulais pas le lâcher alors que tout le monde attendait dans le couloir de faire sa connaissance. Il adore que je lui raconte cette histoire. Son petit frère aussi est très moelleux, je savoure quand il se colle à moi pour un moment de tendresse. Je n'ai besoin de rien d'autre.

Ma Beauté l'a compris. Je soulève le chat qui aussitôt se love dans mes bras. Immense gratitude. J'enfouis mon visage dans sa fourrure. Je ne sais pas lequel de nous deux ronronne le plus fort.

70

La perspective de ne plus jamais revoir sa Babouchka chérie a laissé Jenny complètement démunie. Entre tourner en rond chez elle et affronter le fin crachin auquel elle ne s'est jamais habituée, elle préfère traîner son vague à l'âme dans les rues de Bruxelles et au cinéma. Oublier quelques heures l'ambiance trop calme de l'appartement de la rue Bosquet et des photos du salon.

Valia vient d'accoucher d'une petite Michèle. Une sœur pour Claude qui a déjà six ans. Une naissance à l'autre bout du monde. Sans elle. Être tante à distance n'a aucun sens. Depuis son expédition à Anvers pour retrouver Myriam, il y a quatre ans, elle n'investit aucune nouvelle relation avec ses collègues de la bibliothèque. Elle voit moins Jacqueline. Une amie, ça peut mourir, vous abandonner. Jenny ne prend aucun risque.

Des hommes et des femmes se pressent pour se rendre à la projection des derniers succès. Les plus âgés en robe et costume cravate. On dirait que tous les cinémas sont concentrés dans le bas de la ville. Dans la rue Neuve, le Victory, le Variétés et L'Étoile. Sur le boulevard Anspach, l'Agora et le Plaza. Rue Marché aux Herbes, le Rixy. Les films changent toutes les deux semaines. Certains gros succès restent quatre semaines à l'affiche. Elle hésite entre *Le Blé en herbe*, *Le Mouton à cinq pattes* et *Châteaux en Espagne* avec Danielle Darrieux et le beau Maurice Ronet. Jenny hésite beaucoup ces derniers temps. Elle ira voir *L'Air de Paris* de Marcel Carné avec Gabin et Arletty aux Galeries. Elle aime particulièrement l'enfilade des Galeries Royales Saint-Hubert. Le vitrage en arcade du toit favorise le passage et le rayonnement de la lumière.

Illuminées par des tubes néon, les lettres de l'enseigne Cinéma Galeries surmontent les quatre portes convexes encadrées de cuivre doré. De grandes affiches peintes avec des couleurs vives annoncent les films projetés et à venir.

La projection l'emmènera loin de sa destinée étriquée. Jenny redoute l'atterrissage brutal, mais pendant deux heures, elle devient une autre. Elle savoure cette bulle d'oxygène.

À vingt-trois ans, elle est condamnée à végéter dans soixante-cinq mètres carrés entre ses parents vieillissants et ses souvenirs. Un manque persiste, tel un brouillard que les livres et les films ne parviennent plus à dissiper. On lui a tout enlevé. Tant qu'elle refuse les candidats de la chadkhanit, ce sera comme ça.

— N'allez pas voir ce film, mademoiselle, c'est un navet.

Une voix masculine a brisé le fil de ses pensées maussades. Elle se retourne. Pas très grand, mince, les cheveux bruns, il porte un blouson en daim.

L'homme qui s'adresse à elle avec une impertinence tempérée d'un sourire ressemble à l'Adolphe de sa sœur. Il insiste.

— Venez plutôt boire un verre avec moi.

Ces quelques mots suffisent pour qu'elle quitte l'ombre et retourne dans la lumière.

Elle regarde autour d'elle. Deux femmes, un couple et une famille discutent en attendant le début de la séance et semblent ne rien avoir remarqué.

Un séducteur qui guette les jeunes filles dans les halls de cinéma chaque jour à 17 heures ? Un clin d'œil du destin ? Ce téméraire l'intrigue. Surtout qu'il lui sourit encore. Plaisir et danger. C'est justement ce danger qui l'attire. Elle enfouit le ticket au fond de sa poche.

— Oui.

Le café Métropole où il propose de l'inviter se trouve à quelques minutes à pied. Tant mieux. Elle n'aurait pas accepté de monter dans une voiture avec lui. Ils sortent de la galerie de la Reine, tournent à gauche, descendent la rue de l'Écuyer, longent le théâtre de la Monnaie… Il veille à marcher du côté des voitures. Le trottoir est étroit. Il cède élégamment le passage aux gens qu'ils croisent. Ils marchent silencieusement, d'un même pas. Lui, à l'aise dans ce silence. Elle, moins. Subjuguée par son audace, elle oscille entre peur et admiration. Ses parents s'inquiéteront si elle ne rentre pas à l'heure prévue.

Elle observe sa silhouette. Pas de poils qui s'échappent des oreilles. Pas l'embonpoint du marchand de fourrure. Rien en commun avec les prétendants du bal ou ceux proposés par la chadkhanit. Est-il célibataire ?

Sur la place de Brouckère, l'hôtel et le café Métropole se dressent devant eux, majestueux. Il tient la porte ouverte pour la laisser entrer, l'aide à ôter son trench couleur sable.

Elle dénoue son foulard, de ses deux mains redonne un peu de gonflant à ses cheveux. Le rose lui monte aux joues. Qu'est-ce qu'elle fait là ?

L'endroit l'impressionne. Plafond aux moulures en bois, murs en marbre nervuré, lustres, sièges capitonnés en cuir et banquettes ovales entourant les tables en laiton. Elle apprécie l'atmosphère sophistiquée qui règne dans ce lieu. Elle aurait désapprouvé qu'il choisisse un estaminet sombre et bruyant pour ce moment si particulier.

En tenue noire et blanche, une serviette pliée sur l'avant-bras, le serveur vient noter la commande. Qu'est-ce qu'on boit avec un homme à 17 heures ?

— Je vous suggère une de nos bières blondes, spécialité de la maison.

Qu'il en soit ainsi. Va pour une bière blonde belge avec l'inconnu des Galeries Royales.

Il évoque de nombreux sujets. Elle ne parvient pas à décider si l'arrogance l'emporte sur la franchise. Est-il honnête ? Il parle du film qu'elle devait voir, puis de Truffaut, son réalisateur préféré. Il parle de Bruxelles, de ce quartier, de la place Sainte-Catherine et de musique classique.

Elle observe ses gestes. Il est rasé de près, ses cheveux et ses ongles sont soignés. Il prend une intonation grave pour imiter Gabin qui s'adresse à Arletty. Elle a un peu chaud tout à coup.

Il lui raconte avec aisance son métier d'avocat, le dossier dont il s'occupe. Il est chargé par son patron de défendre une femme accusée d'avoir empoisonné son mari avec de faibles doses d'arsenic diluées quotidiennement dans son potage du soir. Georges et Rissia n'apprécieront pas, elle balaye très vite cette pensée. Et sa Babouchka, qu'en penserait-elle ?

Il poursuit sur les droits de l'homme. Elle est subjuguée par ses idées assurées, son éloquence. Il l'enveloppe de pirouettes verbales. Elle est séduite par la musique de ses mots. Des sensations indéfinissables l'envahissent.

Elle ne veut plus perdre ses journées à la bibliothèque ou à marcher dans la ville. Elle ne veut plus entendre les doléances de sa mère. Elle veut un homme à son bras comme ses sœurs. Il représente sa porte de sortie. Elle pense à Myriam, morte à quatorze ans. Elle ressent un immense élan, la chance d'être vivante.

Aujourd'hui, elle veut être protégée. Il parle uniquement le français et pas un embrouillamini de langues. Il a l'air de savoir ce qu'il veut, c'est rassurant. Surtout, il n'est pas juif.

Dans une bulle au milieu du léger brouhaha des conversations aux tables voisines, ses yeux s'égarent sur ses mains. Elle n'a rien dit d'elle et il ne lui a posé aucune question. Ce n'est pas grave, ce sera pour la prochaine fois. De toute façon, que raconterait-elle ? Qu'elle a joué du piano et qu'elle n'en joue plus ? En quoi pourrait-elle intéresser un homme de cette envergure ? Elle en oublie de boire sa bière.

Seule la largeur de la table les sépare. Il sort un paquet de Kent de sa poche, lui en propose une, elle accepte. En approchant son briquet pour allumer sa cigarette, il effleure sa main. Une décharge parcourt ses doigts, son bras, sa nuque, son dos, jusqu'au creux de ses reins. Il se penche. Va-t-il essayer de l'embrasser ?

Un bar d'hôtel l'après-midi. Un homme en blouson de daim au milieu des consommateurs anonymes. Qui est-il vraiment ? Quel est son secret, sa blessure ? Peut-elle se fier aux apparences ? Une jambe qui se balance, une impatience quand il cherche une autre cigarette. Certes, du haut du piédestal qu'il semble s'être érigé, il aime être écouté. Elle arrête de réfléchir, elle a envie de savourer le moment.

Quelques dernières jolies phrases et il demande l'addition. D'après la mine réjouie du serveur, il lui octroie un bon pourboire. Il est l'heure de rentrer, elle se lève. Il l'aide à enfiler son trench. Il prend le temps de lui recouvrir les épaules. Subtilement.

Il la raccompagne au tramway, l'abrite de la pluie fine sous un livre sorti de son blouson. Ils rient, se serrent pour se protéger du crachin.

— Je serais heureux de vous revoir. Me l'autorisez-vous ?

Il a emballé sa question dans un sourire. Elle a répondu oui. Un oui plus affirmé que le premier, deux heures auparavant.

Le numéro de téléphone des Schamisso en poche, il disparaît au coin de la rue.

71

Onze heures du matin. Une lumière orangée effleure les façades de la place du Jeu de Balle. S'échappant des bistrots et des échoppes, des effluves de caricoles, de frites, de choucroute et de soupe à l'oignon. J'entends au loin un orgue de Barbarie.

Mon regard survole le bric-à-brac hétéroclite exposé sur les pavés du marché aux Puces, à la recherche d'une atmosphère plus que d'une bonne affaire.

Assise dans un fauteuil de camping, casquette de travers, chemise de bûcheron à carreaux violets et noirs, pantalon de ski, bottes courtes en caoutchouc, cigarette à moitié consumée au coin de la bouche, une marchande apostrophe les passants.

Pourtant, pas grand-chose à vendre. Du brol. Dans une caisse à légumes, quelques bouquins poussiéreux.

Enfant, j'ai dévoré des milliers de livres. Un par jour depuis que je déchiffre les mots. Ils m'ont tenu lieu de famille. J'y ai trouvé la constance, l'évasion, un formidable antidépresseur.

Petite, je montais dans le noir, je me couchais dans mon lit et, sans baiser du soir, sans histoire lue par mes parents, je me réfugiais dans un livre. J'imaginais toujours qu'il viendrait me dire bonsoir. Je me souviens d'une nuit où il m'a sauvée d'un mauvais rêve et puis plus rien, il s'est désintéressé de moi. Peut-être qu'une petite fille ne devait pas faire de cauchemar. Après avoir réclamé un enfant, je ne correspondais pas à l'image qu'il s'en était fait. Je ne complétais pas le tableau de manière harmonieuse. Une tache dans le décor. Trop ronde. Pas assez docile. Pas « aimable ». Il s'est éloigné parce qu'il n'est pas parvenu à me façonner. La voix rocailleuse de la marchande me ramène place du Jeu de Balle.

— Approchez, n'ayez pas peur, c'est ici que ça se passe.

Je m'agenouille près de la caisse pour regarder ce qu'elle contient. *Les Malheurs de Sophie* ! Je tiens délicatement l'objet entre mes mains. Quelques grains de poussière s'envolent et restent en suspension. La première édition de 1958. Papier crème jauni. Sous le titre, une gravure en noir et blanc représente un visage de fillette.

— Combien ?

— Trente-sept euros.

Je suis passée au distributeur tout à l'heure. Vide.

— Tu te décides, y a des amateurs !

— …

— T'as qu'à prendre *Martine à la plage*, c'est en solde.

Sophie m'a montré la voie. 37 euros pour la retrouver. Contrairement aux autres héroïnes qui commençaient à me lasser, Sophie était joyeuse, intelligente, envieuse, colérique, menteuse et parfois cruelle Elle débordait d'imagination. Ses idées farfelues rendaient mon ennui moins terne et suivre ses aventures m'offrait le souffle nécessaire pour survivre.

Je cherche de la monnaie. Deux pièces dans ma poche, encore une au fond de mon sac à dos. Je recompte, il manque trois euros.

— Allez, ma petite dame, je vois que tes yeux brillent. C'est ton jour de chance, il est à toi.

Quinze arrêts de tram. Des images me reviennent. Sophie avait coupé ses sourcils. Elle organisait des thés avec l'eau de la gamelle du chien. Elle avait tué une abeille. À son cou, un ruban noir avec le corps de l'insecte, enfilé par sa mère pour la punir. À six ans, désobéir était son plus grand plaisir.

J'étais moins téméraire, mais je me sentais aussi rebelle. Au fond de ma mémoire, l'amie qui ne déçoit jamais. Fille unique comme moi. Russe comme moi.

Arrivée à la maison, je m'installe dans le canapé avec mon trésor. Une auréole d'humidité tache sa couverture. Une page déchirée, une autre cornée. Combien d'enfants l'ont-ils lu ? Des annotations à l'encre bleue délavée.

Page 12 : *Parle comme une grande personne.*

Page 27 : *Trop souvent punie.*

Page 31 : *Impatiente/Attachante.*

Sophie réintègre mon univers. Chez moi, les livres investissent l'espace. Au pied de mon lit, dans l'escalier, la salle de bains… Ceux que j'ai achetés, ceux qu'on m'a offerts, ceux que j'ai écrits, ceux que je lirai, ma collection de Sempé, tous les Bretécher et les photographes qui m'enchantent. Ils m'entourent, me rassurent. Même quand j'ai déménagé dans une maison beaucoup plus petite, je n'ai pas réussi à m'en séparer.

Celui-ci, je lui dédie une place particulière. Je le pose sur le comptoir, debout contre le vase d'anémones. En face de l'endroit où j'écris. De ce livre est née mon envie de raconter des histoires. Pour rendre un peu de ce que j'ai reçu. Certaines fillettes rêvent de devenir princesses. À huit ans je voulais être Sophie, je voulais être celle qui lui donnait vie. Plus tard je serais la comtesse de Ségur.

72

Chaque fois que le téléphone sonne, Georges ou Rissia décroche. L'appareil est posé sur la commode du salon. Jenny n'a pas d'autre choix que de s'asseoir sur la chaise à côté et d'échanger avec son bel inconnu quelques banalités analysées par ses parents aux aguets.

Tous deux font barrage à la relation. Dès que Jenny veut sortir, sa mère l'envoie chez la couturière porter une robe à retoucher ou chercher une commande chez le traiteur, l'emmène de force chez la chadkhanit qui souhaite leur vanter de toute urgence les mérites d'une nouvelle fournée de prétendants. Et puis, du vendredi quand le soleil se couche au samedi même heure, shabbat. Et shabbat, c'est sacré, on reste tranquillement chez soi. Il ne faudrait pas attirer les foudres du divin.

Ils veulent la garder sous cloche. La dernière sur qui ils peuvent encore focaliser leurs inquiétudes, leurs attentes. Les désirs que son frère et ses sœurs n'ont pas accomplis. Lydia a fugué, Joseph a disparu. Elle a toujours obéi. C'est fini. À son tour de vivre comme elle l'entend.

Malgré la désapprobation familiale, Jenny s'obstine à le fréquenter, s'échappe dès que possible et triche sur ses horaires à la bibliothèque pour le retrouver. Il l'a emmenée écouter un certain Jacques Brel qui se produisait à L'Ancienne Belgique. Georges et Rissia sont contrariés. Elle les a entendus murmurer « ça lui passera ».

Moins ils lui donnent d'autonomie, plus elle s'affranchit. À quoi bon obtenir le droit de vote si elle ne peut pas choisir ses fréquentations ? Ces derniers temps, elle mange à peine, ne touche plus aux boulettes ni aux vatrouchkas. Et cela, Rissia ne peut pas le supporter.

Alors, à contrecœur, ils consentent à rencontrer ce garçon qui a retourné la tête de leur benjamine. Une audition sous toutes réserves. Ce sera sur leur terrain. Ils ont fixé un dimanche pour le convier à déjeuner.

Ils terminent de dresser la table. Georges scrute un verre à la recherche d'une hypothétique trace. Rissia aligne les couverts à trois reprises.

— Est-ce que son père est juif ? Un *mischlinge*, ce serait mieux que rien.

— Non.

— Même pas un demi-Juif. Pas la moindre goutte de sang. Un *goy* !

Ding dong.

Ses parents échangent un regard d'encouragement.

Jenny se fige. Rissia l'accueille. Elle revient avec l'invité et un immense bouquet de glaïeuls dans les bras. Il faudra le répartir dans deux vases.

Jenny ne sait pas si elle doit l'embrasser sur la joue ou lui serrer la main. Elle reste indécise au milieu du salon. Elle voit la scène avec ses yeux à lui. Le manque de lumière et d'espace. La table de la salle à manger presque collée au canapé, les meubles en acajou, les nombreuses photos de Mathilda, Lydia, Valia, Joseph, Claude et Michèle. Sa mère à l'étroit dans son tailleur. Son père en cravate. Cet homme et cette femme endimanchés qui en font trop et pas assez. Et leur accent mi-slave, mi-yiddish, comment pourrait-il le trouver charmant ?

Elle sait qu'il est venu demander sa main et elle espère que cet accueil frisquet ne le découragera pas. Elle l'implore du regard : « Sauve-moi ! » Il lui sourit et elle s'apaise. Un court instant. Les doutes réapparaissent aussitôt.

Ils passent tout de suite à table et bavardent de la météo. Malgré l'énorme enjeu, Georges attend un peu avant de soumettre ce jeune homme en pull décontracté à un interrogatoire embarrassant. Lydia s'est mariée avec un Jacques qu'ils n'ont jamais rencontré. Ils ont appris qu'Adolphe, le mari de Valia, avait déjà une épouse et deux enfants en France. Leur petite dernière, c'est clair, ils vont la protéger. Ce garçon a intérêt à être au-dessus de tout soupçon. Déjà qu'il gagne sa vie en défendant une empoisonneuse ! Pourvu que le rabbin de la synagogue, rue de la Régence, ne l'apprenne pas.

Elle imagine la manière dont ses parents perçoivent son futur fiancé. Un beau parleur sûr de lui, obnubilé par sa carrière et ses aspirations politiques. Après tout ce qu'ils ont vécu, ce devrait être eux, les vedettes. Il ne se soucie guère des réponses aux rares questions qu'il leur pose. Il ne complimente pas Rissia sur sa cuisine. Une erreur difficile à rattraper. Pas le gendre idéal.

Elle aimerait lui tenir la main sous la table. Sa mère ne les a pas placés l'un à côté de l'autre. Elle tente de lui faire comprendre d'un froncement de sourcils qu'il devrait ralentir, parler moins vite, s'intéresser à eux, mais plus moyen de l'arrêter. Pas ouvertement désagréable, il ponctue le repas de pointes de maladresse qui confortent

Georges dans sa position. Elle regrette qu'il ne plaide pas mieux sa cause. Leur cause.

Il s'étonne que l'on serve du vin rouge avec du poisson. Offense suprême, il repousse les cornichons au vinaigre sur le bord de son assiette. Ces deux vieux l'agacent, il n'a pas envie de se préoccuper d'eux.

Arrivent les sujets qui fâchent. Georges, qui lit la presse tous les jours, ne se laissera pas rouler dans la farine. Un petit muscle tressaille sur sa tempe. Entre le marchand de diamants et l'intellectuel socialiste, le courant ne passe pas. Elle soupire. Oui, les rouges ont chassé les blancs. Mais c'était en Russie en 1917.

Rien pour leur plaire. Il utilise des mots incompréhensibles, se gargarise de « nonobstant », « billevesée » et « salmigondis ». Il a un avis tranché sur tout. Derrière les mines polies, les visages expriment la méfiance.

Fidèle à ses habitudes, Rissia a prévu des montagnes de nourriture et le ressert sans cesse, à croire qu'elle essaye de tuer ce prétendant pas casher.

Georges tente de détendre l'atmosphère.

— Isaac reçoit deux très belles cravates en cachemire de sa mère, une bleue et une rouge. Le vendredi suivant, il sait qu'il doit en mettre une pour aller dîner chez elle. Il hésite longtemps et opte finalement pour…

L'invité l'interrompt :

— Je la connais déjà.

Il se lève, demande à Georges s'ils peuvent s'entretenir entre hommes. Les deux femmes débarrassent. Jenny devine les mots qu'ils échangent dans la pièce à côté. Elle entend le ton monter. Ce moment lui rappelle tous ceux où elle captait des bruits. Sous la trappe chez le fermier. Sous le niveau de la mer, des sons étouffés de dortoir en dortoir. Un vertige. Elle s'accroche au bord de la table.

Elle restera prisonnière de cette vie qui s'affadit au fil des changements de continent.

Georges se méfie des bavards, ce ne sera pas facile d'obtenir son assentiment. Ils reviennent dans le salon et elle déchiffre instantanément le masque qu'affiche son père. Un sourire de politesse, les yeux ne brillent pas. Il a dit non.

Le prétendant pas casher enfile son manteau. Dans ces conditions, il ne s'attardera pas plus que nécessaire. Il ne claque pas la porte mais, sans remercier pour le repas, il les salue froidement tous les trois.

Le seul goy de la famille. Qu'importe ! Elle attrape son trench et lui emboîte le pas. Goy ou pas goy, elle l'aime.

73

J'ai affiché sur mon panneau de liège les photos tombées des albums, il y a quelques mois. Toutes, sauf trois. Trois photos en noir et blanc. Trop difficiles à regarder. Je dois pourtant les affronter. Elles m'aideront à définir les chapitres suivants. Chacune raconte une histoire.

Sur la première, mes parents rayonnent au sommet des marches de la maison communale le jour de leur mariage.

La deuxième les révèle sensuellement alanguis dans deux transats. On ressent presque la chaleur autour d'eux. Au verso, une annotation manuscrite : « Campo del Mar, août 1955. »

Sur la troisième, ma mère et moi posons dans le studio d'un photographe professionnel. Moment rare, unique photo. Elle me brûle les doigts. Assise sur une chaise à côté d'elle, je dois avoir trois ou quatre ans. La coupe courte ne m'avantage pas. Me revient soudain que je rêvais de porter les cheveux longs comme ma mère que je trouvais si belle. Elle me l'a interdit jusqu'à douze ans.

Elle se tient droite. Tailleur impeccable. Maquillage et coiffure soignés. Ses yeux fixent l'objectif. Elle ne semble pas heureuse. Mon sourire, mes yeux, mon corps de profil tournés vers elle, tout crie « regarde-moi ». Pourquoi cette photo ? Pour plaire à qui ? Pour donner l'illusion de quoi ? Raconter quel mensonge ?

Cette distance, mon corps en a gardé la mémoire. La double peine : l'avoir vécue petite fille et la trimballer encore aujourd'hui.

Je ne possède aucune image qui attesterait le contraire. Je veux trouver les mots justes pour nommer ce que ce cliché a réussi à capturer. Comment me débarrasser de ce sentiment d'abandon qui m'empêche parfois de nouer des liens plus paisibles avec mes enfants et de vivre des relations amoureuses qui ne soient pas trop avides de combler le manque originel ?

L'écriture, c'est ma maison, mon cocon, mon refuge. Je me sens à l'abri dans le monde que je crée. Aucun interstice qui permettrait à la peur de se faufiler. D'habitude, quand j'écris, il ne peut rien m'arriver. Cette fois, tout peut m'arriver.

74

Quelle idée de s'être lancée dans cette expédition par cette chaleur !

Pour la robe de mariée de sa benjamine, Rissia a choisi la maison de couture Hirsh. Créée en 1869 et dirigée par la même famille depuis plusieurs générations, le meilleur gage de confiance à ses yeux. Elle murmure entre ses dents :

— Le marié sera goy mais la robe sera juive.

Jenny avance tant bien que mal sur les pavés de l'élégante rue Neuve, sa mère de cinquante-huit ans, quinze kilos de trop, accrochée à son bras.

Mère et fille parviennent à destination. La migration de la noblesse vers le quartier Léopold a laissé les vastes hôtels de maître à la disposition des nouveaux grands magasins. Les lignes sobres de la façade contrastent avec la double entrée. Les cours intérieures des deux bâtiments sont recouvertes par des verrières.

Il y a une semaine, elles sont venues pour choisir *la* robe. On leur a fait visiter les lieux de la cave au grenier.

Sept jours sur sept, du matin à la tombée de la nuit, la ruche bourdonne. Elles ont découvert au rez-de-chaussée et au premier étage le large choix de robes, manteaux, tailleurs et blouses. Le deuxième est consacré au linge de maison, dentelles, colifichets, lingerie et fourrures. Les apprenties sont logées sous les combles.

Toutes les créations sont exclusives et sur mesure. Critère de qualité, les finitions sont réalisées à la main dans les ateliers. Jenny avait le tournis. Empire, fourreau, sirène, trompette, trapézoïdale. En mousseline, satin, crêpe ou chiffon. Autant de possibilités de cols. Et même un décolleté appelé « Illusion », à la fois masqué et mis en valeur par un léger tulle.

« Blanche, ivoire, champagne ou beige, votre robe de mariée est le vêtement le plus important que vous porterez dans votre vie », avait affirmé Suzanne, la première vendeuse. « Vous devez savoir ce que vous souhaitez que la robe exprime de vous. »

Ce que Jenny veut, c'est qu'elle soit parfaite.

Aujourd'hui, c'est l'ultime essayage. On les installe dans un salon spécialement dédié à cette occasion, à l'abri des regards des autres clientes. Jenny a apporté ses chaussures compensées. Tous les soirs pendant dix minutes, elle marche dans l'appartement pour les assouplir.

Suspendu à un cintre en velours, recouvert de papier de soie, son vêtement pend à l'entrée de l'espace d'essayage. Son fiancé, d'habitude si prolixe, a gardé le mystère sur le choix de son costume.

Suzanne l'aide à monter sur une estrade placée au milieu de la pièce. Elle lui a déconseillé une traîne, peu flatteuse pour son mètre cinquante-quatre.

Serrée dans son tailleur chiffonné, ses pieds déformés débordant de ses chaussures, Rissia souffle dans le fauteuil trop étroit pour son popotin. Immobile, Jenny se sent plus vulnérable que devant les spectateurs lors de ses concerts.

Elle cherche son approbation, mais les regards ne sont pas au rendez-vous. Rissia scrute la robe de sa fille plutôt que ses yeux.

Un mètre ruban autour du cou, une pelote d'épingles portée au poignet, la couturière apparaît.

— Je reprends vos mesures, vous avez maigri.

— Elle ne mange rien, commente Rissia. Un vrai moineau !

— Je marquerai les pinces afin de structurer et d'ajuster la robe en lui donnant davantage de profondeur et de tenue. Levez le bras s'il vous plaît, mademoiselle.

La statue de la Liberté sur son socle. En moins victorieuse.

— Tournez-vous ! Je vais dégarnir les angles afin d'éviter des épaisseurs inutiles et cranter les emmanchures pour obtenir un tombé parfait.

Tout en traçant une croix à l'envers du tissu avec sa craie, la couturière chuchote :

— Vous connaissez la tradition ? *Something old, something new, something borrowed and something blue.*

— Je ne connais pas, mais c'est joli.

— Quatre porte-bonheur. L'objet ancien symbolise le passé. On choisit souvent un bijou de famille. Une bague, un collier, un bracelet.

Elle optera pour la broche que Mathilda lui a donnée avant son départ de New York. Elle regrette son absence à un moment aussi important pour elle. Particulièrement ces jours-ci. Mathilda l'aurait soutenue, se serait réjouie de la voir amoureuse.

— L'objet neuf représente l'avenir, vos nouvelles chaussures, par exemple. L'élément emprunté à une amie épanouie en couple évoque la chance et le bonheur.

À quelle amie pourrait-elle emprunter quelque chose ?

— Le bleu suggère la pureté des sentiments par une touche discrète, une broderie sur le revers de la robe ou un mouchoir. Regardez-vous.

Elle se découvre dans le miroir. Devant son reflet, elle oublie tout le reste.

Sa robe de princesse, couleur meringue, est magnifique. Caractérisée par un haut ajusté qui s'évase ensuite à partir de la taille en une jupe large et volumineuse, sur un jupon en organza.

Elle a opté pour des manches courtes. Le décolleté épouse sa poitrine et lui donne une jolie forme en cœur. Elle enfile les longs gants.

Sa mère renifle.

— Pourquoi tu pleures ? Tu n'aimes pas ma robe ?

— Je pleure parce que ma fille ne se marie pas avec un gentil garçon juif.

La couturière s'éclipse. Depuis le temps qu'elle travaille là, elle doit avoir entendu bien des conversations.

— Ce qui compte, c'est qu'il me plaise.

— Papa et moi sommes très inquiets. Tu es certaine de ton choix ? Tu peux encore changer d'avis.

Jenny respire profondément.

— Assez ! Je suis heureuse, Mama.

Rissia s'apprête à répliquer, mais cette fois Jenny la coupe. La colère tapie en elle depuis si longtemps déborde.

— Tu désapprouves mais c'est comme ça. Pour moi, Juif, cela signifie la terreur, l'horreur, le malheur. J'ai déjà quitté un pays à cause de toi, ma carrière de l'autre côté de l'Atlantique à cause de toi. Je ne suis plus le paquet que vous déplacez à votre guise. Je n'irai pas en Israël, je n'irai pas à New York, je n'irai plus où tu veux. Mon mari deviendra mon continent.

La première vendeuse réapparaît. Concentrée, elle porte sur ses bras largement écartés le voile en dentelle de Bruges, retenu par une couronne de fleurs. Elle le pose, sur les cheveux courts et bouclés de Jenny. Mi-long, il allonge sa silhouette et met ses épaules en valeur. Elle murmure sur le ton de la confidence :

— Le voile de la mariée symbolise la pureté. Il proviendrait d'une ancienne tradition qui consistait à kidnapper sa promise en lui jetant un drap sur la tête afin de la retenir prisonnière jusqu'aux noces.

Jenny sourit. Elle n'a aucune envie de fuir.

Rissia s'en mêle.

— Porter un voile lors de son mariage éloigne les mauvais esprits. Chez nous…

Jenny ne les écoute plus. Elle pense à son futur mari. Impossible de solliciter son avis, lui dévoiler sa tenue leur porterait malchance. Le tissu fin et aéré permet d'entrevoir son visage et elle aime l'idée qu'il soit autorisé à l'embrasser lorsqu'il le soulèvera. Après avoir été déclarés « mari et femme ».

— Pouvez-vous nous laisser s'il vous plaît, mademoiselle ? demande Rissia.

— Si vous avez besoin de moi, je reste à proximité, murmure Susanne.

La première vendeuse s'éloigne.

— Il faut que je te parle de quelque chose d'important.

— Maintenant ?

— Tes sœurs ne sont pas là pour t'expliquer. Descends de ton perchoir.

Jenny s'assied délicatement au bord du deuxième fauteuil. Rissia se ressaisit.

— Je suis ta mère. C'est mon rôle de te transmettre certaines recommandations. Certes, la robe compte, le reste aussi.

— Quel reste ?

— La vie de couple, l'intimité… Enfin, tu vois. L'endroit peut te sembler mal choisi, mais cette conversation devait avoir lieu loin de ton père

Rissia sort de son sac le magazine *Housekeeping Monthly*. Elle paraît soulagée de pouvoir s'appuyer sur un écrit officiel.

— L'article vient d'être publié : *The Good Wife's Guide*… Le Guide de la bonne épouse.

— Inutile de traduire, je comprends l'anglais.

— Moi pas, heureusement j'ai trouvé une traduction. Une liste de conseils à suivre pour devenir une femme accomplie.

Elle pose ses lunettes en écaille au bout de son nez et elle se lance comme si elle se jetait du grand plongeoir des Bains de Bruxelles.

— Il y en a vingt et un. Je ne vais pas tous te les lire, seulement les plus importants. « Conseil numéro 15… Quand votre époux arrive de son travail, tapotez les coussins de son fauteuil et enlevez ses chaussures. Parlez-lui toujours d'une voix douce et basse… »

— Mama, c'est ridicule !

— Chut ! Écoute ta mère… « Assurez-vous que le dîner soit prêt avant son arrivée. La plupart des hommes ont faim lorsqu'ils rentrent à la maison et la perspective d'un savoureux repas, particulièrement leur plat favori, contribue à l'indispensable chaleur d'un accueil. Si votre mari se propose de vous aider à débarrasser la vaisselle, déclinez son offre car il risquerait de se sentir obligé de la répéter par la suite et, après une longue journée de labeur, il n'a nul besoin de tâche supplémentaire. »

Rissia marque une pause.

— « Bien que l'hygiène soit d'une grande importance, votre mari fatigué ne saurait patienter devant la salle de bains, comme il aurait à le faire pour prendre son train. Cependant, assurez-vous d'être à votre meilleur avantage au moment de vous coucher. Une apparence avenante sans être aguicheuse. Attendez son sommeil pour appliquer de la crème sur votre visage ou mettre des bigoudis, car cela pourrait le choquer de s'endormir sur un tel spectacle. »

Rissia s'évente avec le magazine.

— Nous y voilà… « Si votre mari estime nécessaire de dormir immédiatement, qu'il en soit ainsi. En toute chose, soyez guidée par ses désirs et n'exercez en aucune façon pression sur lui pour provoquer ou stimuler une relation intime. »

Elle parle doucement :

— « Si votre mari suggère l'accouplement, acceptez avec humilité, tout en gardant à l'esprit que le plaisir d'un homme est plus important que celui d'une femme. Lorsqu'il atteint l'orgasme, un petit gémissement de votre part l'encouragera et sera tout à fait suffisant pour indiquer toute forme de plaisir que vous ayez pu ressentir. »

— Je ne t'écoute plus.

— Laisse-moi finir.

Avant de poursuivre, Rissia s'assure qu'aucune oreille indiscrète ne traîne.

— « Si votre mari suggère une quelconque pratique moins courante, montrez-vous obéissante et résignée, mais marquez votre éventuel manque d'enthousiasme en gardant le silence. Il est probable qu'il s'endormira rapidement. »

Sa mère soupire, certainement soulagée de parvenir au terme de sa mission.

— « Vous pouvez alors remonter le réveil afin d'être debout peu de temps avant lui. Cela vous permettra de tenir sa tasse de thé à sa disposition lorsqu'il se lève. »

— Tu as terminé ?

— Je te laisse le magazine pour que tu lises les conseils préliminaires, je veux dire, précédents.

Rissia rougit, de son cou à la racine du front, et tente de revenir à un sujet moins périlleux.

— Je te donnerai la recette du bortsch et des piroshkis.

Jenny se demande si ses sœurs ont entendu le même discours. Si Valia pousse le gémissement adéquat quand Adolphe ressent du plaisir et garde le silence lorsqu'il suggère une pratique moins courante. Et sa mère ? Non. Impossible d'imaginer ses parents dans un lit. Pourtant, ils ont quatre enfants. Il a bien fallu les concevoir.

— Tu devrais savoir que je n'aime pas m'enfermer dans une cuisine.

— Tu es arrivée si longtemps après les autres. Une surprise ! Ma petite dernière… Nos débuts n'ont pas été simples. J'ai appris à t'accueillir. C'est le seul mariage d'un de mes enfants auquel j'assisterai.

Sa main s'avance vers le visage de sa fille pour caresser ses cheveux. Jenny interrompt son mouvement. La main retombe dans le vide.

Au rez-de-chaussée, monsieur Hirsh en personne vérifie que l'essayage s'est déroulé au mieux.

— Veuillez adresser la facture à Georges Schamisso, 37 rue Bosquet à Saint-Gilles. Mon mari passera vous régler.

Son Papochka a économisé pour lui offrir sa belle robe. Elle n'est pas complètement bannie.

75

« Lâche un peu tes ancêtres, on ne se voit plus. Je t'invite à dîner chez Sandro. »

C'était mon prof de théâtre, c'est devenu mon meilleur ami.

On a pris le temps de s'apprivoiser. On partage l'amour de la Bretagne. On rit aux larmes quand on ne parvient pas à enfiler une couette dans sa housse. On chante *Les Lacs du Connemara* à tue-tête. On déclame des vers d'Éluard sur les sentiers de douaniers de la côte de granit rose.

Dans chacun de mes romans, je glisse l'une ou l'autre de ses phrases. Il écrit si bien. Au milieu de mes pages, ses mots me portent bonheur. Il m'entraîne à ne pas me laisser submerger par les questions des journalistes. Il démêle puis éclaircit avec esprit et finesse mes imbroglios sentimentaux. Il relit tous mes textes. Je lui fais répéter les siens. Je chasse ses doutes. Je parcours des kilomètres pour le voir jouer aux quatre coins de la Belgique. Dans des grandes et des toutes petites salles. Connivence intime et vacances communes. Un seul mot surgit et nous rappelle une situation vécue. Nos échanges ressemblent à des répliques de théâtre, nous avons développé un langage codé. Fous rires et nostalgie se mélangent. Ses retards à nos rendez-vous me rendent folle. Je ne crois pas une seconde à ses excuses bidon mais je lui pardonne. Quand la faim me tenaille, il sait que je suis capable de tout et pas toujours du meilleur. Il connaît mes fragilités, mes failles. C'est drôlement reposant de pouvoir être moi-même.

Deux jours plus tard, nous entrons dans notre cantine préférée. Quelques tables sont dressées. Sandro, le patron, nous accueille avec sa générosité du Sud. Dehors il bruine et ce petit coin de Sicile à Bruxelles nous fait toujours du bien. Des photos en noir et blanc de Palerme ornent les murs. Cet endroit n'a pas d'âge. On a l'impression que nos grands-parents auraient pu s'y attabler. Accrochées aux poutres, des gousses d'ail en tresse en sont la preuve.

— Tu te rappelles, c'est ici qu'on est venus après la première d'*Antigone* ?

— J'avais réservé pour huit, on était quinze. La costumière avait amené son copain argentin, il avait osé dire à Sandro que les Argentins cuisinaient mieux les pâtes que les Siciliens.

— Sorentinos versus raviolis.

— Ils en sont venus aux mains et c'est toi qui les as séparés.

Pas besoin de commander, Sandro connaît nos préférences. Il dépose sur la nappe rouge de généreuses assiettes de Pasta alla Norma. Les maccheroni creux accueillent parfaitement sa sacro-sainte sauce tomate aubergine avec beaucoup d'ail. Il râpe de la ricotta et cisèle devant nous quelques feuilles de basilic parfumées.

— *Buon appetito !*

— *Grazzie*, Sandro !

Pendant quelques minutes nous ne parlons plus.

Je bois une gorgée de vin.

— Tu as des cernes.

— Ma vie est drôlement chahutée en ce moment.

— Tu en es où de ton enquête marathon ?

— En terrain sensible. Je traverse des zones de turbulences.

— Tu n'as pas de frère et sœur à qui demander des indices. Personne pour évoquer de jolis souvenirs qui t'échappent ou dire « c'est vrai et pire encore ».

— Si l'on avait été deux, le silence n'aurait pas pris toute la place. On aurait terrassé le chagrin et l'indifférence. Je ne peux pas m'empêcher de penser que cela aurait tout changé.

— Je n'imagine pas mon enfance sans mes deux sœurs. Et ma mère qui veille toujours sur tout le monde d'une manière excessive. On ne se connaissait pas encore quand tes enfants étaient petits, tu étais une maman attentive, peureuse, encombrante ? Tu as un mot pour te définir ?

— J'en ai trois. Présente, rassurante, inquiète. Et fantaisiste. Quatre.

— Tu faisais le clown toute la journée ?

— Non, les clowns ne m'ont jamais fait rire. Ma fantaisie se manifestait dans la vie de tous les jours.

— Raconte.

— La sauterelle avait neuf ans, le ouistiti, cinq. Tu les connais, imagine-les en miniature. À 10 heures du soir, en pleine semaine, je les réveille et je les embarque en pyjamas, bonnets, écharpes et pantoufles. Par le toit transparent de la voiture, les étoiles nous suivent. La ville défile, malgré les phares de voiture et les enseignes lumineuses, le cocon est rassurant et les deux enfants sont serrés l'un contre l'autre à l'arrière. Je souris en voyant leur visage éclatant de bonheur dans le rétroviseur. Ils savent où on va. Nous chantons à tue-tête une chanson de Bourvil. *Ta mère t'a donné comme prénom, Salade de fruits, oh quel joli nom...* Je tourne deux fois autour de chaque rond-point. Les gens regardent la télévision, leurs chérubins sagement endormis dans leur lit. Nous, nous arrivons devant chez Zizi, les enfants gloussent. Ce nom les a toujours fait rire.

— Le meilleur glacier de la ville !

Ce soir-là, la sauce chocolat dégoulinait sur les pyjamas. Il y a des nuits où rien n'est grave. J'avais une grosse bouffée de tendresse pour mes deux lutins. Ces sorties nocturnes improvisées rendaient mes heures plus belles et la vie plus drôle.

— Comme la fois où tu as soudoyé le forain pour qu'il lance la grande roue de la foire du Midi avant l'heure d'ouverture. Vous étiez seuls au monde pendant dix minutes, ils en parlent encore aujourd'hui.

— Notre quotidien était enchanté par des contes de fées et des cabanes dans les arbres. Des bleus, des bosses et des pansements Mickey. Des concours de grimaces, des refrains, des lapins qui ne sortent pas du chapeau du magicien. Notre vie de tous les jours était ponctuée de Marshmallows, de bulles de savon, d'ombres chinoises qui racontent des histoires d'oiseaux et de canards sur le mur de la chambre. Nous collectionnions les premières fois, les coups de soleil, et les baisers dans le cou.

— Une maman fantasque un soir, c'est une maman qui reste gravée pour la vie. Ça doit t'inspirer pour écrire *Mamicrapouille*, elle te ressemble, cette grand-mère déjantée.

— Moi, je ne suis pas perchée dans un arbre en peignoir à fleurs et pantoufles licorne.

— Tu prends un limoncello ?

— Tu sais bien que je ne bois jamais de digestif.

— C'est un délice absolu. Le secret de la maison, c'est la gousse de vanille et les citrons verts rapportés de Syracuse.

— C'est bon, tu as gagné, juste une gorgée pour être saisie par le goût acide. Je pars tout de suite en voyage dans les vergers de Sicile.

— Tu vois le merveilleux partout.

J'aime le silence du resto quand il se vide et que le patron essuie les verres derrière le comptoir. Une musique l'accompagne, je reconnais de loin la voix d'Adamo, elle parle de neige et d'oiseau sur la branche. C'est nostalgique, ça nous ressemble et c'est dans cette ambiance apaisante qu'il dit :

— Tu es passée de petite fille invisible à maman rigolote. D'où te vient cette lumière ?

— Tu attends une réponse de romancière, peut-être ?

Il me repose la question.

— Où puises-tu toute cette lumière ? On t'en a si peu donné !

— C'est un des mystères de mon existence. J'ai toujours été comme ça. J'ai retrouvé mes bulletins de maternelle, « Karine n'écoute pas son institutrice, elle préfère raconter des histoires pour amuser ses camarades. » Ma mère n'a pas réussi à éteindre ma joie intérieure.

— Comment ça se passe avec Viviane ? Elle aurait pu ne pas te plaire, cette cousine qui atterrit dans ta vie.

— C'est tout sauf une cousine éphémère. Nous avons un code. L'une de nous deux envoie *blabla* et la conversation commence. Nous ravivons les souvenirs de la folie de nos retrouvailles à Ronce-les-Bains. Qu'importent le décalage horaire, les milliers de kilomètres. Nos messages se croisent, parfois écrits à la même minute. Rendez-vous est déjà pris, nous nous retrouverons en Corse l'été prochain. Ce n'est pas seulement le sang qui nous lie, ce sont nos multiples affinités.

— À la santé de Viviane !

— À la santé des belles rencontres !

Le patron apporte l'addition.

— *Amiggi*, je me demande toujours si vous êtes des amoureux, je sais bien que non mais quand même, ça y ressemble beaucoup.

Nous sourions de son franc-parler et nous repartons sous la bruine sans parapluie.

76

Son fiancé a décidé que leurs noces ne se dérouleraient pas en catimini, mais en grande pompe.

Midi. Écharpe tricolore en travers du ventre, le bourgmestre entre dans la salle des mariages d'un pas décidé, suivi de l'officier d'état civil, ses registres sous le bras. Les invités se lèvent. À travers les hautes fenêtres de la maison communale, la lumière éclaire l'assistance. Debout à l'avant, entourés de leurs parents, les fiancés patientent.

Rissia et Flore, les deux mères, portent des tailleurs en taffetas et des chapeaux à plumes. Même si leurs tenues se ressemblent, la juive et la catholique ne se fréquentent pas et s'observent tels deux oiseaux d'espèces différentes. Jenny découvre sa belle-mère ce jour-là.

Personne n'est venu d'Amérique. Valia s'occupe de ses deux jeunes enfants. Lydia est accaparée par des cours de chant. Aucune adresse pour envoyer l'invitation à Joseph.

Mathilda lui manque. Elle l'imagine à côté de Georges sur l'un des sièges réservés à la famille. Jenny effleure la broche. Son regard croise celui de Jacqueline, sa collègue de la bibliothèque. Le cousin de Georges, quelques collègues diamantaires sont présents. Le reste de l'assemblée est constitué d'avocats et d'hommes politiques en devenir. Une vitrine mondaine pour l'avenir professionnel de son futur conjoint.

— Voulez-vous prendre pour époux… ?

Elle dit oui d'une voix soulagée.

— Voulez-vous prendre pour épouse… ?

Il répond oui, d'un ton assuré.

— En vertu des pouvoirs qui me sont conférés, je vous déclare mari et femme. Vous pouvez embrasser la mariée.

Il soulève son voile en fine dentelle de Bruges.

Un instant, seuls au monde.

Sa mère tapote ses yeux. Larmes de bonheur ou de déception, Jenny préfère ne pas savoir.

Ni église ni synagogue. Tous deux ont choisi d'exclure la religion de leur vie. Et pourtant, Jenny regrette presque les rituels du mariage juif. Elle aurait aimé octroyer une dimension spirituelle au destin de leur couple, que son mari brise un verre de cristal avec le talon, qu'ils soient portés sur des chaises en essayant de se rapprocher l'un de l'autre. L'exubérance de leur communauté manque forcément à ses parents.

Elle signe le grand registre. La voici débarrassée de Germaine, son horrible prénom, et de l'encombrant Schamisso. D'un pas élégant de danseuse, elle descend les marches de la maison communale au bras de son mari. Il porte un costume sombre, une cravate crème, une fleur de son bouquet de dahlias à la boutonnière. Il tient ses gants et le livret de famille en cuir.

On les applaudit. On jette du riz. À nouveau, un public l'ovationne. C'est le retour des projecteurs pointés sur elle. Le photographe capture l'instant. Cette photo, elle l'enverra en Amérique.

Décorée de rubans blancs, une Simca Aronde les attend. Il lui ouvre la portière, elle s'assied de manière à ne pas froisser sa robe. La présence du chauffeur ne favorise pas les confidences. Ils restent silencieux.

Les rues d'Uccle et d'Ixelles défilent. L'avenue De Fré avec ses prairies et ses moutons, le bois de la Cambre, son île au milieu et ses barques. Elle a besoin d'air, elle baisse la vitre jusqu'à leur arrivée au château Sainte-Anne.

Ce soir, après la réception offerte par le patron de son mari qui soutient les jeunes couples prometteurs, ils seront enfin seuls. À cause de Rissia, elle appréhende la nuit de noces. Elle pense au conseil numéro 19. « Si votre mari suggère l'accouplement, acceptez avec humilité, tout en gardant à l'esprit que le plaisir de l'homme est plus important que celui d'une femme. » Elle enlève ses gants pour regarder l'alliance en minuscules brillants qui orne son annulaire gauche. Sa main à lui englobe la sienne. La recouvre et la contient. La main de Jenny se crispe, ne se donne pas tout à fait.

La voiture ralentit. Ils sont arrivés. Elle lui tend le livret de famille qui avait glissé entre eux. Il l'ouvre à la page réservée à la descendance. De son index, il pointe les cases vides où inscrire les prénoms de plusieurs enfants.

77

Un rayon de soleil oblique et chaud se pose sur sa joue.

Jenny ramasse une poignée de sable, le laisse filer entre ses doigts puis ferme la main pour le retenir. Retenir ce moment, cet homme.

Allongés côte à côte dans des transats en toile bayadère, surmontés d'un petit toit inclinable, ils forment un couple dans le vent avec leurs lunettes fumées et, pour elle, un maillot bustier bicolore et un chapeau de paille indispensable afin de préserver son teint. Ses sandales compensées en corde et son panier, sagement déposés au pied de la chaise longue.

Son mari demande à une jeune fille qui sort d'une des cabines alignées le long de la plage de les prendre en photo. Il reste un dernier cliché sur la pellicule. Pourvu qu'il soit réussi.

Seul nuage dans ce ciel radieux : Jenny ne sait pas nager. Il propose de lui apprendre, elle refuse. Depuis la traversée de Marseille à New York sur le *Serpa Pinto*, elle panique à la simple idée de s'approcher du bord. Elle préfère le regarder fendre la mer turquoise étincelante dans un crawl impeccable et s'ébrouer quand il émerge. Qu'il est beau son mari. Bien proportionné, les épaules joliment dessinées, sa peau boit le soleil. Elle a enfin trouvé sa nouvelle raison de vivre.

Ils ont atterri aux Baléares il y a une semaine. Elle n'avait jamais pris l'avion, elle a trouvé ça très excitant. Playa de Campo de Mar est l'une des stations balnéaires les plus luxueuses de Majorque. Parfaite pour leur voyage de noces. L'hôtel se niche dans une baie abritée, entourée de hautes falaises, tout près d'une plage de sable fin. Chaque soir ils se rendent au restaurant situé non loin du rivage, sur un îlot relié à la terre par une passerelle en bois. Ils y sirotent des cocktails et dînent aux chandelles. Ils dégustent des tapas, du poisson grillé ou une paella royale accompagnée d'un vin fruité qui leur monte à la tête. Il chasse les moustiques avec un éventail.

Il a loué une voiture décapotable et il l'invite à sillonner l'île. Son bouquin à la main, il joue le guide et commente chaque étape.

Il n'est pas doué pour les langues et elle rit quand il fait semblant de parler espagnol.

Leurs corps se frôlent toute la journée.

Ils s'éloignent de l'hôtel pour retarder le moment d'y retourner. La faim l'un de l'autre les ramène dans leur chambre. À l'abri des regards, dans la nuit éclaboussée d'étoiles, fenêtres grandes ouvertes, ils libèrent une tension emmagasinée depuis l'aurore. Leurs corps se cherchent, se trouvent, se reconnaissent. Elle constate que sa bouche à lui est aussi habile avec les baisers qu'avec les mots. S'embrasser, embraser le ciel et les peaux. Devenir de la pâte à modeler entre ses mains. Qu'elle le soit toujours et que personne jamais ne vienne troubler cette harmonie.

Insouciance. Ivresse. Mélange de fébrilité et de vibrations. Une suite de sensations inconnues. Elle réapprend à vivre. Elle respire à nouveau. Ils s'endorment à l'aube au plus près l'un de l'autre.

Bien qu'elle meure d'envie que le monde entier sache ses nuits sans dormir, elle se maquille soigneusement pour que les ombres sous ses yeux ne révèlent rien. Cela leur appartient.

Elle aime le goût du sel sur sa peau. La fraîcheur des draps. La caresse de la brise. La chaleur enveloppante. Manger avec les doigts. Le ruissellement de l'eau douce de la douche. Des émotions soudaines devant un geste, un regard, un souffle.

Quand il s'absente quelques minutes pour commander un cocktail ou plonger dans l'eau, son cœur s'emballe. Elle ressent des picotements au bout des doigts, l'urgence de se lever et de le ramener à elle.

Elle est faite pour l'aimer. Nul besoin de s'exercer pendant des heures pour jouer une sonate, un concerto, une symphonie. Le plaisir est plus immédiat, plus fort encore que celui ressenti sur la scène de Carnegie Hall.

Elle découvre de nouvelles facettes d'elle-même. Accumulée depuis des années, une surabondance de vitalité explose. Il est séduisant. D'autres femmes le regardent, il lui appartient.

Le soleil vire au rouge. Ils sont les derniers sur la plage. Elle ferme les yeux pour le bonheur de les rouvrir et que rien n'ait changé. Quelque chose d'impudique monte en elle. Elle prie pour que leur vie soit à la mesure de cet instant.

78

Je suis sur le parking d'une grande surface. La chanson crachée par les haut-parleurs m'agresse. On est la troisième semaine de novembre, mais Noël et son tintamarre s'imposent déjà partout. Je n'entrerai pas. À l'intérieur, je sais que les caissières portent des bonnets rouges clignotant. Des clients surexcités poussent des caddies remplis à ras bord. Un Père Noël à lunettes avec une fausse bedaine de travers distribue des bonbons et des mots sucrés. La pieuvre s'installe autour de mon ventre, prête à déployer ses tentacules. Qu'on me donne une baguette magique et que je fasse disparaître du calendrier le mois de décembre !

J'ai dix ans… Cette année, le dernier jour de classe tombe le 24 décembre. Mademoiselle Collinet suspend nos dessins et nos listes de cadeaux aux murs.

Sylvie, Brigitte, Liliane et Martine parlent vite et fort.

— Je dépose trois paires de pantoufles au pied de la cheminée.

— J'ai demandé une bicyclette avec un panier à l'avant.

— Mon papa apporte chaque fois un sapin qui touche le plafond. Il tient l'échelle pendant que j'accroche l'étoile tout en haut.

— Maman cuisine pendant une semaine, ça sent bon dans toute la maison.

— J'ai le droit de boire du vin chaud. Les épices me piquent le nez.

— Y aura tous mes cousins.

J'ai envie de leur coller du sparadrap sur la bouche, de les frapper, de partir en courant.

Quelles bêtasses ! Il n'existe pas le Père Noël. À trois ans, mes parents m'ont invitée à m'asseoir dans le canapé. De cette voix grave qu'ils utilisent parfois, ils m'ont dit que je ne devais pas croire à cette ânerie.

Dernière sonnerie avant les vacances. Dans le corridor, en enfilant les manteaux, les élèves crient : « Joyeux Noël ! » Les mots restent coincés dans ma gorge. La pieuvre s'entortille autour de mon cou. Bleue, puis rouge colère. Rouge jalousie. Un tentacule progresse sur mon menton, devant ma bouche. Je l'écarte de mon visage. Sylvie, Brigitte, Liliane et Martine dévalent les escaliers. Je m'arrangerai pour tomber malade le jour de la rentrée. Je ne veux plus entendre leurs récits idylliques.

À la maison, mon repas de Noël m'attend sur la table en formica de la cuisine. Un œuf dur surmonté d'une virgule de mayonnaise et un hareng dans sa barquette en plastique.

Appuyée contre un verre vide, une enveloppe adressée à mon nom. Je reconnais l'écriture de ma mère. Je l'ouvre. Un billet de vingt francs. Je me laisse glisser par terre, le billet à la main. Chaque 24 décembre, je suis déçue. Je ne touche pas au hareng ni à rien. Ils sont déjà dans leur chambre, enfermés à double tour. Leurs rires me parviennent à travers la porte. Quand elle lui parle, on dirait un chat qui miaule. Lui, il ronronne.

Augustine est partie en vacances chez son neveu au Luxembourg. Georges et Rissia, mes grands-parents, ne sont pas conviés à cette non-fête. Les Juifs ne célèbrent pas Noël et mes parents préfèrent toujours le duo. Derrière la porte, ça roucoule.

Cette année, ce n'est pas un Noël enneigé, il ne fait même pas froid dehors. Le froid, il est en moi, implacable. Aucune écharpe ne pourrait me réchauffer. Je rêve d'un feu de bois comme dans un livre que j'ai lu. J'hésite à frapper à leur porte. Mes lèvres tremblent. Dans ce couloir triste, je m'entends dire tout bas, encore plus bas qu'un chuchotement, le mot banni, interdit, qui me blesse, qui devrait être magique et qui ne l'est pas. Le mot auquel personne ne répond : Maman.

J'erre dans l'appartement, je regarde par la fenêtre. Des groupes de gens se hâtent avec des paquets dans les mains. L'immeuble d'en face est éclairé. Au premier étage, des silhouettes habillées de noir et de dentelles blanches s'embrassent. Au deuxième, elles échangent des cadeaux. Au troisième, elles dansent autour d'un sapin géant. Au quatrième, elles mangent des huîtres ou des homards peut-être.

Ici pas d'arbre décoré, pas de lumières ni de baisers aux enfants. L'hiver est entré à l'intérieur de moi. Il n'y a plus d'arbre, plus de ciel. Il fait tout blanc.

J'inspire le froid. J'expire le froid. Mes mains sont congelées. Mon cœur de glace devient de plus en plus fragile, au risque de se briser.

Mes yeux se posent sur mon repas. L'œuf est toujours là, intact. Je rêve qu'il soit chaud, à la coque, le jaune coulant et des mouillettes grillées tout autour, tièdes et rassurantes, j'étalerais du beurre frais qui fondrait sur le pain. Je pose un doigt sur le hareng. Il glisse. J'ai envie de vomir.

Assez ! Moi aussi, je vais fêter Noël. Je vais faire comme racontent mes copines.

Dans une armoire, j'attrape la boîte des haricots secs, j'en verse quelques-uns sur la table. Avec un crayon noir, sur l'un d'eux je dessine deux yeux, un nez et une moustache, ce sera mon papa. Sur un deuxième, je dessine deux yeux, un nez, une robe à pois, ce sera ma maman. Sur un troisième, deux yeux, un nez, une frange, ce sera moi. Sur les suivants, mon frère, ma sœur, mes oncles, mes tantes, mes cousins. Une vraie famille déposée sur la table.

Je saisis un à un les haricots entre mon pouce et mon index et j'attribue une place à chacun. Je me suis installée entre le papa et la maman. La fête peut commencer. Je découpe des ronds dans une feuille de carton pour fabriquer des assiettes et au centre, je place une ou deux miettes de pain. Avec des bouts de serviette en papier, j'emballe des quartiers de pomme, des grains de poivre, des morceaux de noix. Je joue la scène pour moi toute seule.

— Tiens, papa, c'est pour toi.
— Regarde ton cadeau, maman.
— Merci, ma chérie.
— C'est si gai d'être ensemble !
— Qui veut encore de la bûche ?

Je m'échappe de ce souvenir comme j'ai échappé à l'atmosphère oppressante de la grande surface aux caissières en bonnets rouges.

Sur la place, j'entre dans une jolie papeterie. La vendeuse lance à chaque client un « bonnes fêtes » qui me noue le ventre. Qui a décidé que l'on devait associer ces deux mots, telle une évidence, une vérité, un déclencheur de bonne humeur ?

Enfant, mon imagination m'a sauvée. Jeune mère, elle ne m'apportait aucune réponse. En guise de cadeau, j'aurais voulu être dispensée de célébrer ce moment. Mes trésors, la sauterelle et le ouistiti, n'étaient pas du tout d'accord pour faire l'impasse. Même s'ils finissaient toujours par dire : « Maman, Noël, c'est pas son truc. »

Alors je cherchais le compromis. Après le divorce, j'ai porté la réussite de cette soirée à bout de bras. Sans mari, sans frère et sœur, sans parents, oncles et tantes, un dîner de famille minuscule, une équipe réduite. J'appelais parfois mon meilleur ami à la rescousse pour qu'on soit quatre. Je nous réunissais mais à minima. Les préparatifs me réclamaient une énergie folle. D'habitude, je réussis la béchamel les yeux fermés. Ce soir-là, il me manquait un ingrédient, je me trompais dans les quantités. Ratés, les emballages : la ficelle s'effilochait, le papier se déchirait. La déco, total fiasco. Un sapin en plastique vert fluo dont trois branches ne se gonflaient plus. Davantage de neige artificielle en spray sur les murs que sur les vitres. La table, un véritable désastre. Au dernier moment, j'optais pour un vieux tissu argenté trop court et un long collier de pacotille pour faire joli. Au moment de passer à table, rien n'était prêt. Je n'étais pas coiffée, pas habillée. Je me forçais, j'étais à cran, transpirante, hypersensible. Je redevenais la petite fille de l'œuf dur mayonnaise.

Depuis que j'ai des petits-enfants, je me suis un peu apaisée. Pour mes zamours, j'ai acheté un arbre en bois qu'ils décorent de personnages en feutrine. Et des autocollants de circonstance, qu'ils adorent poser sur les fenêtres. Chaque année, toques de cuisiniers sur la tête, nous malaxons le beurre, la farine, les œufs et la cassonade. Nous roulons la pâte, nous la disposons dans les moules en forme de sapin, de cœur et d'ange, et pendant que nos biscuits cuisent, nous composons une playlist de chansons de Noël qui, d'ordinaire, m'insupportent.

La jeune fille de la papeterie me désigne les rouleaux de papier cadeau, installés dans les présentoirs. Ils sont à la verticale et colorés. Je ne les avais pas vus. Instinctivement, je cherche le plus neutre possible. Et puis non, cette fois j'en choisis un avec des rennes bondissants, des pères Noël géants à lunettes et des jouets par milliers.

79

L'animal fougueux est devenu un meuble. Placé près de la porte-fenêtre, le Steinway occupe une grande partie du salon. Jenny soupire. Son premier amour. Elle s'assied sur la banquette, ouvre et ferme ses mains pour tester l'agilité de ses doigts, effleure les touches. Le son est parfait, elle entame une partita de Bach sans appuyer trop sur la pédale. Tout doucement, pour ne pas déranger son mari.

Après leur voyage de noces, ils ont emménagé dans cet appartement élégant et raffiné, baigné de lumière grâce à son orientation sud-ouest. Une des deux chambres sert provisoirement de bureau.

Le tramway dessert leur avenue et l'emmène en sept arrêts chez ses parents. Elle espace les visites pour éviter les questions et les commentaires. Son père lirait dans ses yeux qu'elle n'est pas aussi heureuse qu'elle prétendait l'être une fois mariée.

Chaque samedi, un épicier livre un carton rempli de victuailles offert par Rissia et Georges. Leur façon d'aider le jeune ménage sans pour autant valider cette union hybride. Quant à Flore, sa belle-mère, elle vit la majorité du temps à Bujumbura, au Burundi, où elle possède un supermarché qui vend de tout. Éloignement géographique et manque d'affinités. Les deux mères ne se fréquentent pas.

Jenny passe tant d'heures au milieu de ce décor d'influence scandinave qu'elle pourrait le décrire les yeux fermés. Dans l'entrée, un tapis blanc aux losanges orange et un papier peint avec des ronds et des carrés asymétriques. Une applique métallique éclaire un miroir dans lequel elle vérifie compulsivement son apparence avant de quitter les lieux et quand elle y revient.

À sa droite, un canapé aux lignes épurées, prolongé d'une banquette en bois où elle dépose son livre, une tasse de thé et le téléphone qui ne sonne presque pas. Les conversations transatlantiques coûtent cher et le décalage horaire l'empêche d'échanger aussi souvent qu'elle le souhaiterait avec Valia et Lydia. Quand on s'appelle peu, on trouve moins à se dire.

Un meuble radio déniché chez un antiquaire, une plante verte, une bibliothèque, un lampadaire, des lampes aux formes géométriques. Les pieds fins du porte-journaux ne changent jamais d'angle. Seul le bouquet de fleurs disposé dans le vase jaune varie de semaine en semaine.

Au bout du couloir, son coin préféré, la chambre. Avec sa tête de lit capitonnée en tissu, son épaisse moquette, ses tentures jaune beurre frais et son dressing rose poudré.

À gauche de l'entrée, une cuisine semblable à celles des films et des publicités. Au sol, du linoléum. Table aux pieds chromés et plateau en formica. Placards pastel. Réfrigérateur et cafetière, grille-pain, bouilloire électrique, Tupperware de toutes les tailles et robot ménager trônant sur le comptoir. Rien de tout cela ne l'intéresse. Elle entre le moins souvent possible dans cette pièce.

Elle ne sait pas cuisiner et n'a aucun désir d'apprendre. Ses parents l'ont traitée comme une poupée en porcelaine. Pas question que l'enfant prodige se fatigue, elle devait consacrer tout son temps et toute son énergie aux gammes et aux répétitions. Elle commande la plupart de ses plats chez le traiteur qui vient de s'installer dans la rue.

Elle ne veut pas ressembler à sa mère et sentir la friture. Quand ils reçoivent, ils engagent une cuisinière. Elle lui demande d'expliquer ses recettes et fait croire aux invités que c'est elle qui a préparé le waterzoï de poisson et la mousse au chocolat.

Au retour de Majorque, elle a découvert que son mari était ambitieux. Au début, quand un client appelait pour un rendez-vous, il simulait un agenda très rempli. Maintenant, le matin il réfléchit ou accompagne son patron au palais de justice, l'après-midi il reçoit.

Il ne le dit pas mais elle l'entend penser. *Je gère des dossiers importants. Le bruit m'empêche de travailler. Je préfère que tu ne joues pas du piano, que tu te fasses jolie, que tu t'habilles pour me plaire.*

Il a raison. Qu'est-ce qu'une sonate à côté de son intelligence à lui ? Depuis deux ans, il défend aux assises cette femme accusée d'avoir empoisonné son mari. Un procès spectaculaire. Alors, elle s'efface.

Elle ne se confie à personne, écoute des concertos, lit des romans en anglais et mange à peine pour garder une silhouette agréable à regarder. Deux fois par semaine, le mardi et le vendredi, elle se rend chez le coiffeur et visite les magasins de l'avenue Louise, revient avec plusieurs paquets, étale les robes, les foulards, la lingerie sur leur lit, les essaye, se regarde dans le miroir, les range par couleur dans la penderie.

Quand il sort de son bureau, elle lui apporte du thé. Il repart. Elle attend l'heure du déjeuner en pensant à lui, à sa chance de l'avoir rencontré. Si elle n'était pas allée au cinéma... Sur le piano, le métronome bat la mesure. Fixé sur le rythme le plus lent, il donne le tempo.

Des journées sans surprise. L'événement, c'est quand il apparaît. Il illumine tout. Un trait d'esprit. Une caresse. Un regard admiratif. Une approbation. Ses cheveux sont bien coiffés, son corps est désirable. Elle revit. Il raconte ses clients, ses succès. Elle l'écoute.

Leurs rêves sont incompatibles. Une seule première place dans leur couple. Revenir à la musique, donner des concerts, partir en tournée et porter l'enfant qu'il désire tant... impossible équilibre. Elle fera tout pour servir son ambition. « Qu'est-ce qu'une femme ? » interrogeait Simone de Beauvoir.

Il y a quelques semaines que le Steinway est enfin sorti du garde-meubles et qu'il a été monté au quatrième étage. Elle s'est installée devant et elle est restée longtemps à l'observer. Après une heure, elle a ouvert le couvercle et une carte est tombée sur ses genoux.

New York, juin 1949
Continue toujours de jouer, little Jenny
La musique c'est ta vie
Puisses-tu ne jamais l'oublier
Écris-moi, je te répondrai
Alan Jones

Elle effleure encore une fois les touches. Elle ferme le couvercle du piano et cache la clé au fond d'un placard de la cuisine.

80

Jenny dévisage l'homme assis en face d'elle. Il ne ressemble pas à l'idée qu'elle se faisait d'un détective. Corpulent, rougeaud, sa moustache accroche tout de suite le regard, sa bedaine dépasse d'un pantalon retenu par des bretelles vertes, les manches de sa chemise sont roulées sur ses avant-bras poilus. Il fume la pipe et l'odeur forte du tabac le ferait repérer à dix mètres.

Pourtant, l'annonce dans le journal *Le Soir* stipulait : « *Lucien Balthus Enquêtes, surveillances, filatures, adultères, discrétion assurée.* »

— Je vous écoute.

Elle se repasse en boucle toutes les raisons pour lesquelles son mari va l'abandonner. Le piano le dérange, elle n'est plus assez désirable, elle n'a pas réussi à lui offrir l'enfant dont il rêve.

Son bureau est maintenant installé au rez-de-chaussée. À moins de se coller à la fenêtre toute la journée, difficile de voir qui entre, qui sort, qui va et vient. Et d'autres locataires reçoivent des visites. Elle a aperçu l'autre jour une femme séduisante qui s'approchait de l'immeuble. Son cœur a sursauté. Allait-elle chez son mari ? Elle l'a imaginée murmurer d'une voix aguicheuse « cher Maître ». Elle a mis longtemps à retrouver son calme.

La semaine dernière elle a obtenu une faveur, il monte déjeuner avec elle quatre fois par semaine et mange les plats qu'elle achète chez le traiteur.

Elle lit et relit un bouquin qu'elle a déniché à la bibliothèque et qui prodigue des conseils bien plus coquins que ceux du magazine de sa mère. Elle le cache derrière la machine à laver.

Face à ce détective déconcertant, elle hésite à parler. Elle ne parvient pas à formuler sa requête. Et s'il n'était pas aussi discret qu'il l'affirme ou qu'il ne la prenait pas au sérieux ? Comment lui dire les stagiaires, les secrétaires, les consœurs, jeunes et jolies ? Le danger vient de partout. Son mari est brillant, elle ne doit pas être la seule à l'avoir remarqué. Mardi soir en rentrant, il affichait un sourire différent. Il avait trois heures de retard et il a évoqué une prétendue réunion.

Comment lui raconter qu'elle est restée figée à côté du téléphone ? Elle l'a attendu toute la soirée, comme si sa concentration avait le pouvoir de le faire revenir. Sartre avait prévenu Simone de Beauvoir : « Je suis un baladin. Dans un an, je ne serai plus là. » Beauvoir ne supportait pas l'idée qu'il puisse la quitter mais elle a accepté le marché, convaincue qu'en toute circonstance l'être humain est capable de se reprendre et de vivre dans la liberté. Jenny n'est pas philosophe. Le téléphone a sonné, elle a décroché à la première sonnerie. Rissia ! « Raccroche, Mama, il faut laisser la ligne libre. » Elle n'allait pas avouer « mon mari me trompe, je compte engager un détective » et lui donner ainsi du grain à moudre.

Justement, Lucien Balthus tapote sa pipe sur le bord de la table du café.

Le souvenir l'envahit. Elle voudrait lui confier qu'elle est restée sur cette chaise près du téléphone, sans lire, sans allumer la radio ni la télévision. Qu'il arrive, qu'il la prenne dans ses bras, qu'il la rassure. Qu'elle ne détecte pas un parfum différent du sien sur ses vêtements… C'est tout ce qu'elle demandait.

Elle a ouvert la porte, vérifié si l'ascenseur fonctionnait, guetté ses pas dans l'escalier. Sa voisine qui sortait de chez elle lui a jeté un regard inquiet et un « tout va bien, madame ? ». Elle n'a pas l'habitude de la croiser sur le palier à 10 heures du soir, la robe chiffonnée, la mise en plis en désordre. En rentrant, elle s'est cogné le genou contre la console. Le choc a brisé la digue. Les larmes ont coulé.

Elle cherchait la liberté. Elle a trouvé la solitude. Voilà un an qu'ils se sont mariés. Noces de papier, faciles à déchirer. Son existence n'a plus de sens, si elle ne peut plus l'aimer. Et s'il ne revenait jamais ? Ses sœurs sont à quinze jours de bateau. Ses parents n'approuvent pas cette alliance. Elle n'a pas de véritable amie. Elle n'a que lui.

La peur se mêle au désir, la souffrance au plaisir. La jalousie se faufile et se répand. En croyant se protéger, elle a simplement déplacé l'insécurité.

Leur air radieux sur la photo de mariage posée sur le piano lui semble un leurre. Il ne suffit pas d'être mince, coquette, disponible, toujours prête, pour garder son amour. Les mots « ne me quitte pas » hurlent dans sa tête.

Lucien Balthus marmonne :

— Femmes à la maison… soupçon… infidélité… volatile…

Elle se concentre pour écouter ce qu'il lui dit.

— J'ai besoin d'informations pour vous aider.

— Je suis certaine que mon mari me trompe, voici sa photo et notre adresse.

— Ce n'est pas une science exacte. Je ne peux vous donner aucune garantie de preuves formelles, certains hommes sont extrêmement habiles à la dissimulation.

81

Ma mère était sous emprise.

Ma vie aurait peut-être été tout autre si elle avait choisi un candidat de la chadkhanit. Ou un mensh, un homme bon, rencontré au bal. Benjamin Friedman ou David Goldberg aurait chassé ses doutes et l'aurait aidée à devenir une vraie mère juive, une poule envahissante, couvante, bécotante. Il aurait apporté des couleurs, de l'enthousiasme et de la joie. Ensemble, ils auraient fondé une grande famille joyeuse. Nous aurions eu des rituels qui rassemblent pendant deux jours les oncles et les tantes. J'aurais couru avec mes frères et sœurs autour de la table. Et un fox-terrier se serait mêlé à nos jeux. Chaque repas se serait terminé par un morceau qu'elle aurait joué au piano. Lui serait venu poser les mains sur les épaules de sa femme. Son trésor le plus précieux. Il l'aurait chérie chaque jour davantage.

Elle a choisi un dictateur.

Dépendante.

Au garde-à-vous dès qu'il apparaît. En manque dès qu'il s'éloigne. Oubliés, ses désirs à elle. Le prix à payer pour sa dope, pour sniffer cette illusion de sécurité.

Manipulée.

Groupie éperdue d'admiration. Pomponnée à toute heure. Dix couleurs de vernis, lequel lui plaira le plus ? Chaque minute de sa vie consacrée à son mari, à ses aspirations, à ses exigences. Un soir, prête depuis 19 h 30, en robe de soirée, il n'est pas venu la chercher. Son rimmel coulait. Je m'en souviens encore.

Sous emprise.

Piano muet. Steinway fermé à ses côtés. Des milliers de spectateurs devenus un seul acteur. La salle de concert, un salon. Pas une seule note, même pour le plaisir, même pour lui, elle ne jouera plus. En guise d'applaudissements, le silence.

Et moi, au milieu.

Je jette mon carnet contre le mur.

82

Jenny referme la porte de l'appartement. Ignorant l'ascenseur, elle choisit l'escalier. Elle dévale les cinq volées de marches. À l'extérieur, elle sort de la poche de son trench le béret en velours moutarde que Valia lui a offert et le cale sur sa tête. D'un pas décidé, elle marche jusqu'à l'arrêt et monte dans le tramway. Son visage se reflète dans la vitre ; en arrière-plan, les maisons bruxelloises. Assise très droite, son sac sur les genoux, elle traverse la ville pour aller au cinéma. Elle aime ces salles obscures où des inconnus se rassemblent pour partager un moment d'intimité. Depuis leur rencontre devant le cinéma des Galeries, son mari ne l'a jamais emmenée voir un film. Alors elle y va seule. Elle se réjouit de découvrir *Love in the Afternoon*, comédie romantique avec Gary Cooper et Audrey Hepburn. Lui, un playboy millionnaire. Elle, une violoncelliste, étudiante à Paris. Juste avant de se glisser dans son fauteuil, elle savourera un bâton de réglisse rouge qui lui rappelle les Twizzlers de New York.

Devant le cinéma, elle se rend compte que la programmation a changé pour un film d'Alfred Hitchcock, *Vertigo*. Le titre en larges lettres noires. Les noms des acteurs, Kim Novak et James Stewart, ressortent sur le fond orange vif. Sur l'affiche, le motif graphique en spirale l'hypnotise. Au centre de la spirale, un couple en déséquilibre. Elle tombe et il tente de la retenir.

Elle entre dans la salle presque vide en ce début d'après-midi. L'ouvreuse l'installe au milieu de la dernière rangée.

— C'est la deuxième fois cette semaine.

— Je me sens bien chez vous.

— Bonne séance.

L'écran s'anime. Juste derrière elle, le son caractéristique de la bobine qui déroule ses vingt-quatre images par seconde. Le faisceau lumineux du projecteur éclaire les particules de poussière en suspension.

Dès le générique, elle est happée par un mélange de prises de vues réelles et de formes abstraites, fragments d'un visage féminin et figures géométriques aux bleus et rouges éclatants.

Scottie, ancien inspecteur de police, souffre de vertige. Il est hanté par la chute mortelle de son ancien coéquipier qu'il n'a pas pu sauver lors d'une poursuite sur les toits. Suite à ce drame, il s'installe comme détective privé à San Francisco. Un ami le contacte pour lui demander de suivre sa femme, Madeleine. Il craint qu'elle ne commette une tentative de suicide et se jette dans le vide. Partagé entre amour et rejet de cette femme, Scottie tente de réconcilier le présent et le passé, la vie et la mort.

L'atmosphère mystérieuse, irréelle, suggérée par les flûtes et les cordes propulse Jenny dans la nuit noire de l'inconscient. Les sons graves des cuivres, les dialogues et les silences contribuent à créer un suspense envoûtant. Parfaite adéquation entre la musique fantastique et les images en couleurs. Jenny est saisie du même vertige que le héros du film. La salle tourne autour d'elle. Elle éprouve exactement la même sensation que dans les bras de son mari. Sa drogue. Il la fait tournoyer. Appel du vide. Peur du vertige et envie d'absolu. Déséquilibre et chute. Ses mains se crispent sur les accoudoirs du fauteuil.

Depuis le concert à Carnegie Hall, l'enchaînement des événements a réduit la vie de Jenny à des cercles concentriques. Un tourbillon de plus en plus rapide et de plus en plus fin. Au centre, c'est la disparition. Tout comme Scottie, le héros du film aspiré par son destin, elle aimerait tout arrêter mais c'est impossible.

Il est quatre heures. La projection n'est pas terminée, et elle doit rentrer au plus vite près de son mari. Elle a du mal à s'arracher à l'écran. Ses premiers pas sont hésitants, elle titube, vacille.

Dehors, tout l'agresse : les voix, les odeurs, les lumières. Ses oreilles bourdonnent. Elle a chaud et elle a froid en même temps. Elle est encore dans le film, la réalité lui semble complètement décalée.

Dans la rue, elle croise des visages qui ne la rassurent pas. Elle déchire le ticket, jette les morceaux dans la rigole, reprend le tramway. Devant son immeuble, elle ôte son béret, l'enfouit au fond de sa poche. En rentrant, elle s'assure que tout est prêt pour lui servir un porto.

83

Elle m'a abîmée, mais elle ne m'a pas tuée.

Je me regarde dans le miroir et je me demande si je lui ressemble, ce qu'elle m'aurait légué malgré elle. Nous sommes très différentes, par les traits et dans la façon de se présenter au monde. Elle, si apprêtée, soucieuse en permanence de son apparence. Une orchidée sous cloche. Moi, le chignon en pétard, bohème, naturelle. Une fleur sauvage entre les orties.

Toute ma vie, je me suis torturée pour tenter de comprendre pourquoi elle ne m'a pas aimée. Dans mon imaginaire d'auteur, je peux créer l'ambiance d'un dortoir de troisième classe sur un navire portugais en 1942, mais cette réponse-là, je ne veux pas l'inventer.

J'ai cherché des exemples d'enfants délaissés dans la littérature. J'ai cherché des pistes dans les textes des philosophes, de la mythologie, de la sociologie. Ils parlaient d'autres mères que la mienne. J'ai laissé Freud et Jung de côté. J'ai interrogé mes amies qui l'ont connue. Les initiées. Parmi elles, la biologiste a pointé les gènes. La fleuriste a décrété qu'elle était égoïste. La scripte a évoqué Marilyn dans sa dimension obsessionnelle. « Rappelle-toi, à ton mariage, comment elle regardait ton père. Elle n'avait d'yeux que pour lui… » Qui était cette femme qui refusait d'être mère ? Elle n'a pas ressenti la chimie de l'attachement dans son corps. Parmi les mille façons d'être mère, elle n'a pas trouvé la sienne. Jenny a démontré qu'elle cochait toutes les cases de l'incapacité maternelle. Tant sur le plan du désir que de l'instinct ou de l'amour filial. À dix-neuf ans, elle a décidé qu'elle n'aurait pas d'enfant et mon arrivée ne l'a pas fait changer d'avis. Dans le florilège de ses phrases blessantes : « Dans la fusion avec mon mari, il n'y a pas de place pour une troisième personne. »

La *cellule* familiale. Ce mot ne me semble pas anodin. Dans mon cas, il s'agit d'une véritable prison. Ce roman sera lu en une poignée d'heures, alors que j'ai été obligée de vivre pendant des années à côté d'une mère qui ne me voyait pas. Sans possibilité d'échapper à sa violente indifférence, parce que j'étais une enfant.

Mon premier dessin aux contours malhabiles, elle l'a jeté à la poubelle. Mes poésies, elle ne m'écoutait pas les déclamer. J'ai essayé les cajoleries, les bêtises, les chansons, les pitreries. Sans succès. Chut ! Je la dérangeais. Au milieu de cette banquise, quelques bouffées de tendresse de la malicieuse Augustine qui travaillait à la maison du lundi au vendredi. Elle cuisinait, repassait les robes et les nappes. Elle partait avant que je rentre de l'école. Je la voyais parfois les mercredis après-midi et certains soirs de réception. De trop brèves apparitions, même si elles ont beaucoup compté.

Mes grands-parents ont aussi accompagné mon enfance par intermittence. J'ai trop peu de souvenirs. Quelques dimanches. Rissia cuisinait des vatrouchkas, Georges m'asseyait face au jeu d'échecs et m'apprenait patiemment le nom des pions et les déplacements sur l'échiquier. Après le goûter, Rissia me racontait une histoire.

À dix-neuf ans, j'ai pris une des meilleures décisions de ma vie, je suis partie travailler au Club Med. Île Maurice, Israël, Guadeloupe… Loin, très loin d'elle. Pendant cinq ans. La première saison, je partageais mon bungalow avec une autre G.O., sœur de cœur mexicaine tombée du ciel. Un contraste incroyable avec la froideur que j'avais connue chez moi. Le soir, après les plumes et les paillettes sur scène, on retrouvait les moniteurs de voile sur la plage. L'un d'eux sortait sa guitare et nous chantions Bob Dylan au coin du feu. On improvisait des cocktails qu'on buvait à la paille dans des noix de coco. On grillait du poisson. On fumait des pétards. On se baignait sous la lune. Après trois petites heures de sommeil, je choisissais un paréo à fleurs et je retournais distribuer des palmes aux plongeurs. J'y ai trouvé une famille avant de créer la mienne. Je sais aujourd'hui que cette vie désinvolte m'a sauvée du pire.

Je lui ai écrit pour partager mes aventures. Elle n'a jamais répondu à aucune de mes lettres. À mon retour en Belgique, elle ne m'a pas ouvert ses bras. J'ai tenté de construire une relation. Je passais déjeuner une fois par mois avec elle. Elle quittait toujours la table avant la fin du repas, s'installait dans le canapé avec un magazine. Plusieurs fois, j'ai suggéré une sortie mère-fille. Elle répondait invariablement « je préfère dîner avec mon mari », « j'attends mon mari », « je dois me préparer pour mon mari »…

Donner la vie à mon tour a ravivé l'espoir de susciter son intérêt. J'ai bêtement cru que les bouilles irrésistibles de la sauterelle et du ouistiti la feraient craquer. Elle n'est pas venue à la maternité. J'imaginais qu'elle allait devenir grand-mère, je voyais toutes les autres à la grille de l'école le mercredi à l'heure des mamies. Elle, jamais. Je ne trouvais plus la force de le lui faire remarquer. Était-ce le début d'un renoncement de ma part ? Sans doute. Le déjeuner mensuel s'est mué en dimanche occasionnel.

L'année de mes quarante ans, j'ai lancé mon activité de photographe professionnelle. Mon premier grand reportage consistait à suivre une troupe de danse en tournée. J'allais être séparée de mes enfants pendant une semaine. J'avais besoin de me sentir jolie derrière l'objectif. Quelques mèches blondes pour me donner de l'assurance, et mon coiffeur n'était pas disponible. Dans l'urgence, je suis passée chez elle, pensant naïvement qu'elle m'aiderait. « Pourquoi je te donnerais l'adresse de mon coiffeur ? » Me faire belle la menaçait peut-être.

Ce matin-là, j'ai cessé d'espérer et d'attendre le moindre signe de sa part. Ni un billet de 20 francs, ni un conseil de coiffure, ni une caresse sur la joue. Rien. La pieuvre a desserré ses tentacules et m'a visitée moins souvent.

Le jour où je lui ai demandé le numéro de son coiffeur, j'ai vu ma mère pour la dernière fois. Elle n'a jamais tenté de me recontacter, ni de comprendre pourquoi je m'étais éloignée. On ne s'est plus jamais parlé et, vingt ans après, sa mort m'a claqué au visage.

Les dommages collatéraux sont nombreux et imprévisibles. Une double peine. Celle de l'enfant et celle de l'adulte. J'ai vécu tellement collée au manque qu'il me coupait parfois la respiration. Il m'empêchait alors de voir le reste du monde. Je n'étais que cette attente.

Il n'y a pas de libération totale, j'ai pris perpétuité, *ça* ne disparaît pas. Je suis fragile, réactive, la douleur juste sous la peau, prête à s'enflammer dès lors qu'on m'ignore ou qu'on me plonge dans un trop long silence. Je dissimule ma blessure sous la gaieté, la vitalité, la créativité. Je m'habille de lumière pour embellir la part plus obscure de mon existence.

Quelqu'un m'a dit : « Pour qu'elle t'ait maltraitée à ce point, tu devais y être pour quelque chose. » Depuis, j'en parle seulement quand je me sens en sécurité. C'est insupportable de devoir argumenter pour convaincre celui qui ne me croit pas.

Je porte une cicatrice invisible. Ma vulnérabilité imprègne mes paroles, mes actes, ma façon d'aimer. Mes réactions parfois trop vives, mes flammèches de volcan sont un peu vite attribuées à ma personnalité. En réalité, ma couche protectrice est très fine.

Soixante-quinze mille mots ne comblent pas ce vide immense. En rien, l'écriture de ce livre n'efface les tourments que j'ai traversés. Mais elle contribue à me sauver parce que raconter des histoires me passionne.

Je me suis rendu compte au fil des pages que Jenny et moi avions des goûts communs. L'amour des livres, de la nature. Les affinités ne suffisent pas pour créer un lien. Les ai-je intensifiées pour tenter une dernière fois de me rapprocher d'elle ? Pour la faire exister ? J'ai créé une mère de papier.

84

Jenny lit les pages mode du *Marie-Claire.* À la radio, un concerto de Bach en sourdine. Son ventre est tendu, une douleur traverse ses lombaires. Elle appuie une main au bas de son dos. Chaque mois, elle a des crampes, celles-ci sont différentes. Les seins qui dégonflent, les nausées qui s'estompent annoncent une anomalie. Elle connaît les déchirures. Son corps se sépare d'un corps étranger, se débarrasse d'un embryon.

Rissia a fabriqué quatre gamins et elle, elle n'arrive même pas à en pondre un. Et pourtant il le faut. Il veut un enfant. Fausses couches à répétition. La cinquième. Comment lui annoncer ? Elle ne lui a pas dit qu'elle était enceinte, cette fois-ci.

Il entre dans le salon, rajuste le bouquet sur la table, ramasse une tasse qu'elle a laissée traîner. Elle l'observe, elle ne dit rien, change discrètement de position.

— C'est quoi ce ticket de cinéma qui dépasse du fauteuil ?

— Je ne sais pas.

— Il n'est quand même pas arrivé tout seul. On en reparlera.

Pour l'heure, il s'inquiète de l'organisation du prochain dîner avec les Grégoire. Ses fiches sont rangées dans le tiroir de la console. Tout est répertorié. Allergies des invités, plans de table, menus, ce qu'elle a reçu – fleurs ou pralines – avec la carte qui accompagnait le cadeau, ce qu'elle portait.

Il préside toujours en bout de table, entouré de deux femmes. Elle s'assied non loin de la cuisine, attentive au bon déroulement de la soirée. Sa manière à elle de favoriser son ambition à lui. Elle connaît la dernière fiche par cœur.

10 décembre
Les Duplat, les Dumont
Zakouskis, sole normande, île flottante
Pouilly Fuissé
Sandrine Duplat : allergie aux ananas
Tenue : robe Pucci
Début : 19 h 30
Fin : 22 h 30
Il a ajouté une note comme sur un bulletin scolaire
12/20
Et un commentaire
Voir les retombées, peut mieux faire.

Elle sait que le dîner des Grégoire compte beaucoup pour lui. Elle s'améliorera pour obtenir une meilleure appréciation. Elle a mal, continue de l'écouter, s'excuse d'être distraite, sent le sang chaud couler. Malgré les crampes, elle évoque la place de Solange Durand à côté de Michel Duchemin. Il la laisse. À elle de gérer la suite. Des dossiers importants l'attendent. Elle le rassure, il peut retourner travailler. Tout à l'heure, elle lui apportera un nouveau plan de table et une tasse de thé.

Elle arrive dans la salle de bains, pliée en deux, une fiche vierge à la main. Le carrelage à damier noir et blanc contraste avec le mur jaune. Les flacons sont alignés, les serviettes de toilette repassées. Elle s'accroche au bord du lavabo, dépose la fiche, passe une main entre ses cuisses. Le sang n'a pas la même couleur que celui des règles. Cette fois, elle ne peut pas réveiller sa sœur et implorer son aide. Très loin, Valia mène des grossesses à terme, met au monde des enfants. Trois déjà. Claude, Michèle et une petite Viviane depuis avril dernier.

Elle reprend la fiche, une tache, elle frotte. La tache persiste. Elle a du sang sur les mains. L'effacer. Elle ouvre le robinet. Elle est soulagée de perdre cette promesse d'enfant, mais si elle ne lui en donne pas un bientôt, il la quittera pour une femme féconde. Lucien Balthus n'a rien prouvé, elle reste pourtant convaincue que son pressentiment est fondé.

Elle l'imagine vivre des moments heureux avec une autre, des autres. Ce bourdonnement dans son esprit ne la laisse jamais en paix. Elle est jolie mais le ventre vide. Son corps a choisi.

Elle ferme la porte à clé. Elle se déshabille, s'assied dans la baignoire. L'eau de la douche coule le long de ses pieds, ses jambes, ses cuisses, son sexe, ses fesses, son cou, ses seins, l'arrondi des épaules. Entre ses jambes encore. Doucement. Elle se savonne, le savon glisse, elle le reprend.

L'eau dans la baignoire devient de plus en plus claire. Elle renonce à s'asperger le visage, à mouiller ses cheveux, il trouverait bizarre son apparence négligée et elle n'a pas le courage de les mettre en forme.

L'avocat qui traite des dossiers importants à quelques mètres ne prendra pas sa défense. Elle va lui cacher ce bain de sang, dissimuler les indices, les empreintes, les preuves. Laver ses vêtements en cachette, se refaire une beauté. Dans le silence. Il ne se doutera de rien. Elle frotte, efface le sang et la culpabilité de ne pas avoir réussi. Elle frissonne. Elle se sèche, se rhabille. De la lingerie en dentelle blanche, une robe qu'il apprécie. Elle se recoiffe. Elle se remaquille, remplit de rose ses lèvres pâles. Elle retourne dans le salon, la fiche à la main. Avant de poursuivre l'organisation du dîner, elle dessine sur la fiche un nouveau plan de table. Une place pour lui, une place pour elle. Et la tache de sang.

85

Cela fait déjà plusieurs jours que Ma Beauté ne « frappe » plus à la porte du jardin le matin. Comme si ce chat m'avait accompagnée le temps de mon projet. J'ai du mal à imaginer mes journées sans sa présence.

On sonne.

Le facteur m'apporte un paquet. La traduction d'un de mes romans. L'éditeur moscovite a transformé mon prénom. Je suis en train d'écrire l'histoire de ma famille russe, et voilà que, le temps d'un roman, je m'appelle Karina. Un prénom en *a*, comme Mathilda, Rissia, Lydia, Valia. Ce qui a manqué à Germaine me rattache à elles. Ce clin d'œil de la vie plaira à Viviane. Nos retrouvailles m'auront permis d'avancer à la rencontre complexe de ma mère.

Beaucoup d'auteurs disent qu'on écrit pour une personne en particulier. Je ne l'ai jamais ressenti avec autant de force. À l'autre bout du monde, my darling cousine a lu mon manuscrit de cinq cents pages en français. Un dictionnaire à côté d'elle, afin qu'aucune nuance ne lui échappe. Ce matin elle m'a envoyé un retour détaillé et sensible. Ses observations permettent de repeindre les miennes avec un pinceau au poil de plus en plus fin. Avec la sincérité et la délicatesse qui la caractérisent, elle a pointé des éléments flous qui ont nourri ma réflexion. Je nuancerai certains passages, je refermerai des portes laissées entrouvertes. Je pensais avoir tout raconté. Ses intuitions éclairent des zones d'ombre. Soudain Georges et Rissia me semblent à l'origine de tout. Et c'est troublant. Je veux les connaître davantage.

Ils sont morts quand j'avais la vingtaine. Je vivais à l'étranger depuis plusieurs années. Je suis désolée de ne pas avoir été là pour eux, particulièrement pour mon grand-père lorsqu'il a perdu sa femme après soixante-sept ans de vie commune. Je n'ai pas assez mesuré que derrière les sourires de convenance, il y avait une existence de secousses, de chocs, les tremblements de ces trois changements de continent. Je suis restée à la lisière de leur courage, de leur chagrin. Peut-être cela m'arrangeait-il de penser qu'ils avaient atterri dans ma vie tels quels, sans passé. Ou peut-être ai-je posé des questions auxquelles ils n'ont pas répondu. En prenant des distances avec ma mère, je les ai abandonnés. J'étais la seule petite-fille qui vivait en Belgique. J'ai si peu de souvenirs. Les ai-je assez aimés ? Je parcours ce chemin si tard. Je le regrette. J'ai peur d'avoir été égoïste. J'aurais dû leur masser les mains, les parfumer, les dorloter.

J'observe que depuis quelques jours les ampoules de la maison clignotent ou sautent une à une. Et à tous les étages. Je ne les remplace pas, je veux voir jusqu'où se poursuivra le phénomène. Autour de moi, l'intensité lumineuse diminue. Faudra-t-il que je sois plongée dans le noir total avant de briller autrement ? Sacrés farceurs, les fantômes des Schamisso !

Je dois écrire le chapitre suivant. Le plus difficile.

86

Nue sous une horrible blouse trop courte enfilée à l'envers, Jenny voudrait s'enfuir. Elle est couchée, les jambes écartées, les pieds coincés dans des étriers, telle une pouliche menée à l'abattoir.

Cette position grotesque l'insupporte. Au-dessus d'elle, un plafonnier projette une lumière blanche, peu flatteuse. La clinique la plus chic de Bruxelles empeste le désinfectant.

D'un ton d'institutrice, la sage-femme, vêtue d'un inélégant tablier vert et bonnet en plastique assorti, articule ses directives :

— Respirez, madame ! Le petit chien. Le petit chien.

Après une douceur inhabituelle en février, une vague de froid s'est abattue sur la Belgique. En quelques jours, le thermomètre a chuté de quinze degrés. Le dos soutenu par des coussins, elle ne quittait plus le canapé. Il lui apportait des tisanes et des jus de pamplemousse pressés, lui massait les chevilles, entourait ses épaules d'un châle.

Impatient que le bébé arrive. Il préférerait une fille. Elle, ni un garçon, ni une fille. Rien. Personne.

Ce dimanche, de fortes chutes de neige rendaient les trottoirs glissants et la circulation compliquée pour les rares taxis. Malgré les embûches, ils sont arrivés sans encombre à la maternité.

— Je vais vous éponger le front.

Elle a détesté le porter, cet enfant. Chaque instant. La nausée, les pieds gonflés, le dos cassé, le poids à traîner, le besoin constant de faire pipi. La sensation d'envahissement. Un intrus occupait son territoire intime. Le gros ventre l'éloignait de son mari.

— Vous l'avez couvé le plus longtemps possible, bien au chaud à l'intérieur de vous.

Elle n'a pas eu le choix. Neuf mois et dix jours d'invasion. Comment survivent les mères girafes ? Quatre cent quarante jours de gestation ! Elle enrage d'être déformée. L'envahisseur a dû percevoir son manque d'enthousiasme, il refuse de sortir.

— Je vous donne un glaçon à sucer.

Sucer. Allaiter. Sûrement pas. Pas question qu'on réclame ses seins transformés en mamelles à toute heure, que son mari se lasse de regarder ses tétons, mordillés par un autre. Elle grimace de dégoût.

Une fois l'enfant né, ils ne passeront plus jamais le moindre moment à deux. Plus de week-ends en amoureux, de voyages, de passion partagée. Que restera-t-il de leur duo quand ils seront trois ? L'admirera-t-il encore, la caressera-t-il ? Pourquoi veut-il un enfant ? Elle ne lui suffit donc pas ?

— Mettez-y du vôtre, sinon on ne va jamais s'en sortir.

Elle est prisonnière de cette créature qui grandit en elle. Le pire jour de sa vie. Qu'on la délivre.

D'un ton de surveillant général, le gynécologue intervient :

— Ne poussez plus. J'attrape les forceps.

Il brandit un instrument métallique constitué de deux branches articulées en forme de pinces, l'entre dans ses entrailles. Elle se tord de douleur. Les pinces se plaquent autour de la tête coincée dans son bassin.

— Vingt-trois heures et douze secondes ! proclame le surveillant général.

— Une fille ! annonce en écho l'institutrice.

C'est presque pire quand c'est fini que pendant l'expulsion. *Mettre au monde, accueillir, donner la vie*, des mots creux. Elle ne ressent rien. Mais lui, il sera content, il ne la quittera pas tout de suite. Le futur père doit se sentir seul dans le couloir.

— Elle est parfaite ! Trois kilos deux cent cinquante, cinquante et un centimètres.

Heureusement, les biberons et le lait en poudre attendent dans l'armoire de la cuisine. Elle a déjà engagé une nounou. Disponible sept jours sur sept, elle commence lundi. Maintenant qu'elle a accouché, elle se consacrera à retrouver sa ligne et à rallumer le désir dans les yeux de son mari. Elle a rendez-vous chez le coiffeur. Pour l'instant, impensable qu'il la voie dans cet état. Dès que possible, elle enfilera la jolie chemise de nuit qu'elle a préparée.

— Je la débarbouille et je vous l'amène.

— Pas tout de suite.

— Elle va s'appeler comment, cette petite merveille ?

— Je ne sais pas.

— Prenez là près de vous, madame.

— …

— C'est important.

— Je suis fatiguée, pas maintenant.

La sage-femme pose l'enfant sur elle.

— Je vous laisse faire connaissance. Ces premiers instants comptent beaucoup. Cette bulle permettra à la choupinette de s'adapter à son nouvel univers. Elle cherche un phare, un repère…

La sage-femme s'efface, s'affaire en silence, ne prononce plus un mot.

On ne lui a pas demandé son avis, à elle, Jenny.

Elle refuse ce contact, cette voix, ces sons stridents. Son corps se tend. Elle ne peut rien faire pour ce bébé. Elle a prévenu qu'elle n'allaiterait pas.

Il arrête de crier, ouvre les yeux. Des yeux sombres et profonds qui la scrutent d'un air concentré, la dérangent, l'envahissent. Elle fuit ces deux pupilles noires qui la cherchent. Un regard intense, insupportable. Elle détourne le sien. Elle s'échappe.

— Vous pouvez l'emmener et me donner ma trousse de maquillage, mon mari va arriver.

87

Depuis deux jours, je suis roulée en boule dans mon lit, la couette serrée autour de moi comme les bébés qu'on emmaillote pour les rassurer.

Je pense aux matriochkas. Dans le ventre de chacune, le grain de riz déposé en juillet. Je suis frappée par cette métaphore inconsciente. Un grain de riz tout sec à l'intérieur d'un utérus en bois. Si je dépose une graine dans le terreau fertile de mon jardin, elle fleurit. Ici, du mort dans du mort. Mon destin était différent de celui des embryons qui ont abandonné la partie. Je suis née au cœur d'un univers toxique mue par un désir de vivre plus fort que tout.

Mon livre interrompu il y a plusieurs mois me manque. Ce projet était tellement plus léger. Mes personnages de pure fiction me manquent. J'en ai assez d'essayer de comprendre, de m'étaler sur des pages. Je me suis rapprochée d'elle mais je n'irai pas plus près, il restera toujours une distance infranchissable.

Je veux lire d'autres récits que des récits sur les filles, les mères, les pianistes.

Je veux retourner au théâtre, marcher le nez en l'air, ne rien faire.

Je veux arrêter de me demander pourquoi je n'ai pas été aimée et consacrer ce temps à ceux que j'aime.

Je veux remonter à la surface.

J'accepte les impasses. Je ne saurai pas ce qu'est devenu Joseph, où se cachait le cousin Herman, comment s'appelait l'empoisonneuse. Je dois admettre que c'était trop difficile pour Andy de replonger dans son passé, pour Michèle aussi sans doute.

Je dois lâcher les Schamisso, proposer mon texte à des éditeurs. Des semaines à chercher un titre. Je m'interromps au milieu d'une conversation téléphonique pour noter une idée, je fais des brainstormings avec ceux qui se laissent convaincre de m'offrir un peu de leur temps. De quarante, je suis passée à une shortlist de sept : *Passé composé. Continent maternel. Désamour. Incognita. Le Piano muet. Derrière la porte. L'Itinéraire des Schamisso.*

J'ai testé leur effet sur les amis de mes amis. Je me suis enregistrée, j'ai écouté, réécouté. J'ai bricolé sept couvertures sur Photoshop. Je les ai alignées sur une planche de ma bibliothèque. Pas de conviction forte. Avec la complicité d'un libraire, j'ai placé les couvertures au milieu d'autres livres exposés dans son magasin. Verticalement puis horizontalement. J'ai guetté les réactions des clients. Aucun titre n'a remporté tous les suffrages.

Impossible d'envoyer un manuscrit sans titre.

Je déroule la couette, je sors de mon lit, je descends et je m'installe sur une chaise face au panneau de liège que je contemple pendant de longues minutes. Il ne m'apporte pas de réponse. Sous les couches de calque, un bout de la coque noire du *Serpa Pinto* dépasse. Les mots de Viviane me reviennent : « On est dans le même bateau. » Je souris. Ce sera *Dernier bateau pour l'Amérique.*

J'enlève d'abord la carte postale de « la maternité » de Klimt, les feuilles de calque puis, un à un, les documents et les clichés noir et blanc. Mathilda et ses joues rebondies. Georges et Rissia, si élégants sur la digue à Ostende. Les boucles de Claude, la mine joviale de Joseph, la une du *Soir* du 10 mai 1940, les demandes de naturalisation, la recette des piroshkis, le bâtiment d'Ellis Island, l'immeuble à New York, la lettre d'acceptation de la Juilliard School, les trois enfants en maillot de bain dans un jardin… Je les range dans une boîte. Je descends le panneau de liège à la cave. J'ai la sensation de les abandonner et je redoute que ce mot me poursuive toute ma vie.

Je remonte et j'ouvre grand les fenêtres. L'air frais circule dans la pièce. Sur le mur du salon, une immense photo. Une femme en bikini noir et bonnet rose vif nage le crawl. Elle est seule dans son couloir délimité par des lignes jaunes. D'un geste arrondi harmonieux, son bras se soulève et sa main tendue entre dans l'eau bleu-vert, calme et fluide de la longue piscine. Celle-ci jouxte une mer agitée dont les vagues grises et blanches bondissent et se fracassent. Dans un mouvement compulsif, j'écris à toute vitesse. J'éparpille les Post-it autour de la photo. *Dilemme Destin Abandon Impuissance Gâchis Silence Naissance Délivrance Renaissance…*

88

J'indique la date en haut de mon carnet. Solstice d'hiver. Mon préféré. Les jours rallongent, le soleil remonte dans le ciel.

Assise à ma table, j'observe la lumière qui s'introduit loin dans la maison, inonde le plancher, éclaire les feuilles dentelées du philodendron. Le *Concerto italien* de Bach répand ses notes dans le salon.

Tu es morte à quatre-vingt-dix ans. J'aurai passé plus de temps avec toi en écrivant ce récit que de ton vivant. Je n'aurais jamais cru pouvoir un jour faire de toi le personnage principal d'un de mes livres.

Il paraît que trois générations sont nécessaires pour effacer les mémoires traumatiques. Je déteste ces termes rigides qui reflètent si peu mon bouillonnement intérieur et ton effroi. Notre insécurité.

J'aurais aimé que tu te souviennes de l'endroit exact où tu te trouvais la première fois que j'ai bougé dans ton ventre. Tu te serais assise sur une chaise chez l'épicier et tu aurais guetté un nouveau signe de moi. Tu aurais pris le bus dans la mauvaise direction, souri toute la soirée, gardé le secret pendant quelque temps parce que c'était le début de notre histoire.

J'aurais aimé que le trac t'envahisse, que tu lises *J'élève mon enfant* puis jettes le mode d'emploi, car tu saurais comment t'y prendre.

J'aurais aimé le rituel du « lait chaud-câlin-histoire » avant de dormir, les pansements décorés, la *souris verte qui courait dans l'herbe* et les crumbles ratés, un tiroir consacré à mes bonhommes-haricots et l'anthologie à spirale de mes phrases attendrissantes.

J'aurais aimé que tu me joues des ritournelles au piano. Que tu m'apprennes des mots russes. Que tu connaisses mon numéro de téléphone et surtout que tu m'appelles, que tu me rendes visite à la clinique à la naissance de mes bébés. Et, quand j'ai perdu un des êtres les plus chers à mon cœur, que tu m'ouvres tes bras. Que tu te rappelles la date de mes interros, le nom de mes amies, le titre de mon Disney préféré, mon dessert favori – les pommes au four d'Augustine –, ce qui m'effraye, mes rêves, mes cauchemars, mes envies.

J'aurais aimé que tu évoques la destinée qui fut la tienne avant mon arrivée.

Il aura fallu que tu meures pour que je chemine à ta rencontre. Je suis partie d'Anvers le jour de tes dix ans, j'ai marché dans tes pas sur les routes de l'exode, je me suis dissimulée sous la trappe chez le fermier, j'ai tremblé aux pieds de l'Allemand, j'ai traversé l'océan sur le dernier bateau pour l'Amérique, j'ai répondu aux vingt-neuf questions à Ellis Island, j'ai donné un concert à Carnegie Hall, j'ai dit adieu à Mister Jones. J'ai tenté de ressentir dans chacune de mes cellules ce que tu as vécu.

Maintenant que je connais ta stupéfiante trajectoire, tes déchirures, je comprends mieux ta complexité, tes réserves, ton attitude, tes résistances. C'est donc pour « cela » que tu ne m'as jamais désirée, nourrie, touchée, bercée, câlinée, protégée, rassurée ?

J'ai longtemps reporté le moment d'entrer dans votre appartement et de trier tes affaires. Ensuite, je ne pouvais rien toucher. J'ai déambulé dans les pièces, je me suis arrêtée devant le piano. Dans la bibliothèque, beaucoup de livres alignés. Et près de ton lit, j'ai trouvé tous mes romans. Tu ne m'en as jamais parlé.

En portant tes valises tout au long de ce voyage, j'ai déposé une partie des miennes. Je me suis raccrochée à la branche maternelle de mon arbre généalogique. Aujourd'hui, je peux l'écrire : je suis ta fille.

Mon désir puissant de faire mieux que toi était lézardé par mes lignes de faille. L'excès, ma réponse. Je voulais à tout prix être différente, ne pas reproduire tes incomplétudes auprès de mes enfants. Je les ai envahis.

Ils ont lu et relu mon manuscrit. Étrangers et familiers d'une constellation à laquelle ils appartiennent malgré eux. Ils ignoraient ton passé. À travers les bribes que je leur avais confiées, aussitôt balayées d'un « tu exagères », ils n'avaient jamais perçu combien mon enfance avait été dénuée d'amour. Combien la transmission de ton insécurité avait un impact sur nous. Ces découvertes communes nous ont rapprochés.

Ils reconnaissent à quel point ce voyage vers toi m'a bouleversée. Chaque fois que nous mangerons du bortsch et des piroshkis, les plats traditionnels de nos ancêtres dégageront une saveur nouvelle. J'apprendrai à mes petits-enfants à tremper leur pirojoc dans la soupe.

Les bienfaits aussi se perpétuent. De Mathilda, j'ai hérité la tendresse d'une grand-mère, de Rissia, la générosité en cuisine, de la fillette ballottée que tu as été, la sensibilité artistique. De vous toutes, la volonté de vivre plus forte que les secousses. Mauvaise herbe, j'ai grandi transie dans le vent et la solitude. Puisant de l'engrais où il s'en présentait. Boulimique de mots, boulimique de liens.

J'ai choisi une jolie mezouzah et je l'ai fixée au chambranle de la porte de ma maison. Bleu turquoise avec des reflets dorés. Quand je l'effleure, je pense à Mathilda, Rissia, Georges, Joseph, Lydia, Valia. Et à toi.

Hier, je me suis rendue à l'enterrement de la mère d'une amie. Dans le bus, je me suis retrouvée pliée en deux, traversée par des crampes intermittentes, des coups de poignard à l'estomac. J'arrivais à peine à respirer. Entre deux attaques, j'ai visualisé une boule de colère qui se fissurait. Enfin.

Je sors de la cage, je déploie mes ailes. Mes oreilles ne guettent plus ton « je t'aime ». Je cohabite mieux avec la pieuvre.

Je ne t'en veux plus, repose en paix.

Je suis tellement vivante.

Et pour cela, je te dis merci.

hachette s'engage pour l'environnement en réduisant l'empreinte carbone de ses livres. Celle de cet exemplaire est de :
550 g éq. CO_2
Rendez-vous sur www.hachette-durable.fr

PAPIER À BASE DE FIBRES CERTIFIÉES

Photocomposition
Nord Compo

Achevé d'imprimer en Espagne par Rodesa
Pour le compte de Hachette Livre
(58, rue Jean-Bleuzen, 92178 Vanves)
Dépôt légal 1re publication : mars 2024
Dépôt légal : février 2024
ISBN : 978-2-501-171-960
4886168